U0091073

古典文學研究輯刊

二編

曾永義 主編

第3冊

六朝文學與思想的心靈境界之研究

張森富 著

國家圖書館出版品預行編目資料

六朝文學與思想的心靈境界之研究／張森富 著—初版—新北市：花木蘭文化出版社，2011〔民100〕

目 4+212 面；19×26 公分

（古典文學研究輯刊 二編；第3冊）

ISBN：978-986-254-490-7（精裝）

1. 六朝文學 2. 魏晉南北朝哲學

820.8 100000953

古典文學研究輯刊

二編 第三冊 ISBN：978-986-254-490-7

六朝文學與思想的心靈境界之研究

作　　者　張森富

主　　編　曾永義

總 編 輯　杜潔祥

出　　版　花木蘭文化出版社

發 行 所　花木蘭文化出版社

發 行 人　高小娟

聯絡地址　新北市永和區中正路五九五號七樓之三

電話：02-2923-1455／傳眞：02-2923-1452

網　　址　http://www.huamulan.tw 信箱 sut81518@ms59.hinet.net

印　　刷　普羅文化出版廣告事業

初　　版　2011年3月

定　　價　二編30冊（精裝）新台幣48,000元

六朝文學與思想的心靈境界之研究

張森富　著

作者簡介

張森富，1963 年生，台北市人。1986 年畢業於中興大學中國文學系；1999 年畢業於政治大學中國文學系博士班，獲博士學位。現為北台灣科學技術學院副教授。著有《莊子心性思想之研究》。

提　要

「思想」（尤其是玄學和佛學）及「文學」為六朝文化的兩大主幹。本文旨在從「心靈境界」的層面，探討兩者交互作用之情形，以見出兩者間之內在關聯。文分六章：

第一章「緒論」。首先，評述歷來探討六朝思想和文學之關係的學說，可歸納為三種看法：

1、玄學、佛學為六朝文學的主要內容。

2、「人的覺醒」導致「文的自覺」。

3、玄學、佛學的思維方式運用於文學創作上。

本文指出三說各有缺陷，尚不足以充分說明這個問題。其次，本文提出從「心靈境界」的層面，以探討此問題之可能，並引述王國維、唐君毅等之境界理論，進而指出思想和文學各自映現心靈境界之一面，彼此不斷滲透、融合，猶如空間之與時間，不可相離。

第二章「六朝思想家和文學家的交遊」。旨在從六朝思想家和文學家的交遊之歷史事實，印證前章所述之境界理論。尤其將焦點置於建安文人、正始名士、竹林名士、中朝名士、賈謐二十四友、江左名士文人僧侶、謝靈運、顏延之、竟陵八友、梁武帝父子等身上，指出六朝思想家和文學家交遊的情形非常普遍，甚至不乏同時兼有思想家和文學家兩種身份的例子。

第三章「本無型的心靈境界」。一方面，探討漢末、建安文學中所顯露的厭倦名教之情，對於正始名士、竹林名士的感染，以及在形成玄學「貴無」、「越名教」等觀念，乃至道安、慧遠之「本無」觀念上所生之作用。另一方面，則探討玄學「貴無」、「越名教」等觀念，在阮籍、嵇康等人心中之轉化，與對其詩文所生之影響；以及佛學「本無」觀念，在慧遠、鮑照、江淹等人心中之轉化，與對其詩文所生之影響。

第四章「崇有型的心靈境界」。一方面，探討向秀〈思舊賦〉中所顯露的悼惜「狷介」（嵇康、呂安等）之情，對於中朝名士的感染，以及在形成玄學「崇有」之觀念，乃至支遁之「即色」，鳩摩羅什、僧肇之「實相」等佛學觀念上所生之作用。另一方面，則探討玄學「崇有」之觀念，在張華、潘岳、陸機、王羲之、沈約、謝朓等人心中之轉化，與對其詩文所生之影響；以及佛學「崇有」之觀念，在支遁、孫綽、蕭綱、徐陵等人心中之轉化，與對其詩文所生之影響。

第五章「有無相即型的心靈境界」。一方面，探討左思、張載、張協之隱逸詩，郭璞、庾闡之遊仙詩，所顯露的敬仰隱士、企嚮長生、思慕遊仙之情，對於葛洪、陶淵明等人的感染，以及在形成其「養性」、「乘化」等觀念，乃至竺道生之「佛性」觀念上所生之作用。另一方面，則探討葛洪、陶淵明之「養性」、「乘化」等觀念，在陶淵明心中之轉化，與對其詩文所生之影響；以及竺道生之「佛性」觀念，在謝靈運心中之轉化，與對其詩歌所生之影響。

第六章「結論」。總結前面五章之研究成果，指出六朝玄學、佛學及文學，在發展的過程中，彼此不斷交互滲透、融合，各自映現六朝心靈境界之一面，而不可分割。並指出本文三種類型之區分，乃就大體傾向而言，其間不排除仍有重疊之情形。雖有重疊之情形，然而，仍不應忽略其間之明顯脈絡。

目次

第一章　緒　論

第一節　歷來學說述評

魏晉南北朝，長久以來被視爲亂世，以致其在文化上所放出的異彩，得不到人們客觀的了解與評價。直到近代，這情形才逐漸改善。如，劉師培言：「美媲黃裳，六朝臻極。」〔註 1〕魯迅說：「曹丕的一個時代可說是“文學的自覺時代”。」〔註 2〕宗白華說：「漢末魏晉六朝是中國政治上最混亂，社會上最苦痛的時代，然而卻是精神史上極自由，極解放，最富於智慧，最濃於宗教熱情的一個時代。」〔註 3〕皆肯定六朝在文化上的成就。六朝遂引起學界廣泛研究的興趣，包括思想、文學、藝術、生活、宗教、歷史等等，各種專門著作紛紛出現，各大學研究生的畢業論文和六朝有關者不少，有些大學設立了六朝文學研究小組、六朝文學研究室等專門研究單位，有些大型學術研討會則是專門以六朝爲範圍；〔註 4〕有關六朝的研究又受到學術界的重視，而且獲致豐碩的成果。或者辨析思想的流派，或者析論學說的內容，或者探討作品的題材，或者研究

〔註 1〕氏著：《中國中古文學史・概論》，台北：世界書局，民 51 年，頁 2。

〔註 2〕氏著：〈魏晉風度及文章與葯及酒之關係〉，收入《魯迅全集・而已集》，台北：谷風出版社，民 78 年，頁 502。

〔註 3〕氏著：〈論世説新語和晉人的美〉，收入《美從何處尋》，台北：駱駝出版社，民 76 年，頁 187。

〔註 4〕如成功大學中文系於民 79 年、82 年、85 年舉辦一、二、三屆「魏晉南北朝文學與思想學術研討會」；香港中文大學中文系於 1993 年舉辦「魏晉南北朝文學國際研討會」。該四場研討會論文均結集成書，第一、三場研討會交由文史哲出版社（台北）印行，第二、四場研討會交由文津出版社（台北）印行。

文學的理論，或者評論生活的風度，或者賞析藝術的風格，或者探索宗教的信仰，或者考證制度的變遷等等；對於客觀了解、評價六朝文化甚有幫助。不過，跨越不同學科的「關係」之研究，則較爲少見。因此，有關六朝的研究雖然琳琅滿目，但是，難免令人有眾說紛紜、不易把握之憾。猶如莊子所謂「耳目鼻口，皆有所明，不能相通」(《莊子・天下》)。錢穆說：

> 若你專從建築來研究建築，你將是一個建築學者，而非文化學者。同樣理由，你專從語言來研究語言，你將是一個語言學者，而亦非文化學者。你專從宗教來研究宗教，你將是一個宗教學者，而復非文化學者。建築、語言、宗教，這些都是文化中之一方面、一部門，但文化是一個綜合全體，包括了這些，綜合了這些，而又超越了這些的，有它一完整的總體之存在。你若不瞭解這一種人生各部門各方面交互相聯的內在意義，你將看不見這一個總體。〔註5〕

「關係」之研究，即是文化學之研究。「關係」不是「歸納整理」之謂，而是要找出交互相聯的內在意義。猶如唐君毅所謂「修成一橋樑、一道路，使吾心得以由此而至彼。」〔註6〕故「關係」之研究可以提供新的角度，以發現專門學科所看不見的總體。筆者不揣淺陋，擬以此文，試作探討。

思想和文學爲六朝文化之兩大主幹，至於二者之關係如何，前人偶有論述，其說大致可歸納爲三種：

一、玄學、佛學爲六朝文學的主要內容

此說起源甚早，亦最普遍，可遠溯至六朝時代。如，南朝宋檀道鸞《續晉陽秋》云：

> 正始中，王弼、何晏好莊、老玄勝之談，而世遂貴焉。至江左李充尤盛。故郭璞五言始會合道家之言而韻之。詢及太原孫綽轉相祖尚，又加以三世之辭，而詩、騷之體盡矣。〔註7〕

南朝梁沈約《宋書・謝靈運傳》云：

> 有晉中興，玄風獨振，爲學窮於柱下，博物止乎七篇，馳騁文辭，

〔註5〕氏著：《文化學大義》，台北：正中書局，民79年，頁5～6。

〔註6〕氏著：《生命存在與心靈境界》，台北：學生書局，民75年，頁34。

〔註7〕《世說新語・文學》劉孝標注。見余嘉錫：《世說新語箋疏》，台北：華正書局，民73年，頁262。

義單乎此。自建武暨乎義熙，歷載將百，雖綴響聯辭，波屬雲委，莫不寄言上德，託意玄珠，遒麗之辭，無聞焉爾。〔註8〕

南朝梁劉勰《文心雕龍・明詩》云：

正始明道，詩雜仙心，何晏之徒，率多浮淺。唯嵇志清峻，阮旨遙深，故能標焉。……江左篇製，溺乎玄風，嗤笑徇務之志，崇盛忘機之談，袁孫以下，雖各有雕采，而辭趣一揆，莫與爭雄，所以景純仙篇，挺拔而爲俊矣。〔註9〕

又其《文心雕龍・時序》云：

自中朝貴玄，江左稱盛，因談餘氣，流成文體。是以世極迍邅，而辭意夷泰，詩必柱下之旨歸，賦乃漆園之義疏。〔註10〕

南朝梁鍾嶸《詩品・序》云：

永嘉時，貴黃老，稍尚虛談。於時篇什，理過其辭，淡乎寡味。爰及江表，微波尚傳，孫綽、許詢、桓、庾諸公詩，皆平典似《道德論》，建安風力盡矣。〔註11〕

上述四家，所論的時間段落不盡相同。其中，沈約所論的時間最短，只集中在東晉（建武至義熙）百年之間。鍾嶸則上溯至西晉末年（永嘉時）。沈、鍾二家所論，乃針對「平典似《道德論》」之玄言詩而言。玄言詩固然始於西晉末年、東晉初年，但是，玄理之成爲文學內容，則未必遲至此時才開始。故檀、劉二家皆上溯至魏代（正始中）。至東晉許詢、孫綽時，佛理（所謂「三世之辭」）又被引入詩中。南朝宋以後，「莊老告退，而山水方滋」（《文心雕龍・明詩》），〔註12〕玄言詩爲山水詩所取代，但不表示玄理（或佛理）已經不再是文學的內容。〔註13〕然則，「玄學、佛學爲六朝文學的主要內容」，即

〔註8〕《宋書》，台北：鼎文書局，民82年，卷67，頁1778。

〔註9〕范文瀾：《文心雕龍注》，台北：開明書店，民74年，卷2，頁2。

〔註10〕范文瀾：《文心雕龍注》，卷9，頁24。

〔註11〕呂德申：《鍾嶸詩品校釋》，北京：北京大學出版社，1986，頁38。

〔註12〕范文瀾：《文心雕龍注》，卷2，頁2。

〔註13〕王夢鷗云：「寄情山水，本受莊老一派的教唆，故山水詩只是玄言詩的延長，而所特異者乃在於『極貌寫物』與『窮力追新』之新的發展。」詳參氏著：〈魏晉南北朝文學之發展〉，收入《傳統文學論衡》，台北：時報出版公司，民80年，頁151。又，林文月以爲：「山水詩之興起，正革除了玄言詩的缺點。山水詩人可以透過生動美麗而變幻莫測的自然景象，以更富於藝術的方式表現玄理。」詳參氏著〈中國山水詩的特質〉，收入《山水與古典》，台北：三民書局，民85年，頁59。

可涵蓋六朝時代的大部分。

近人之研究六朝文學、文學史者，大都承襲上述的看法。如，劉師培云：

東晉人士，承西晉清談之緒，並精名理，善論難，以劉琰、王蒙、許詢爲宗，其與西晉不同者，放誕之風至斯盡革。又西晉所云名理，不越老莊，至於東晉，則支遁、法深、道安、惠遠之流，並精佛理，故殷浩、郗超諸人，並承其風，旁迄孫綽、謝尚、阮裕、韓伯、孫盛、張憑、王胡之，亦均以佛理爲主，息以儒玄；嗣則殷仲文、桓玄、羊孚，亦精玄論。大抵析理之美，超越西晉，而才藻新奇，言有深致，即孫安國所謂南人學問，清通簡要也。故其爲文，亦均同潘而異陸，近嵇而遠阮。〔註14〕

陳寅恪強調陶淵明詩文中的思想之重要，云：

淵明之思想爲承襲魏晉清談演變之結果及依據其家世信仰道教之自然說而創改之新自然說。惟其爲主自然說者，故非名教說，并以自然與名教不相同。但其非名教之意僅限於不與當時政治勢力合作，而不似阮籍劉伶輩之佯狂任誕。蓋主新自然說者不須如主舊自然說之積極抵觸名教也。又新自然說不似舊自然說之養此有形之生命，或別學神仙，惟求融合精神於運化之中，即與大自然爲一體。因其如此，既無舊自然說形骸物質之滯累，自不致與周孔入世之名教說有所觸礙。……就其舊義革新，「孤明先發」而論，實爲吾國中古時代之大思想家，豈僅文學品節居古今之第一流詳爲世所共知者而已哉！〔註15〕

劉大杰言：

魏晉的文學精神，尤其是晉代的文學精神，一般說來，大都具有玄虛的傾向；某些作品還感染著鮮明的神秘虛無的色彩和高蹈消極的情緒。……他們把老莊的無爲遁世，道教的神仙，佛教的厭世，各種思想一起揉雜起來，再借著古代許多神話傳說爲材料，描出各種各樣的玄虛世界。〔註16〕

〔註14〕氏著：《中國中古文學史》，頁55～6。

〔註15〕氏著：〈陶淵明之思想與清談之關係〉，收入《陳寅恪先生論文集》，台北：三人行出版社，民63年，頁333。

〔註16〕氏著：《中國文學發展史》，台北：華正書局，民72年，頁240。

上述三論，皆指出六朝文學所表達者爲玄學、佛學；換言之，玄學、佛學與六朝文學的關係，即爲「內容」（材料）與「形式」之關係。此頗類於古人所謂「文以載道」，只不過所載之道非儒道，而爲玄佛之道。此種看法固然可以將「玄學、佛學」和「六朝文學」關聯起來，但是，其中仍然存在一些問題。此類研究常常只看到「玄學、佛學」和「六朝文學」之「同」，而忽略兩者之「異」。鍾嶸批評玄言詩「理過其辭，淡乎寡味」，而推崇五言詩之「有滋味」，〔註 17〕而主張詩應「直尋」，〔註 18〕殆亦有見於此。玄言詩之所以爲人詬病者，即在於其和玄學、佛學過於雷同，以致失去文學的特質。今若只重視玄學、佛學和六朝文學之同，則恐怕也有此弊病。故朱光潛即據此反對陳寅恪關於陶淵明之研究，云：

> 把淵明看成有意地建立或皈依一個系統井然壁壘森嚴底哲學或宗教思想，像一個謹守繩墨底教徒，未免是「求甚解」，不如顏延之所說底「學非稱師」，他（陳寅恪）不僅曲解了淵明的思想，而且他也曲解了他（陶淵明）的性格。……淵明很可能沒有受任何一家學說的影響，甚至不曾像一個思想家推證過這番道理，但是他的天資與涵養逐漸使這麼一種「魚躍鳶飛」的心境生長成熟，到後來觸物即發，純是一片天機。……這智慧，這天機，讓染著近代思想氣息底學者們拿去當作「思想」分析，總不免是隔靴搔癢。〔註 19〕

朱氏並指出：詩人和哲學家不同，詩人的思想「未必是有方法系統底邏輯底推理，而是從生活中領悟出來，與感情打成一片」，故詩的內容，「主要地是情感而不是思想的表現」。〔註 20〕換言之，文學和哲學不僅在「形式」上不相同（一具體，一抽象），而且在內容上亦不相同（一情感，一思想）。文學和哲學各有其內容和形式；而且，內容和形式原本就無法分開。〔註 21〕朱氏之說指出一般「把玄學、佛學視爲六朝文學的內容」之不足；不過，他否認陶淵明曾經受到玄學、佛學的影響，則尚待商榷。陶淵明詩中屢言「自然」、「乘

〔註 17〕呂德申：《鍾嶸詩品校釋》，頁 38～49。

〔註 18〕呂德申：《鍾嶸詩品校釋》，頁 94。

〔註 19〕氏著：〈陶淵明〉，收入《詩論》，台北：正中書局，民 70 年，頁 219～21。

〔註 20〕氏著：《詩論》，頁 220～1。

〔註 21〕朱光潛説：「宇宙間任何事物都各有它的實質（內容）和形式，但是都像身體（實質）之於狀貌（形式），分不開來的。無體不成形，無形不成體，把形體分開來説，是解剖屍骸，而藝術是有生命的東西。」氏著：《詩論》，頁 77。

化」，很難說不是受到玄學、佛學的影響；陶淵明若非深通玄學、佛學，則其是否能具有「澹泊」的情感，亦殊值懷疑。朱氏承認文藝創作前須有準備階段，其云：

> 一個藝術家在突然得到靈感，見到一個意象（即直覺或美感經驗）以前，往往經過長久的預備。在這長久的預備期中，他不僅是一個單純的「美感的人」，他在做學問，過實際生活，儲蓄經驗，觀察人情世故，思量道德、宗教、政治、文藝種種問題。這些活動都不是形相的直覺，但在無形中指定他的直覺所走的方向。〔註 22〕

然則，在文學家創作前的預備期中，「思想」亦可歸入文學家所做的學問之一。〔註 23〕朱氏此說雖可承認「思想」和「文學」間具有某種關係，但是，並未說明究竟是何種關係。從文學家所做的「學問」，到文學創作，朱氏僅說「觸物即發，純是一片天機」，或「突然得到靈感」；其間是否無法再有進一步的說明？有待探討。

二、從「人的覺醒」到「文的自覺」〔註 24〕

此說起初是以「文的自覺」一詞提出。鈴木虎雄率先指出：

> 自孔子以來至漢末，這期間，文學不能離道而存在。文學的價值僅是由於作爲道德思想的鼓吹工具而成立的。但魏以後就不然了。這時文學有它本身的價值思想發生了。所以我說魏是中國文學上的自覺時代。〔註 25〕

隨後，魯迅亦言：「曹丕的一個時代可說是“文學的自覺時代”。」〔註 26〕於是，「文的自覺」一詞日漸流行於學界。如，劉大杰說：

> 這期（魏、晉）的文學，形成一種自覺運動，重視了文學的價值和

〔註 22〕氏著：《文藝心理學》，台北：德華出版社，民 70 年，頁 135。

〔註 23〕此頗類似陸機〈文賦〉所謂：「佇中區以玄覽，頤情志於典墳。」以及劉勰《文心雕龍·神思》所謂：「積學以儲寶，酌理以富才，研閱以窮照，馴致以繹辭。」皆指出文學創作前，須做學問。

〔註 24〕孫明君說：「“文的自覺”與“人的覺醒”說在 20 世紀的學術史上占有重要的地位，其說歷時之久、影響之巨在學術史上並不多見。」氏著：〈建安時代“文的自覺”說再審視〉，《北京大學學報（哲學社會科學版）》1996 年第 6 期，頁 43。

〔註 25〕氏著：《中國詩論史》（洪順隆譯），台北：商務印書館，民 68 年，頁 34。

〔註 26〕氏著：〈魏晉風度及文章與葯及酒之關係〉。

社會地位，明顯了文學的觀念。在這轉變的過程中，文學漸漸地成爲獨立的藝術，擺脫經學的束縛，得到自由的發展。……每當儒學的理論在當代成爲威權的時候，文學的活動必受其指導與限制。明瞭了這一點，便可知道魏晉儒學的衰微與文學自由發展的關係了。〔註27〕

王運熙、楊明說：

由於儒學中衰，儒家思想（包括文藝思想）對文人頭腦的束縛鬆弛了，於是文學不再僅僅當作政教的工具和附庸，它本身的審美作用被充分肯定，人們對其審美特點的認識日益深化，雖早已存在、但遭受儒家正統觀念壓抑的某些審美趣味、文藝觀點得到了發展。〔註28〕

以上，講「文的自覺」，大都牽連著「儒學的衰微」、「老莊的復活」；因爲儒學衰微、老莊復活，以至於佛學盛行，〔註29〕六朝文學才能擺脫儒家正統觀念的束縛，重視文學本身的價值，拋棄實用目的，追求美感趣味，而朝向唯美主義、形式主義、乃至遊戲主義〔註30〕之路邁進。此說亦可將玄學、佛學和六朝文學關聯起來，只不過玄學、佛學對六朝文學的影響，尚只是消極的、間接的，僅在於減少文學發展上的觀念束縛而已。〔註31〕

錢穆〈讀文選〉一文，亦嘗解說建安時代爲「文的自覺」時期，云：

文苑立傳，事始東京，至是乃有所謂文人者出現。……有文人，斯有文人之文。文人之文之特徵，在其無意於在人事上作特種之施

〔註27〕氏著：《中國文學發展史》，頁227～30。

〔註28〕氏著：《魏晉南北朝文學批評史》，上海：上海古籍出版社，1989，頁6～7。

〔註29〕魏晉時期，老莊興盛，東晉、南北朝，則佛學風行；然而，就取代儒家正統地位，促使儒學觀念衰微而言，「佛學風行」和「老莊興盛」具有相同意義。故曹道衡說：「如果說佛教和老莊學說的盛行，使儒家傳統的"禮法"受到了一定突破的話，這些學說對啓發人們浪漫、離奇的幻想，也起著一定的作用。」即以佛教的盛行，和老莊學說的盛行，同樣可使儒家的"禮法"受到突破。詳參氏著：《南朝文學與北朝文學研究》（南京：江蘇古籍出版社，1998年），頁168。

〔註30〕此指：不重視文學的政教功用，唯重視文學「娛耳悅目」的功用。王夢鷗云：「當時的清談，實亦爲一種文學活動，而其性質與貴遊文學之分題寫作詩賦一樣，同爲逃避現實、消磨時日而出此。」詳參氏著：《傳統文學論衡》，頁147。

〔註31〕拙作〈六朝文論中之原道問題〉指出：劉勰《文心雕龍》之「原道觀」，不同於儒家正統以政教爲主之「載道觀」；亦可作爲一例證。見《中國國學》23期，民84年11月，頁199～212。

> 用。……其至者，則僅以個人自我作中心，以日常生活爲題材，抒寫性靈，歌唱情感，不復以世用攖懷。是惟莊周氏之所謂無用之用，荀子譏之，謂其知有天而不知有人者，庶幾近之。循此乃有所謂純文學。故純文學作品之產生，論其淵源，不如謂其乃導始於道家。〔註 32〕

余英時發揮其說，云：

> 文學之自覺乃本之於東漢以來士大夫內心之自覺，而復與老莊思想至有淵源。……蓋士大夫自覺爲漢晉之際最突出之現象，而可徵之於多方，文學亦其一端耳。〔註 33〕

余氏並提出「個體自覺」一詞，以說明漢晉之際的文化變遷，而將魏晉時代比擬於意大利文藝復興。

李澤厚則提出「人的覺醒」一詞，以爲「人的覺醒」較「文的自覺」更爲根本，「文的自覺」實由「人的覺醒」而來。其云：

> 從東漢末年到魏晉，這種意識形態領域內的新思潮即所謂新的世界觀人生觀，和反映在文藝——美學上的同一思潮的基本特徵，是什麼呢？簡單說來，這就是人的覺醒。〔註 34〕

又云：

> 魏晉玄學所追求的理想人格則恰好是要批判儒學的虛僞，打破它的束縛，以求得人格的絕對自由……這給了魏晉南北朝的美學以極爲深刻的影響，也是這一時期的藝術和美學能夠打破儒學思想束縛，獲得充分獨立發展的重要原因……魏晉的“人的覺醒”帶來了“文的自覺”，這兩者是密切聯繫而不可分割的，同時前者又是後者的基礎、前提。〔註 35〕

盧盛江亦云：

> 玄學用新的思想方法，爲士人尋找到了新的社會人生出路，深刻影響了士人心態。這一系列變化，又引起了士人審美意識的變化。〔註 36〕

〔註 32〕氏著：《中國學術思想史論叢》(三)，台北：東大圖書公司，民 74 年，頁 100。
〔註 33〕氏著：《中國知識階層史論》，台北：聯經出版公司，民 82 年，頁 266～7。
〔註 34〕氏著：《美的歷程》，台北：蒲公英出版社，民 73 年，頁 87。
〔註 35〕李澤厚、劉綱紀主編：《中國美學史》第二卷上，台北：谷風出版社，民 76 年，頁 6。
〔註 36〕氏著：《魏晉玄學與文學思想》，天津：南開大學出版社，1994，頁 65。

講「人的覺醒」，亦牽連著「儒學的衰微」、「老莊的復活」。其意以爲：玄學對儒學的批判、對禮教束縛的衝破，促成人們追求個體自由（此即「人的覺醒」），〔註 37〕而對個體自由的追求，必然導致文藝對審美趣味的注重（此即「文的自覺」）。簡言之，其歷程爲：玄學→人→文學。「人的覺醒」說比「文的自覺」說更能探本溯源；不過，其中仍存有問題。如果將箭頭倒轉，即：文學→人→玄學，似乎也可以說得通。廚川白村說：

> 文藝家不得不像培達所說的是「文化的先驅者」。在一時代及一社會中，有這時代的生命和這社會的生命，繼續不斷地流動變化，不久就成爲思潮或時代精神的變遷。這是爲時勢所逼而無端地擠出的力。在開始的時候，既不成爲一種形象也不具有完整的體系，只是一種茫然而難於捕捉的生命力。……藝術家能把這東西用他特殊的天賦表現出來，而且把它象徵成爲夢的形式。立刻把握它、表現它、反映它的就是文藝作品。如果這已經組成了一個有體系的思想或觀念，那時就變成哲學理論；又假使這思想和理論在現實世界裏實現時，那時就變成政治運動、社會運動，這時也就逸出藝術的範圍之外了。這種現象，是過去文藝史上屢見不鮮的事實：在法國大革命以前，有盧騷等人的浪漫主義文學爲其先驅……十九世紀浪漫時代的雪萊和拜倫的革命思想，都是近代史的預言；隨後的卡萊爾、托爾斯泰、易卜生、瑪特林、白朗寧等也是新時代的預言者。〔註 38〕

文藝家以其敏銳的感覺，感受時代的生命力，而以藝術的象徵，喚起潛伏在人們心靈深處的生命力，從而釀成時代思潮，導致各種政治運動、社會運動，推動文化向前邁進。此即文藝家之所以爲「文化的先驅者」之故。依此說，則其歷程應該爲：文學→人→思想。廚川所舉出的例子，雖然多限於西洋文學史，但是，其實在中國文學史上，這樣的例子也不少。如，張衡〈思玄〉、〈歸田〉、〈髑髏〉諸賦，〔註 39〕〈古詩十九首〉「生年不滿百，常懷千歲憂」，

〔註 37〕此說並未言及佛學。筆者以爲佛學亦甚重「自覺」，晉人即以「覺」訓「佛」（孫綽〈喻道論〉，《弘明集》，《大正藏》52 冊，頁 17 上），道生更創立「頓悟」義，亟言：「未是我知，何由有分於入照？」（〈答王衛軍書〉，《廣弘明集》，《大正藏》52 冊，頁 228 上）強調內心「自覺」。故佛學似乎亦可包含在內。

〔註 38〕氏著：《苦悶的象徵》（林文瑞譯），台北：志文出版社，民 81 年，頁 64～7。

〔註 39〕劉大杰說：「魏、晉文學的玄風，實由張衡開其端緒。」氏著：《中國文學發展史》，頁 153。

曹植詩〈仙人篇〉、〈遊仙〉、〈升天行〉等，早已經拋棄名教的價值觀。而〈古詩爲焦仲卿妻作〉則是一篇對禮教束縛的控訴。這些詩的產生，都比玄學的興起要早。因此，究竟是玄學影響文學，還是文學影響玄學，尚有疑義。此外，無論是「玄學→人→文學」，還是「文學→人→玄學」，中間都必須經過轉化，這「轉化」如何可能，也必須作說明。

三、玄學、佛學的思維方式在文學創作上的運用

文學創作非率爾操觚，無論用字、遣辭、造句、佈局、謀篇等等，都必須經過理智思維。論者以爲六朝文學家在創作時，有意無意間運用了玄學、佛學的思維方式。如袁行霈說：

> 魏晉玄學中的言意之辨，對中國古代詩歌理論的發展無疑起了促進的作用。……特別是言不盡意論說出了詩人們在創作中深切體驗過的一種苦惱，自然容易被詩人和詩歌批評家們所接受，並運用到詩歌理論中來。……欲求達意，最好的方法是，既訴諸言內，又寄諸言外，充分運用語言的啓發性和暗示性，喚起讀者的聯想，讓他們自己去咀嚼體味那字句之外雋永深長的情思和意趣，以達到言有盡而意無窮的效果。〔註 40〕

「言意之辨」爲魏晉玄學中的重要理論，又可分爲「言不盡意」和「得意忘言」二命題，兩者皆重在使人追求「言外之意」、「象外之旨」。因此，玄學家便運用「寄言出意」的方式（即「充分運用語言的啓發性和暗示性」）以表之。〔註 41〕袁氏以爲此「寄言出意」的方式，即被運用於文學創作和批評中。又

〔註 40〕氏著：〈魏晉玄學中的言意之辨與中國古代文藝理論〉，收入《魏晉思想》，台北：里仁書局，民 73 年，頁 9～10。

〔註 41〕袁氏並未言及佛學。然而，佛學亦甚講求「寄言出意」，應可包括在內。湯用彤云：「般若方便之義，法華權教之說，均合乎寄言出意之旨。」詳參氏著：《魏晉玄學論稿．言意之辨》，《魏晉思想》，台北：里仁書局，頁 41。又如，僧肇云：「至義非言宣，尋言則失至。且妙理常一，語應無方，而欲以無方之語，定常一之理者，不亦謬哉？」（《注維摩詰經》卷十），《大正藏》38 冊，頁 416 下。僧叡〈十二門論序〉云：「喪我在乎落筌，筌忘存乎遺寄，筌我兼忘，始可以幾乎實矣。」，《出三藏記集》，北京：中華書局，1995，卷十一，頁 404。曇影〈中論序〉云：「名數之生，生於累者，可以造極而非其極。苟曰非極，復何常之有耶？」，《出三藏記集》，卷十一，頁 401。道生云：「象者理之所假，執象則迷理；教者化之所因，束教則愚化。」（《廣弘明集．慧琳竺道生法師誄》），《大正藏》52 冊，頁 265 下。蕭統云：「眞實無相，非近學

如孔繁說：

> 玄學宇宙論的提出，極大地提高了哲學的抽象思辨性，它影響各種精神領域，自然也有助於提高文學創作和理論的思維水平。〔註 42〕

錢志熙也說：

> 這種"玄悟"活動，超脫了名理的障礙，躍入感性、直觀的把握，得象忘言。它與那種在剎那間融合主客觀於一體的純粹審美活動是相似的。〔註 43〕

其意以爲：玄學使作家精神可以極大地發揮「主觀能動性」，超脫名理的障礙，躍入「形象思維」，在創作構思時可以獲得很大的自由。此外，從六朝文學的「尚巧貴妍」，亦可以見出和莊子技藝理論的關係；〔註 44〕而從六朝賦體的趨於短小，則可以看出玄學崇尚「要言不煩」的影響。〔註 45〕

此類研究大都偏重在探討文學家如何運用「言」以表達「意」的方法或技巧，僅侷限於文藝的傳達階段。克羅齊認爲：藝術的傳達（「外射」），不屬於藝術的範圍。其云：

> 技巧的知識效用於藝術底再造，這可能性使人妄想內在的表現也有一種審美的技巧，這就是「內在底表現的手段」說，這是絕對不可思議底。〔註 46〕

藝術是「表現」，是「直覺」，而傳達則是運用理智知識的實用活動；兩者並不相同。依此說，則只探討文學家如何運用「言」以表達「意」，顯然不夠。若依朱光潛所說：「語言和情趣意象是同時生展的。」〔註 47〕則亦不能抽離情趣意象，而只研究「言」。故只研究六朝文學中的思維方式，並找出其和玄學、佛學類似之處，僅可說明六朝文學的傳達階段，尚不能說明六朝文學的創造階段。

所窺，是故接諸膚淺，必須寄以言相。」（《廣弘明集・慧琰諮法身義》），《大正藏》52 冊，頁 250 下。皆闡發「言不盡意」、「得意忘言」之旨。

〔註 42〕氏著：《魏晉玄學和文學》，保定：中國社會科學出版社，1987，頁 35。

〔註 43〕氏著：《魏晉詩歌藝術原論》，北京：北京大學出版社，1993，頁 365。

〔註 44〕參拙作：〈莊子技藝說與陸機文賦之比較〉，《中國國學》21 期，民 82 年 11 月，頁 191～202。

〔註 45〕參拙作：〈六朝小賦的興盛與「言意之辨」的關係〉，《中華學苑》第 50 期，民 86 年 7 月，頁 125～37。

〔註 46〕氏著：《美學原理》，台北：正中書局，民 76 年，頁 114～5。

〔註 47〕氏著：《詩論》，頁 81。

第二節　研究動機和詮釋角度

歷來學者對於玄學、佛學和六朝文學的關係之論述，雖然解決了一些問題，但同時也留下了一些問題；尚不能令人滿意。筆者以爲此問題必須提升到「心靈境界」的高度，才能有較清楚的認識。因爲無論是六朝的玄學、佛學，還是文學，都是心靈境界之映現。

「境界」一詞，古已有之。佛家唯識宗以所緣緣爲境界依。所緣即心之所對、所知，則境界即心之所對、所知。〔註 48〕近代則由王國維提出「境界」之說。其云：

> 詞以境界爲上。有境界則自成高格，自有名句。〔註 49〕

王氏闡發「境界」理論，並用於文學批評，對近代文學理論和批評，具有深遠影響。王氏所謂的「境界」，亦是指「心之所對、所知」之「心境」而言，非指客觀世界之「外境」。其云：

> 境非獨謂景物也。喜怒哀樂，亦人心中之一境界。〔註 50〕

外在景物本無哀樂，但外在景物感於人心，成爲心之所對、所知之「心境」，則有哀樂。葉嘉瑩並引佛家「六根」、「六識」、「六境」之說，以解釋「境界」，云：

> 境界之產生全賴吾人感受之作用，境界之存在全在吾人感受之所及，因此外在世界在未經過吾人感受之功能而予以再現時，並不得稱之爲「境界」。〔註 51〕

亦是此意。

「境界」之上，又加上「心靈」，而成「心靈境界」；乃因「境界」一詞在使用上，常可有各種不同的引申，如：指「一種現實之界域」，或指「修養造詣之各種不同的階段」等等，〔註 52〕故稱「心靈境界」，意義上較爲明確。

關於「心靈境界」，尚有一些理論可談；以下擬分兩方面敘述：

一、「遊心」和「物化」

心靈境界的產生，有賴心靈之作用，而心靈之作用，依莊子之言，可分

〔註 48〕唐君毅：《生命存在與心靈境界》，頁 11。
〔註 49〕氏著：《人間詞話》（徐調孚校注），台北：漢京文化公司，民 69 年，頁 1。
〔註 50〕氏著：《人間詞話》，頁 3。
〔註 51〕氏著：《王國維及其文學批評》，台北：桂冠圖書公司，民 81 年，頁 240。
〔註 52〕氏著：《王國維及其文學批評》，頁 243～4。

爲「遊心」和「物化」兩種方式。〔註53〕所謂「遊心」，是指心靈超越特定的立場、觀點之限制，而可以自由自在的活動。〔註54〕《莊子・外物》曰：

> 胞有重閬，心有天遊。室無空虛，則婦姑勃谿；心無天遊，則六（七）鑿相攘。大林丘山之善於人也，亦神者不勝。

所謂「特定的立場、觀點之限制」，是指成見、偏見、是非，而「欲望」則是由成見、偏見、是非而來的好惡。兩者皆由於心靈受限於特定的立場、觀點，莊子稱爲「成心」。〔註55〕心靈脫離特定的立場、觀點之束縛，而得到自由；此之謂「心之天遊」。《莊子》中，極生動地描述、讚嘆心靈的自由，如：「俛仰之間，而再撫四海之外」（〈在宥〉），「上闚青天，下潛黃泉，揮斥八極」（〈田子方〉）等等。〔註56〕心靈不受特定的立場、觀點、乃至形骸之束縛，而超越於一切束縛之上，置身於外，冷眼旁觀，彷彿夢中醒來，視夢中一切，均無關於己，而可以無動於衷，冷靜視之。〈田子方〉所謂：

> 四肢百體，將爲塵垢，而死生終始，將爲晝夜，而莫之能滑；而況得喪禍福之所介乎？

生活中之得喪、禍福，乃至形骸生命本身，皆可視爲心外之物（塵垢），而不介於懷，冷靜觀之。《莊子》中，有關「遊心」之「冷靜觀照」的描述不少，如：「用心若鏡，不將不迎，應而不藏」（〈應帝王〉），「其居也淵而靜」（〈在宥〉），「水靜猶明，而況精神」（〈天道〉）等等。心靈能超越，則不受到主觀情緒的干擾，對於外在事物可以有冷靜、客觀、清晰之認識（所謂「明」），猶如一面明鏡，如實地映照外物的形象。

「遊心」之「置身於外」、「冷靜觀照」，頗類似於尼采所謂的日神阿波羅，「憑高普照，世界一切事物藉他的光輝而顯現形相，他怡然泰然地像做甜蜜

〔註53〕參拙作《莊子心性思想之研究》，政治大學中文所碩士論文，民80年，頁101～11。

〔註54〕徐復觀云：「『遊心』的『遊』，是形容心的自由自在地活動。不是把心禁錮起來，……。」氏著：《中國人性論史》，台北：臺灣商務印書館，民76年，頁385。

〔註55〕拙作：《莊子心性思想之研究》，頁84～7。

〔註56〕在六朝文論中，亦出現類似之描述，如陸機〈文賦〉云：「觀古今於須臾，撫四海於一瞬。」又如劉勰《文心雕龍・神思》云：「寂然凝慮，思接千載；悄焉動容，視通萬里。……思理爲妙，神與物遊。」均描述心靈超越時空之限制，而自由自在。

夢似地在那裡靜觀自得」。〔註 57〕此中涵蘊「客觀」之精神。尼采以爲希臘的造形藝術，即此種精神的表現。〔註 58〕其實，何止希臘的造形藝術，凡是站在客觀的立場，想把藏在事物與現象背後的某一普遍實在的東西（無論是科學眞理或哲學眞理），在觀照之面反映出來者，皆是此種精神之表現。〔註 59〕

和「遊心」相反的，是「物化」。「物化」即化爲物、內在於物之意，即心靈內在化於物之具體生命之中。《莊子・齊物論》云：

> 昔者莊周夢爲胡蝶，栩栩然胡蝶也，自喻適志與！不知周也。俄然覺，則蘧蘧然周也。不知周之夢爲胡蝶與？胡蝶之夢爲周與？周與胡蝶，則必有分矣。此之謂物化。

莊周夢爲胡蝶，其心即內在化於胡蝶之中，而自喻適志，體現胡蝶的具體生命之感受。此非外在於蝶而觀蝶，故「不知周也」。化爲其他之物亦然，故曰「夢爲鳥而厲乎天，夢爲魚而沒於淵」（《莊子・大宗師》）。《莊子・秋水》云：

> 莊子與惠施遊於濠梁之上。莊子曰：「儵魚出遊從容，是魚之樂也。」
>
> 惠子曰：「子非魚，安知魚之樂？」
>
> 莊子曰：「子非我，安知我不知魚之樂？」
>
> 惠子曰：「我非子，固不知子矣；子固非魚也，子之不知魚之樂，全矣。」
>
> 莊子曰：「請循其本。子曰『汝安知魚樂』云者，既已知吾知之而問我，我知之濠上也。」

此段對話凸顯了二種不同的心態。〔註 60〕惠施的心靈，只能「遊」〔註 61〕於魚之外，外在於魚而觀魚，不能內在於魚的具體生命之中，故不能知「魚之

〔註 57〕朱光潛：《詩論》，頁 60。

〔註 58〕尼采著：《悲劇的誕生》（李長俊譯），台北：三民書局，民 61 年，頁 17～8。

〔註 59〕參萩原朔太郎著：《詩的原理》（徐復觀譯），台北：臺灣學生書局，民 78 年，頁 43。

〔註 60〕莊子所重本在呈現至人之心之圓融，故雖分別舉出「遊心」和「物化」二詞，卻不甚強調二者的不同，反而言「知恬交養」（詳見下文）。本文則爲求敘述的清楚明確，故必須強調「遊心」和「物化」二者之界限。

〔註 61〕惠施屬名家，以善辯著稱，其說主「合同異」；《莊子・駢拇》批評辯者曰：「遊心於堅白同異之間。」然而，惠施之心靈，只是「遊」於事物之外，觀察事物間之同異關係，不能「遊」於具體生命之內，則仍是有所限隔，嚴格言之，尚非眞正之「遊」。眞正之「遊」，則無所限隔，不僅能「遊」於物之外，也能「遊」於物之內；所謂「遊心於物之初」（《莊子・田子方》）。故眞正之「遊心」，必不與「物化」相排斥。

樂」，所得者爲外在的知識（魚之形狀、動作、習性）。莊子的心靈，則不僅能遊於魚之外而觀魚，也能內在於魚的具體生命之中，「物化」爲魚（所謂「夢爲魚而沒於淵」），故能得到內在的感受（「魚之樂」）。

「物化」之「內在於具體生命之中」，亦頗類似於尼采所說的酒神戴奧尼索斯，「賦有時時刻刻都在蠢蠢欲動的活力與狂熱，同時又感到變化無常的痛苦，於是沈一切痛苦於酣醉，酣醉於醇酒婦人，酣醉於狂歌曼舞」。〔註62〕此中涵蘊「主觀」之精神。尼采以爲希臘的非視覺藝術（音樂），即此種精神之表現。〔註63〕其實，何止希臘的非視覺藝術，凡是具有從體內所湧出的個性慾求、不斷追求自由尋求解放的生命力者，皆是此種精神之表現。〔註64〕

所謂「主觀」或「客觀」，常是比較而言；兩者的分別在於：

> 自我的意識，是「溫感」的，有某種親切溫暖之感。但非我的記憶，是「冷感」的，有與自己無關的生疏之感。……凡是伴隨著溫熱之感的，在我們的語言上，便稱爲「主觀底」。……相反的，缺乏人情味，充滿知底要素的，因爲它是冷感，所以便稱爲客觀底態度。〔註65〕

「物化」即內在於物，以物爲我，故是「溫感」的。「遊心」即超於物外，以物爲非我，故是「冷感」的。由是觀之，所謂「主觀」、「客觀」之不同，實起於「物化」、「遊心」之不同。

王國維所說的「有我之境」、「無我之境」，亦可作如是觀。王國維云：

> 有有我之境，有無我之境。「淚眼問花花不語，亂紅飛過秋千去。」「可憐孤館閉春寒，杜鵑聲裏斜陽暮。」有我之境也。「采菊東籬下，悠然見南山。」「寒波澹澹起，白鳥悠悠下。」無我之境也。有我之境，以我觀物，故物皆著我之色彩。無我之境，以物觀物，故不知何者爲我，何者爲物。〔註66〕

又云：

> 無我之境，人惟於靜中得之。有我之境，於由動之靜時得之。故一優美，一宏壯也。〔註67〕

〔註62〕朱光潛：《詩論》，頁59～60。
〔註63〕尼采：《悲劇的誕生》，頁17～8。
〔註64〕廚川白村：《苦悶的象徵》，頁6～8。
〔註65〕萩原朔太郎：《詩的原理》，頁8。
〔註66〕氏著：《人間詞話》，頁1～2。
〔註67〕氏著：《人間詞話》，頁2。

朱光潛評論云:「以我觀物,故物皆著我之色彩」,就是「移情作用」,是凝神注視、物我兩忘的結果,所以王氏所謂「有我之境」,其實是「無我之境」(即忘我之境)。而「采菊東籬下,悠然見南山」,「寒波澹澹起,白鳥悠悠下」,都是詩人在冷靜中所回味出來的妙境(所謂「於靜中得之」),沒有經過移情作用,所以實是「有我之境」。朱氏以為不如改稱「同物之境」和「超物之境」。〔註 68〕其實,「移情作用」非物我兩忘的結果,乃「物化」之結果。花本不語,何必淚眼問之?孤館春寒本無知,怎會可憐?可見,作者已將「花」、「孤館春寒」視為「我」(或和我一般有知有情),故不能冷靜淡漠、以物視之;仍有「我」,故為「有我之境」。「悠然見南山」,雖是有「我」去見南山,但所見者南山(「遊心」於南山之外,視物為物),而非我,亦初與我無涉,可冷靜、淡漠(「悠然」)視之,不覺有「我」,故是「無我之境」。

劉紹瑾的解釋,恰和朱氏相反,而以「無我之境」為物我兩忘的結果。其云:

> 這種"無我之境"的主要精神在於忘去自己,在想像中進入事物的生命中而將事物的本質、事物的精神,具體地表現在詩中……使自己與默察的對象一致。這就是莊子由"喪我"而達到的"物化"妙境。在這種物我一體的渾全之中,"不知何者為我,何者為物"。〔註 69〕

劉氏之說以「物化」為「以物觀物」,非「以我觀物」,必須「忘我」(「喪我」),故是「無我之境」。此說自甚有見地,不過,「物化」既是心靈內在於具體生命之中,則即是以「物」為「我」(非無「我」;如,莊周夢蝶,即以蝶為「我」),故對於「物」之得喪禍福,均不能冷靜、淡漠視之,而隨之喜、怒、哀、樂;仍有「我」,故是「有我之境」。《莊子.秋水》云:「以物觀之,自貴而相賤。」即因有「我」之故。而「無我之境」亦非物我兩忘。「悠然見南山」,所見者皆「物」(南山),而「我」(形軀我)亦可被視為大自然中之一「物」,皆「物」也,故「不知何者為我,何者為物」,並非物我兩忘。心靈則「遊」於諸「物」之外,而冷靜淡漠、逍遙自在,此即所謂「墮肢體,黜聰明」(《莊子.大宗師》)。王國維云:

> 詩人對宇宙人生,須入乎其內,又須出乎其外。入乎其內,故能寫

〔註 68〕氏著:《詩論》,頁 56。

〔註 69〕氏著:《莊子與中國美學》,廣州:廣東高等教育出版社,1992,頁 84～5。

之。出乎其外，故能觀之。入乎其內，故有生氣。出乎其外，故有高致。〔註70〕

又云：

詩人必有輕視外物之意，故能以奴僕命風月。又必有重視外物之意，故能與花鳥共憂樂。〔註71〕

「出乎其外」，即「遊心」之謂。「入乎其內」，即「物化」之謂。出乎其外，視物爲「物」(所謂「輕視外物」)，故不與之共憂樂。入乎其內，視物爲「我」(所謂「重視外物」)，故與之共憂樂。「無我之境」出於「遊心」之「冷靜觀照」，故曰：「惟於靜中得之」。「有我之境」出於「物化」之「熱烈蠢動」，不過，既已經文學藝術表現爲「意象」，則心靈亦可「遊」於此「熱烈蠢動」之外，而冷「靜」觀照之，故曰：「於由動之靜時得之」。叔本華云：

每當我們對對象作純粹客觀的觀想時，就能透過現在的對象使自己從痛苦中解脫出來，正如透過遙遠的對象使自己解脫痛苦一樣，這樣，我們便可以產生一種錯覺，覺得只有這些對象是現前的，而自己卻不是現前的。〔註72〕

文學藝術將我們的「生活之欲」(「熱烈蠢動」) 以及由於「生活之欲」不能滿足而來的「痛苦」，呈現於我們眼前 (所謂「現前的」)；但我們在觀照時，卻能取得「超然」(所謂「純粹客觀」) 的地位，忘記我們仍在「生活之欲」之中 (所謂「錯覺」)，忘記「生活之欲」和我們關係之緊密 (所謂「遙遠的」)，心靈「遊」於「生活之欲」之外 (所謂「自己卻不是現前的」)。如此，我們即從生活之欲之痛苦中，得到「解脫」。此即所謂「由形相得解脫」。〔註73〕王國維即據此而言：

物之能使吾人超然於利害之外者，必其物之於吾人無利害之關係而後可；易言以明之，必其物非實物而後可；然則非美術 (文學藝術) 何足以當之？〔註74〕

〔註70〕氏著：《人間詞話》，頁35。

〔註71〕氏著：《人間詞話》，頁35～6。

〔註72〕氏著：《意志與表象的世界》(劉大悲譯)，台北：志文出版社，民77年，頁188。

〔註73〕朱光潛：《詩論》，頁59。

〔註74〕氏著：〈紅樓夢評論〉，收入《紅樓夢藝術論》，台北：里仁書局，民73年，頁3。

「利害」者，即是生活之欲。利者好之，害者惡之。好者，好而患不得，或雖得而懼失去；惡者，惡而患不去，或雖去而懼復來。兩者皆使人感到苦悶。文藝寫出所好所惡，使之成爲心靈所觀照之形象、對象。然而，吾人既以文學藝術之「意象」爲「虛」（所謂「非實物」），心靈即已「超然」於外。文學藝術之所以使人產生「美感」，即因使人從生活之欲之痛苦中，得到解脫之故。〔註 75〕此外，廚川白村也說：

> 平常受到壓抑而鬱結在心中的苦悶，在欣賞藝術時，絕對自由的創作生活在一刹那間被解放出來，顯示在意識的表面。古人所謂文藝給予人生安慰，應該就是指這從壓抑上解放的心境而言。〔註 76〕

亦指出文藝中的象徵，使人從受壓抑而鬱結的苦悶中得到解脫，〔註 77〕獲致心靈的絕對自由，此即文藝予人之美感。

「美感」之中，尙可分爲「優美」和「壯美」。王國維云：

> 苟一物焉，與吾人無利害之關係，而吾人之觀之也，不觀其關係，而但觀其物；或吾人之心中無絲毫生活之欲存，而其觀物也，不視爲與我有關係之物，而但視爲外物；則今之所觀者，非昔之所觀者也，此時吾心寧靜之狀態，名之曰優美之情，而謂此物曰優美。若此物大不利於吾人，而吾人生活之意志爲之破裂，因之意志遁去，而知力得爲獨立之作用，以深觀其物，吾人謂此物曰壯美，而謂其感情曰壯美之情。〔註 78〕

「無我之境」出於「遊心」，心靈遊於諸「物」之外，既以「物」視之，則「物」耳何足以介懷（所謂「視爲外物」），心靈可取得「超然」的地位（所謂「心中無絲毫生活之欲存」），而冷靜淡漠、逍遙自在矣。此「逍遙自在」即爲「優美」

〔註 75〕六朝文論家中，劉勰亦曾言及文學兼有「超然」、「美感」二面，其云：「情以物興，故義必明雅；物以情觀，故詞必巧麗。」（《文心雕龍・詮賦》）文學中的象徵，可興起人之情感（所謂「情以物興」），然於觀照此象徵時，心靈可從形相中得解脫，而冷靜超然，明察義理（所謂「義必明雅」）。而文學中的象徵，寄托著情感（所謂「物以情觀」），故可使人自情感的苦悶中得到解脫，予人以美感（所謂「詞必巧麗」）。文學遂兼有「明雅」（「超然」）、「巧麗」（「美感」）二面。

〔註 76〕氏著：《苦悶的象徵》，頁 49。

〔註 77〕六朝文論家中，劉勰也有類似的說法，如云：「志（至）於文也，則申寫鬱滯。」（《文心雕龍・養氣》）又曰：「言以散鬱陶。」（《文心雕龍・書記》）俱指出文學可以抒發心中之苦悶。故以作文爲「養氣」，助養精神。

〔註 78〕氏著：〈紅樓夢評論〉，頁 4。

之美感。「有我之境」出於「物化」，心靈既內在於具體生命之中，則情隨境遷，生活之欲和不能滿足之痛苦，與之俱起（所謂「意志爲之破裂」），而此「苦悶」不得不宣洩於文學藝術，成爲「意象」，既爲「意象」，則爲「虛物」矣，故「意志遁去」，僅以「獨立」（超然）之知力深觀之，遂得「解脫」。此「從苦悶中得解脫」，即爲「壯美」之美感。兩者皆可使人解脫，故王國維曰：「夫優美與壯美，皆使吾人離生活之欲」。〔註79〕所謂「美感距離」，即由此而生。

文學、藝術所重在內在的感受，必其心內在於具體生命之中而後可，故爲「物化」之所得。科學、哲學〔註80〕所重在外在的知識（關係），必其心逸出於事物之外而後可，故爲「遊心」之所得。「遊心」和「物化」看似相反，其實相反而相成，莊子稱之爲「知恬交養」。《莊子・繕性》云：

> 繕性於俗學，以求復其初；滑欲於俗思，以求致其明；謂之蔽蒙之民。古之治道者，以恬養知；知生而無以知爲也，謂之以知養恬。知與恬交相養，而和理出其性。

「知」指「知識」，乃「遊心」之所得。「恬」，非「靜」之稱，而是與「知」相反之「不知」、「性之自爲」之意，乃「物化」之所得。故雖如戴奧尼索斯之熱烈蠢動，倘若是不離於其性、「安」於其性，「不知」其所以然而自然者，仍可謂之爲「恬」。「俗學」者，如禮教，離於性命，乃不「恬」之「知」，缺乏眞實的生命感受，是空虛的。「俗思」者，如追逐名利，蔽於外物，乃不「知」之「恬」，情隨境遷，不能涉虛遊玄，是不自由的。兩者各有所偏。如何而可以無偏？其要在於「去執」。心靈既不偏執於「知」，亦不偏執於「恬」，既能「遊」於外而得「知」，亦能「化」於內而得「恬」。此即所謂「乘物以遊心」（《莊子・人間世》）、「與時俱化」（《莊子・山木》）。所知（「理」）和所恬（「性」），融合無間，故曰「和理出其性」。可以圖示之：

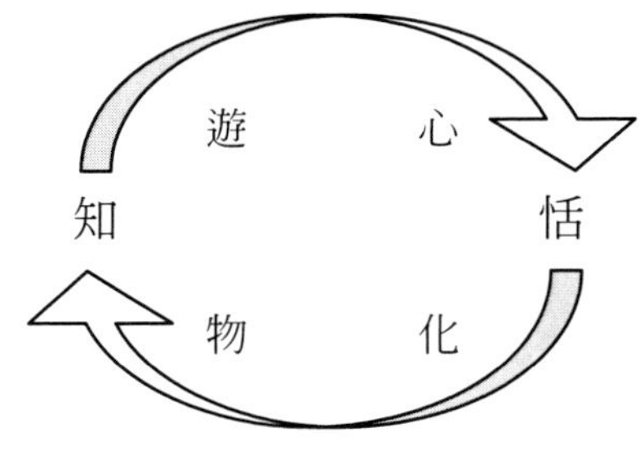

〔註79〕氏著：〈紅樓夢評論〉，頁5。
〔註80〕本文所言之「哲學」，皆取狹義，不包括中國哲學中之「德行之學」。

上文，廚川所說文藝對思潮的影響，其實是由「恬」到「知」(「以恬養知」)的歷程；陳寅恪等所說玄學、佛學對文學的影響，其實是由「知」到「恬」(「以知養恬」)的歷程；兩者相互爲用。王國維所謂：「非物無以見我，而觀物（原「觀物」誤作「觀我」）又自有我在。故二者常互相錯綜，能有所偏重，而不能有所偏廢也。」(《人間詞乙稿・序》)〔註 81〕可以圖示之：

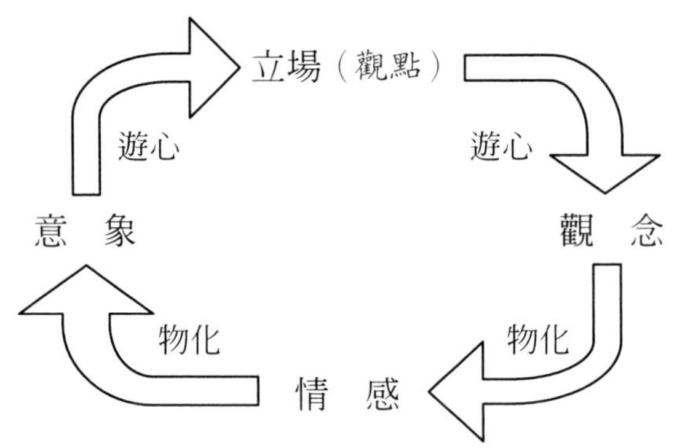

如前所述，吾人在觀照文學藝術之意象時，心靈即取得超然之地位，遊於「我」之苦悶之外，而可觀照外在諸「物」的關係；此時雖不覺有「我」，而「我」實已潛伏於意識之底部，成爲「立場」(「觀點」)；吾人據此「立場」(「觀點」)，而觀照出外在諸「物」間具有某種「關係」(「理」)，如此即可成立一種「見解」(「觀念」)。例如，吾人觀〈古詩爲焦仲卿妻作〉，可以旁觀者的立場（忘記我亦在禮教的苦悶中），而冷靜探討主人翁發生悲劇的原因，找出種種事件間的「關係」，並將最後的原因歸於「禮教」。在此冷靜探討的過程中，吾人雖以旁觀者自居（不覺有「我」），但吾人對主人翁的「同情」，實已潛伏在意識的底部，成爲立場、觀點；吾人據此立場、觀點，而觀照出外在諸物間具有某種關係，如此即可成立一種反「禮教」的學說或理論（「觀念」)。此即文藝之所以能影響及於思潮的原因。又，凡是「思想」(「觀念」)，必含有一種「是非」(《莊子・齊物論》所謂「彼亦一是非，此亦一是非」)。例如，反禮教的思想，以「反禮教」爲「是」，以「禮教」爲「非」。此「是非」之見，本是吾人以旁觀者自居、觀照外物而後有；但既已有「是非」，則吾人亦可據以反視作爲旁觀者之「自己」，於是「我」又從意識之底部冒起，旁觀者不復能冷靜旁觀，「是非」轉成「好惡」，所以爲「是」者「好」之，所以爲「非」者「惡」之，得所「好」則「喜」，遭所「惡」則「悲」，於是喜、怒、哀、

〔註 81〕氏著：《人間詞話》，〈附錄〉，頁 77。

樂之「情感」生焉。莊子所謂：「吾與子觀化而化及我。」(《莊子・至樂》) 王國維所謂：「偶開天眼覷紅塵，可憐身是眼中人。」(〈浣溪沙〉)〔註 82〕可以參照。吾人之情感並可次第及於他物，物以情觀，視「物」爲「我」，使「物皆著我之色彩」，文學藝術之「意象」遂以此構成。〔註 83〕此即思想之所以能影響及於文藝的原因。

吾人若從讀者（研究者）的情形來看，則恰可從另一面說明「文藝」和「思想」的關係。可以圖示之：

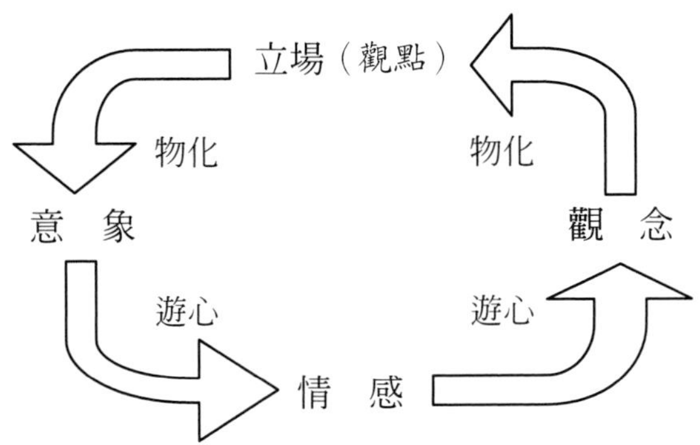

讀者（研究者）在觀賞文藝之「意象」時，恆須離開「意象」中之具體之「物」，以探尋「作者」(「我」) 之「情感」；進而須離開「我」，以探尋「情感」所賴以生之對事物間「關係」之認識（「觀念」)；否則，即不能對文藝之「意象」產生「共鳴」。孟子讀詩，強調「以意逆志」(《孟子・萬章上》)，殆由於此。劉勰所謂：「見文者披文以入情，沿波討源，雖幽必顯。」(《文心雕龍・知音》) 亦是此意。故吾人研究文藝作品時，恆須對作者之生平、經歷、情感，乃至思想背景有所了解。又，讀者（研究者）在研讀思想著作時，恆須深入「觀念」底部，對「觀念」所依據之「立場」(「觀點」)，有所「同情」的了解；進而更須對促成此「立場」(「觀點」) 之作者所經驗的具體事物（「意象」)，亦有所「同情」的了解；否則，即不能對作者的思想有正確的「理解」。孟子曰：「讀其書，不知其人，可乎？是以論其世也。」(《孟子・萬章下》) 牟宗

〔註 82〕氏著：《苕華詞》，《王國維先生全書》初編四，台北：大通書局，民 65 年，頁 1549。

〔註 83〕六朝文論家中，劉勰亦曾言及詩人情感之次第及於他物，其云：「詩人感物，聯類不窮。」(《文心雕龍・物色》) 由於情感之作用，不僅此物足以感心，凡與此物類似之他物，亦足以感心；如此，情感遂次第及於他物，而意象遂聯類不窮、綿延不絕。

三云:「文句通,能解釋,不一定叫做了解。此中必須要有相應的生命性情。」〔註84〕殆均是此意。故吾人在研究思想著作時,恆須對思想家之生平、經歷、乃至時代背景有所了解。

由是觀之,「文藝」和「思想」實相互爲用,關係密切,不可分割。

二、「空間」和「時間」

在吾人的想像中,「空間」是延展的空隙,此空隙像容器一般收容了物體,且在延展中互相毗鄰;「時間」則是一種存在的持續,是持續中的先後,拓展於過去、現在、未來。其實,「空間」和「時間」看不見、摸不著,本身並無實在性,而是「思想存有物」。〔註85〕

「空間」和「時間」,並不存在於尺度或鐘錶的刻度之中,而是存在於吾人的意識之中。「空間」即「物體的並立」,「時間」即「動作的持續」。離開「物體的並立」,即無所謂「空間」;離開「動作的持續」,即無所謂「時間」;並沒有脫離具體事物的「空無一物」的「空間」和「時間」存在。

如前所述,「遊心」所知者爲外在的「關係」,此「外在的關係」即「物體的並立」。具體的「關係」,不外乎「前後」、「左右」(或「內外」)、「上下」,此即構成了「空間」的三個向度。而此三個向度,在義理上的基礎,則爲:「次序」、「類」、與「層位」。唐君毅云:

> 凡事物或義理有明顯次序可分處,其前承者即居先,其後繼者即居後,而有前後義。凡事物或義理明顯有類可分處,則屬此類者在此類內,不屬此類者,在此類外,則類與類間,有互爲內外義。又凡事物或義理有明顯之層位可分處,低層位者載高層位,居下,高層位者覆蓋低層位者,則居上。〔註86〕

唐氏並以「順觀」、「橫觀」、「縱觀」及「體」、「相」、「用」,分別與「次序」、「類」、「層位」三者相對應。〔註87〕依此,則一切科學、哲學之知識、義理,皆屬於「空間」中的「關係」,而爲吾人「遊心」(「順觀」、「橫觀」、「縱觀」)所認識。或者,實可說,吾人先「遊心」認識了事物的「關係」,而後才認識

〔註84〕氏著:〈客觀的了解與中國文化之再造〉中,民80年5月6日〈聯合報副刊〉。

〔註85〕參布魯格編著:《西洋哲學辭典》(項退結編譯),台北:華香園出版社,民78年,頁497～8;540～1。

〔註86〕氏著:《生命存在與心靈境界》,頁39。

〔註87〕氏著:《生命存在與心靈境界》,頁40～6。

了「空間」。

「物化」所知者為內在的「感受」，此「內在的感受」即「存在的持續」。「物化」是心靈內在於具體生命之中，而生命「存在」不能離於「感受」，故「感受」即是「存在的持續」。生命是一段變化的歷程，其間不容許有片刻的中斷，亦不能分割；此即是「持續性」。生命是不斷地變化著，並沒有片刻的靜止；此即是「流動性」。又，生命的變化恆遵循一定的方向，即：由「生」而到「老」、「病」、「死」，不能改變；此即是「不可逆性」。由此，遂構成「時間」的三種屬性。生命哲學家柏格森以為：「時間」就是「綿延」，而「綿延意味著意識」，綿延的時間不是外在物質的特徵，只是內在生活的繼續不斷的狀態。〔註 88〕依此，則一切文學、藝術之生命感受，皆屬於「時間」中的「綿延」，而為吾人「物化」所認識。或者，實可說，吾人先「物化」認識了生命的「感受」，而後才認識了「時間」。

吾人尚可從反面來說明，即：「遊心」無法認識「時間」，而「物化」無法認識「空間」。

柏格森批評科學的心態（即「遊心」），以為：科學上的時間並不綿延，把時間分割成一個個單獨的瞬間，因此，行動的連續，實質上成了從一個靜止點向另一個靜止點的跳躍，犯了把時間「空間化」的錯誤。〔註 89〕其實，不僅科學如此，哲學亦有此種傾向。如，《成唯識論》云：「剎那剎那，果生因滅。」（卷三）亦將時間分割成一個個單獨的「剎那」。以此而觀，則世界是靜止的（化「動」為「靜」）。故哲人雖通觀萬物的變化，但其心中仍是一片寂靜；古人常用「湛然寂照」、「心如止水」之類的話來形容。不僅哲學如此，文學批評亦有此種傾向。詩人余光中有一善喻：詩人講詩，是拿出一隻活鳥，讓學生看鳥的飛翔；學者講詩，則只能拿出一隻死鳥的標本，讓學生看鳥的形狀。〔註 90〕學者當然也可以研究鳥的飛翔動作，但其恆將鳥的飛翔分解為許多單獨的姿勢，故仍是靜態的。詩人的心靈則貫注於鳥的生命當中，情感隨著飛翔而流動，故是動態的；如此，時間方是「綿延」的。

「遊心」所見到的「空間」，是「清晰」的（所謂「湛然寂照」），物和物

〔註 88〕陳衛平，施志偉合著：《生命的衝動～柏格森和他的哲學》，上海：三聯書店，1988，頁 48。

〔註 89〕陳衛平，施志偉合著：《生命的衝動～柏格森和他的哲學》，頁 45～6；100。

〔註 90〕參孫梓評記錄：〈發光的地圖〉，民 86 年 1 月 21 日〈聯合報副刊〉。

之間的界線不會混淆；而「物化」所見到的「空間」，則是「模糊」的，物和物之間的界線會發生混淆。《莊子・徐無鬼》云：

> 子不聞夫越之流人乎？去國數日，見其所知而喜。去國旬月，見其所嘗見於國中者喜。及期年也，見似人者而喜矣。不亦去人滋久，思人滋深乎？

「所知」之親友、「所嘗見」之國人、和「似人」之物，三者之間有明顯的界線；但若以「情」觀之，則三者之界線即發生混淆，視「似人之物」同於「所知之親友」，故見之而喜。〈古詩十九首〉云：「胡馬依北風，越鳥巢南枝。」「北風」之於「北地」、「南枝」之於「南土」，其間的界線不可謂不清晰，然而，以「情」觀之，即發生混淆。所謂「移情作用」，實由於界線發生混淆之故。又如，王勃詩〈送杜少府之任蜀州〉云：「海內存知己，天涯若比鄰。」蘇軾詞〈水調歌頭〉云：「但願人長久，千里共嬋娟。」「天涯」、「千里」之距離，不可謂不遠，然而，以「情」觀之，則此「空間」距離即「模糊」，而覺其「若比鄰」矣。「空間」本因「物體的並立」而顯，而「物化」既已將「並立」的物體「混同」，故無法認識「空間」。俗話說：「情感使人盲目。」亦爲此故。以「遊心」（理智）觀之，則「肝膽，楚越也」，「空間」由之彰顯；以「物化」（情感）觀之，則「楚越，肝膽也」，「空間」因之消泯。故觀雲之行空，而悲己之飄泊；聞鳥之鳴叫，而覺其同爲己悲；王國維所謂「以我觀物，故物皆著我之色彩」。文藝所重者，常不在空間的並立，而在時間的綿延。故訴離別，不重在相隔之「廣」（空間），而重在相思之「長」（時間）。如，《詩經・采葛》云：「一日不見，如三秋兮！」〈古詩十九首〉云：「同心而離居，憂傷以終老。」曹丕〈寡婦賦〉云：「歷夏日兮苦長，涉秋夜兮漫漫。」徐幹〈室思〉云：「思君如流水，何有窮已時？」張華〈情詩〉云：「撫枕獨吟歎，綿綿心內傷。」鮑令暉〈代葛沙門妻郭小玉詩〉云：「妾持一生淚，經秋復度春。」謝朓〈秋夜詩〉云：「誰能長分居？秋盡冬復及！」此類例子尚多，不贅。〔註 91〕朱光潛說：

〔註 91〕此外，吉川幸次郎：〈推移的悲哀〉（鄭清茂譯）注意到〈古詩十九首〉的「時間意識」，而言其中的悲哀「都是由於意識到時間的推移而產生的悲哀」。見《中外文學》6 卷 4～5 期，民 66 年 9～10 月。又，松浦友久：《中國詩歌原理》（孫昌武、鄭天剛譯，台北：洪葉文化事業公司，民 82 年）特立「詩與時間」一篇，而言「離別、懷古、惜春、嘆老、哀悼等等與時間意識直接結合的題材，占各國詩的重要部分」。見頁 4。皆說明詩歌中的「時間意識」甚

> 如果拿中國描寫詩來説，化靜爲動，化描寫爲敘述，幾乎是常例，如「池塘生春草」，「塔勢如湧出，孤高聳天宫」，「鬢雲欲度香腮雪」，「千樹壓西湖寒碧」，「星影搖搖欲墜」之類。〔註 92〕

文藝中，常將「空間」的「靜態」，視爲「時間」的「動態」；亦可證「物化」所認識者實爲「時間」。

綜合以上所述，可知「思想」（蘊涵了「立場」、「觀念」）和「文學」（蘊涵了「情感」、「意象」）各得心靈境界之一面（一爲「靜態」，一爲「動態」；一爲「空間」，一爲「時間」），兩者相互爲用，合而觀之，始得境界之全。或者，可以這麼說，思想中的「立場」、「觀念」，即是心靈境界中的「空間」；文學中的「情感」、「意象」，即是心靈境界中的「時間」。故「思想」和「文學」之關係，是既同又異，既異又同，不可貿然論定。因此，欲明玄學、佛學和六朝文學之關係，必須先探討兩者間相互作用的情形；此即爲本文之研究動機。本文以爲從「心靈境界」的角度，才可以看清楚思想和文學相互作用的情形，故即以「心靈境界」作爲本文的詮釋角度。

強烈。

〔註 92〕氏著：《詩論》，頁 133～4。

第二章　六朝思想家和文學家的交遊

前章是從心靈境界的理論，說明六朝玄學、佛學和文學的交互作用；此章擬從六朝思想家和文學家的交遊之歷史事實，印證前章所述。雖然，這些歷史事實僅能證明六朝思想家和文學家交遊密切，尚不能直接證明六朝玄學、佛學和文學間有交互作用；但是，交遊密切至少提供了交談、溝通、瞭解的契機，為進一步的交互作用提供了必要的客觀條件。

在六朝，玄學、佛學和文學皆已經脫離儒家政教觀的束縛，而取得獨立的地位，各自發展。在思想方面，以政教為導向的「清議」，一變而為以玄理為導向的「清談」。在文學方面，以「諷諭教化」、「潤色鴻業」為目的的詩賦，一變而為以「吟詠情性」、「欲麗貴妍」為目的的詩賦。

而學術和文學，亦被視為不同的領域。故鍾嶸斥責玄學化的玄言詩「淡乎寡味」，而主張詩應該「直尋」。〔註 1〕昭明太子以「事出於沈思，義歸乎翰藻」（《文選・序》）為選文標準，而不收學術之文。

雖然，六朝的思想家和文學家，並非不相往來；正好相反，兩者交遊的情況相當普遍，甚至，不乏同時兼有思想家和文學家兩種身份的例子。

第一節　魏時期

一、建安文人和正始名士

東漢末年，曹魏集團網羅了不少人才。其中，建安七子尤以文學著名。

〔註 1〕呂德申：《鍾嶸詩品校釋》，頁 38、頁 94。

其時，玄學尚未正式成立，不過，後來著名的玄學家，如劉劭、夏侯玄、何晏、荀粲、王弼、阮籍、嵇康等，皆和該集團有深厚淵源。

劉劭於建安中，詣許都。曹丕即位後，並曾命劭集五經群書，作《皇覽》。〔註2〕

夏侯玄之父爲夏侯尚，從曹操征伐，曹丕與之親友。〔註3〕

何晏爲曹操養子，母尹氏，爲曹操夫人。故何晏「長于宮省」、「見寵如公子」。〔註4〕

荀粲之父爲荀彧，乃曹操之謀士，深受倚重，曹操軍國大事皆與之商議。〔註5〕

阮籍之父爲阮瑀，乃建安七子之一，常參與曹丕之西園雅集，不幸早逝，留下寡母孤兒，曹丕甚憐憫，爲作〈寡婦賦〉，其序云：

> 陳留阮元瑜，與余有舊，薄命早亡。每感存其遺孤，未嘗不愴然傷心。故作斯賦，以敘其妻子悲苦之情。命王粲並作之。〔註6〕

嵇康家居譙國，乃曹魏發跡之地。其父嵇昭，督軍糧，治書侍御史，殆由賤族攀附曹氏而升騰。〔註7〕

太和初年，荀粲等人在京師，形成清談的風氣。〔註8〕《世說新語・文學》第九條云：

> 傅嘏善言虛勝，荀粲談尚玄遠。每至共語，有爭而不相喻。裴（徽）冀州釋二家之義，通彼我之懷，常使兩情皆得，彼此俱暢。〔註9〕

《三國志・荀彧傳》注引何劭《荀粲傳》云：

> 粲與嘏善。夏侯玄亦親。常謂嘏、玄曰：「子等在世塗間，功名必勝我，但識劣我耳！」嘏難曰：「能盛功名者，識也。天下孰有本不足而末有餘者邪？」粲曰：「功名者，志局之所獎也。然則志局自一物

〔註 2〕《三國志》卷二十一〈劉劭傳〉，台北：鼎文書局，民 82 年，頁 617～20。

〔註 3〕《三國志》，卷九〈夏侯尚傳〉，頁 293～4。

〔註 4〕《三國志》，〈何晏傳〉及注引《魏略》，頁 292。

〔註 5〕《三國志》，卷十〈荀彧傳〉及注引《晉陽秋》，頁 307～18。

〔註 6〕嚴可均輯：《全上古三代秦漢三國六朝文》冊三，《全三國文》卷四，台北：世界書局，民 71 年，頁 4。

〔註 7〕詳參侯外廬等著：《中國思想通史》，北京：人民出版社，1992 年，卷三，頁 127。

〔註 8〕詳參唐翼明：《魏晉清談》，台北：東大圖書公司，民 81 年，頁 180～6。

〔註 9〕余嘉錫：《世說新語箋疏》，台北：華正書局，民 73 年，頁 200。

耳，固非識之所獨濟也。我以能使子等爲貴，然未必齊子等所爲也。」……粲簡貴，不能與常人交接，所交皆一時俊傑。至葬夕，赴者裁十餘人，皆同時知名士也，哭之，感動路人。〔註 10〕

此時的清談風氣，因魏明帝曹叡在太和四年（西元 230 年）下詔禁「浮華」，而暫時衰退。其詔曰：

世之質文，隨教而變。兵亂以來，經學廢絕，後生進趣，不由典謨。豈訓導未洽，將進用者不以德顯乎？其郎吏學通一經，才任牧民，博士課試，擢其高第者，亟用；其浮華不務道本者，皆罷退之。〔註 11〕

《三國志・諸夏侯曹傳》云：

南陽何晏、鄧颺、李勝、沛國丁謐、東平畢軌咸有聲名，進趣於時，明帝以其浮華，皆抑黜之。〔註 12〕

同書〈王毌丘諸葛鄧鍾傳〉云：

（誕）與夏侯玄、鄧颺等相善，收名朝廷，京都翕然。言事者以誕、颺等脩浮華，合虛譽，漸不可長。明帝惡之，免誕官。〔註 13〕

魏明帝等之所謂「浮華」，殆指何晏等專務「玄遠」，不切合政教實用，甚至不利於統治而言；故深惡而欲禁絕之。然而，此種玄思卻正是當時思想的趨勢，故使何晏等人同氣相求，蔚爲風潮，享有名聲。明帝一死，齊王芳繼位，曹爽擅政，何晏等人又獲重用，於是，清談的風氣蓬勃發展，正式揭開了玄學的序幕，此即歷史上所謂的「正始之音」。《世說新語・文學》第六條云：

何晏爲吏部尚書，有位望，時談客盈坐，王弼未弱冠往見之。晏聞弼名，因條向者勝理語弼曰：「此理僕以爲極，可得復難不？」弼便作難，一坐人便以爲屈，於是弼自爲客主數番，皆一坐所不及。〔註 14〕

何晏位高權重，又頗好客，家中談客盈坐，故隱然成爲名士的領袖。談座中，最傑出、影響最大者，當推王弼。王弼爲王粲的嗣孫。余嘉錫箋疏引焦循《易餘籥錄・一》曰：

劉表以女妻王凱，生業。業生二子，長宏，次弼。凱爲王粲族兄，粲二子被誅，業爲粲嗣。然則王輔嗣爲劉表外曾孫，而王粲之嗣孫

〔註 10〕《三國志》，頁 320。

〔註 11〕《三國志》，卷三〈明帝紀〉，頁 97。

〔註 12〕《三國志》，卷九，頁 283。

〔註 13〕《三國志》，卷二十八，頁 769。

〔註 14〕余嘉錫：《世說新語箋疏》，頁 196。

也。〔註 15〕

綜上所引，可知太和至正始年間的清談之風，乃緊接著建安文風之後，故其時名士，或多或少都和建安七子有些淵源，有些曾親見，有些雖未親見，但至少也曾耳聞。

二、竹林名士

正始十年（西元 249 年），司馬懿發動政變，誅滅曹爽及其黨羽，何晏等名士多遇害。王弼亦被免官，同年秋，遇癘疾亡。正始玄風遂告終止。但未隔多久，竹林七賢又繼之而起。《三國志・王衛二劉傳》注引《魏氏春秋》曰：

> （康）寓居河内之山陽縣，與之游者，未嘗見其喜慍之色。與陳留阮籍、河内山濤、河南向秀、籍兄子咸、瑯邪王戎、沛人劉伶相與友善，游於竹林，號為七賢。〔註 16〕

據陶淵明《群輔錄》條〔註 17〕記載，七賢竹林之遊在齊王芳嘉平年間（西元 249～54 年），接正始之後。

相較於建安七子之偏重於文學、正始名士之偏重於思想，竹林七賢則在思想和文學兩方面，皆有所表現。尤其，阮籍和嵇康，同時為重要的思想家和文學家。七賢之「集於竹林之下，肆意酣暢」（《世說新語・任誕》），〔註 18〕殆頗類似於建安七子之西園雅集。嵇康留有〈酒會詩〉七首，可見一斑。〔註 19〕其一云：

> 樂哉苑中遊，周覽無窮已。
> 百卉吐芳華，崇臺邈高跱。
> 林木紛交錯，玄池戲魴鯉。
> 輕丸斃翔禽，纖綸出鱣鮪。
> 坐中發美讚，異氣同音軌。

〔註 15〕余嘉錫：《世說新語箋疏》，頁 197～8。

〔註 16〕《三國志》，卷二十一，頁 606。

〔註 17〕《漢魏叢書》冊二，台北：大化書局，民 72 年，頁 1447。

〔註 18〕余嘉錫：《世說新語箋疏》，頁 727。

〔註 19〕侯外廬等說：「〈酒會詩〉及〈四言〉十章，疑七賢游竹林時作。……其中說到林木芳華，崇台流水，投竿汎舟，揮弦獻酤，雅詠清談，贊嘆莊老，異氣同音，寄心知己。如期高會，當為七賢竹林之游。再與《水經清水注》參看，益覺可徵。」見氏著：《中國思想通史》，卷三，頁 163。

臨川獻清酤，微歌發皓齒。
素琴揮雅操，清聲隨風起。
斯會豈不樂，恨無東野子。
酒中念幽人，守故彌終始。
但當體七絃，寄心在知己。〔註20〕

彼等一方遊覽山水，一方暢飲美酒，又揮彈素琴，吟唱詩歌，並且「流詠太素，俯讚玄虛」（〈嵇康・雜詩〉），〔註21〕即清談玄理。故彼等之遊，實爲兼具思想和文學兩種性質之活動，且已經將思想和文學融合爲一體。

嵇康等儘管只是在「放浪形跡」上，消極地反抗禮教而已，〔註22〕但仍然不見容於統治者。故嵇康於景元四年（西元263年），〔註23〕遭司馬昭藉故殺害。阮籍亦於同年冬去世。〔註24〕在此恐怖的氣氛下，竹林之風遂告終止。

第二節　西晉時期

一、中朝名士

時代的新精神，終究不是政治力量所能禁絕；在沈寂了三十年之後，晉武帝太康年間（西元 280～9 年），清談的風氣又悄悄地恢復。而推動此風氣的諸名士，如樂廣、裴楷、衛瓘、王戎等，多曾親聞正始之音、竹林之風。《晉書・樂廣傳》云：

樂廣字彥輔，南陽淯陽人也。父方，參魏征西將軍夏侯玄軍事。廣時年八歲，玄常見廣在路，因呼與語，還謂方曰：「向見廣神姿朗徹，當爲名士。卿家雖貧，可令專學，必能興卿門户也。」方早卒。廣孤貧，僑居山陽，寒素爲業，人無知者。性沖約，有遠識，寡嗜慾，與

〔註20〕戴明揚：《嵇康集校注》，台北：河洛圖書出版社，民67年，頁72～3。

〔註21〕戴明揚：《嵇康集校注》，頁77。

〔註22〕呂凱說：「他們（竹林七賢）所以如此，乃悲時俗之敗壞，痛政爭之激烈，所以用『不與世事』，或『酣飲以爲常』的態度，以表示對禮教的反抗。」詳參氏著：〈嵇叔夜與山巨源絕交書研究〉，收入《魏晉南北朝文學與思想學術研討會論文集》（第二輯），台北：文津出版社，民八十二年，頁624。

〔註23〕參陸侃如著：《中古文學繫年》下冊，北京：人民文學出版社，1985年，頁610～4。

〔註24〕《晉書》冊二，卷四十九〈阮籍傳〉，台北：鼎文書局，民81年，頁1361。

> 物無競。尤善談論，每以約言析理，以厭人之心，其所不知，默如也。裴楷嘗引廣共談，自夕申旦，雅相欽挹，歎曰：「我不如也。」王戎爲荊州刺史，聞廣爲夏侯玄所賞，乃舉爲秀才。楷又薦廣於賈充，遂辟太尉掾，轉太子舍人。尚書令衛瓘，朝之耆舊，逮與魏正始中諸名士談論，見廣而奇之，曰：「自昔諸賢既沒，常恐微言將絕，而今乃復聞斯言於君矣。」命諸子造焉，曰：「此人之水鏡，見之瑩然，若披雲霧而睹青天也。」〔註25〕

又，《世說新語．傷逝》第二條曰：

> 王（戎）濬沖爲尚書令，著公服，乘軺車，經黃公酒壚下過，顧謂後車客：「吾昔與嵇叔夜、阮嗣宗共酣飲於此壚，竹林之遊，亦預其末。自嵇生夭、阮公亡以來，便爲時所羈紲。今日視此雖近，邈若山河。」〔註26〕

衛瓘曾參與正始談論，王戎曾參與竹林之遊，二人雖已身居高官，但仍念念不忘正始之音、竹林之遊，而在有意無意間流露出對何晏、嵇康等名士之遇害的惋惜，故對具備清談才華的後進，如樂廣，即思加以提拔。

裴楷之父爲裴徽，乃活躍於太和、正始年間之名士，和荀粲、傅嘏等爲友。〔註27〕裴楷從小耳濡目染，故弱冠即以精通《老》、《易》知名。〔註28〕

樂廣幼年即親見正始名士夏侯玄，深受賞識；後僑居山陽，正是竹林七賢所遊之地，〔註29〕則於竹林之風，當有所聞。

在彼等的提倡之下，清談的風氣又盛行開來，其間，人才輩出，如樂廣、王衍、裴頠、郭象等，使得玄學在何、王、阮、嵇之後，又登上新的高峰，史稱「元康玄學」。

與此同時，文學也正在蓬勃發展。《詩品．序》稱此時爲「文章之中興」。〔註30〕文學家和玄學家之間，常有交往。《世說新語．言語》第二十三條曰：

> 諸名士共至洛水戲。還，樂（廣）令問王（衍）夷甫曰：「今日戲樂乎？」王曰：「裴（頠）僕射善談名理，混混有雅致；張（華）茂先

〔註25〕《晉書》，卷四十三〈樂廣傳〉，頁1243。
〔註26〕余嘉錫：《世說新語箋疏》，頁637。
〔註27〕余嘉錫：《世說新語箋疏》，頁637。
〔註28〕《晉書》，卷三十五〈裴楷傳〉，頁1047。
〔註29〕《三國志》，卷二十一，頁606。
〔註30〕呂德申：《鍾嶸詩品校釋》，頁38。

> 論《史》、《漢》，靡靡可聽；我與王（戎）安豐說延陵、子房，亦超超玄著。」〔註31〕

張華爲西晉重要的文學家，早在魏代，即寫出〈鷦鷯賦〉，曾得到阮籍的稱賞。〔註32〕晉武帝泰始年間（西元 265～74 年），張華和竹林名士向秀，並與任愷親善。〔註33〕晉惠帝元康年間（西元 291～9 年），張華位居宰輔，獎掖後進不倦，如陸機、陸雲兄弟、左思等受其提拔指導，皆敬之如師。〔註34〕張華既參與名士之清談，且受到讚賞，則當兼具玄學家之身份。

潘岳以文學見長，而和樂廣交往。《晉書・樂廣傳》曰：

> 廣善清言而不長於筆，將讓尹，請潘岳爲表。岳曰：「當得君意。」廣乃作二百句語，述己之志。岳因取次比，便成名筆。時人咸云：「若廣不假岳之筆，岳不取廣之旨，無以成斯美也。」〔註35〕

潘岳於晉武帝咸寧年間（西元 275～9 年），爲賈充僚屬。〔註36〕樂廣亦爲賈充辟爲太尉掾。〔註37〕故二人熟識。

二、賈謐二十四友

晉惠帝元康年間，賈后專朝，賈謐得勢，開閣延賓，石崇、歐陽建、潘岳、陸機、陸雲、摯虞、左思、劉琨等等，皆遊於其門，號曰二十四友。〔註38〕其中，雖多以文學知名，但如石崇、歐陽建等，亦兼擅清談。《世說新語・汰侈》第一條曰：

> 石崇每要客宴集，常令美人行酒。客飲酒不盡者，使黃門交斬美人。王（導）丞相與大將軍（王敦）嘗共詣崇。丞相素不能飲，輒自勉彊，至於沈醉。每至大將軍，固不飲，以觀其變。已斬三人，顏色如故，尚不肯飲。丞相讓之，大將軍曰：「自殺伊家人，何預卿事！」〔註39〕

〔註31〕余嘉錫：《世說新語箋疏》，頁 85。

〔註32〕《晉書・張華傳》載：阮籍見〈鷦鷯賦〉，歎曰：「王佐之才也。」《晉書》卷三十六，頁 1069。

〔註33〕《晉書》，卷四十五〈任愷傳〉，頁 1286。

〔註34〕《晉書》，卷三十六〈張華傳〉，頁 1068～77。

〔註35〕《晉書・樂廣傳》，卷四十三，頁 1244。

〔註36〕《晉書》，卷五十五〈潘岳傳〉，頁 1504。

〔註37〕《晉書・樂廣傳》，卷四十三，頁 1243。

〔註38〕《晉書》，卷四十〈賈謐傳〉，頁 1173。

〔註39〕余嘉錫：《世說新語箋疏》，頁 877。

「交斬美人」之事，恐不可信。不過，王導、王敦嘗和石崇共遊，則當爲事實；〔註 40〕故好事者造出此段故事。王導、王敦皆擅清談，石崇著有〈許巢論〉，〔註 41〕歐陽建爲石崇之甥，著有〈言盡意論〉；〔註 42〕則彼等之會，當有清談之活動。

其時，名士之聚會，當不止是思想性的活動，而亦兼有文學性的活動。石崇〈金谷詩序〉曰：

> 時征西大將軍祭酒王詡，當還長安，余與眾賢共送往澗中。晝夜遊宴，屢遷其坐。或登高臨下，或列坐水濱。時琴瑟笙筑，合載車中，道路並作，及住，令與鼓吹遞奏。遂各賦詩，以敘中懷。或不能者，罰酒三斗。〔註 43〕

由此序觀之，金谷之會，殆頗類似於建安七子、竹林七賢之遊宴。在遊宴中，名士、文人，各自賦詩、敘懷，思想、文學，相互交流。

第三節　東晉時期

一、江左名士和文人

晉惠帝永康元年（西元 300 年）以後，直到晉愍帝建興五年（西元 318 年）愍帝遇弒止，北方一直處於八王混戰、胡人作亂的局面。張華、裴頠、潘岳、石崇、歐陽建、陸機、陸雲、王衍、劉琨等皆遇害。幸好，晉元帝於永嘉初（西元 307 年），用王導計，移鎮建鄴，賓禮名賢，存問風俗，維持住偏安局面，使文化的發展得以延續。〔註 44〕

在延續清談的發展上，王導扮演著重要的角色。《世說新語・企羨》第二條曰：

> 王丞相過江，自說昔在洛水邊，數與裴（頠）成公、阮（瞻）千里諸賢共談道。羊曼曰：「人久以此許卿，何須復爾？」王曰：「亦不

〔註 40〕《世說新語・汰侈》第十條載石崇和王敦共入太學事。余嘉錫：《世說新語箋疏》，頁 887。

〔註 41〕嚴可均輯：《全晉文》，卷三十三，頁 13。

〔註 42〕嚴可均輯：《全晉文》，卷一百九，頁 1。又，王導過江，止道三理；此論即其一。見《世說新語・文學》第二十一條，余嘉錫：《世說新語箋疏》，頁 211。

〔註 43〕嚴可均輯：《全晉文》，卷三十三，頁 13。

〔註 44〕《晉書》，卷六〈元帝紀〉，頁 144。

言我須此，但欲爾時不可得耳！」〔註 45〕

王導爲王衍的族弟，受其薰陶，亦擅清談。洛川之玄風，即隨王導而移至江左。由此可見，東晉玄學的發展，在精神上，很大部分仍延續著西晉玄學。《世說新語・文學》第二十二條曰：

> 殷（浩）中軍爲庾公長史，下都，王丞相爲之集，桓（溫）公、王（濛）長史、王（述）藍田、謝（尚）鎮西並在。丞相自起解帳帶麈尾，語殷曰：「身今日當與君共談析理。」既共清言，遂達三更。丞相與殷共相往反，其餘諸賢，略無所關。既彼我相盡，丞相乃歎曰：「向來語，乃竟未知理源所歸，至於辭喻不相負。正始之音，正當爾耳！」明旦，桓宣武語人曰：「昨夜聽殷、王清言甚佳，仁祖（謝尚）亦不寂寞，我亦時復造心，顧看兩王掾（王濛、王述），輒翣如生母狗馨。」〔註 46〕

由此，可見王導提倡玄風之熱心。除王導外，參與此次雅集的，都是些年輕後進，後來咸康至永和年間（西元 335～56 年），皆成爲清談名家，其中，殷浩更是清談界的領袖。此外，郭璞、葛洪避難過江，皆曾先後做過王導的僚屬。〔註 47〕

東晉盛行玄言詩，其重要詩人，如李充、郭璞、孫綽、許詢、殷仲文、謝混等，〔註 48〕皆和名士交往密切，甚至兼具名士身份。李充曾爲名士王導僚屬，〔註 49〕郭璞亦然。〔註 50〕孫綽、許詢，和名僧支遁、名士謝安、殷浩等，並「著塵外之狎」。〔註 51〕殷仲文爲名士殷仲堪〔註 52〕之從弟，桓玄之姊

〔註 45〕余嘉錫：《世說新語箋疏》，頁 631。

〔註 46〕余嘉錫：《世說新語箋疏》，頁 212。

〔註 47〕《晉書・郭璞傳》曰：「王導深重之（郭璞），引參己軍事。」又，同書〈葛洪傳〉曰：「咸和初（西元 326 年），司徒（王）導召（葛洪）補州主簿，轉司徒掾，遷諮議參軍。」《晉書》，卷 72，頁 1901，1911。

〔註 48〕參檀道鸞《續晉陽秋》（《世說新語・文學》劉孝標注，余嘉錫：《世說新語箋疏》，頁 262。）、劉勰《文心雕龍・明詩》（范文瀾：《文心雕龍注》，卷 2，頁 2。）、鍾嶸《詩品・序》（呂德申：《鍾嶸詩品校釋》，頁 38。）。

〔註 49〕《晉書》，卷九十二，頁 2389。

〔註 50〕《晉書》，卷七十二，頁 1901。

〔註 51〕《高僧傳・支遁傳》，卷四，頁 159～60。

〔註 52〕《晉書》本傳曰：「仲堪能清言，善屬文，每云三日不讀《道德論》，便覺舌本間強。其談理與韓康伯齊名，士咸愛慕之。」《晉書》，卷八十四，頁 2192～3。

夫。〔註 53〕謝混爲謝安之孫，時人以名士目之。〔註 54〕

其時，名士間之聚會，亦不止是思想性的活動，且兼有文學性的活動。《世說新語・雅量》二十八條注引《中興書》曰：

> （謝）安先居會稽，與支道林、王羲之、許詢共遊處。出則漁弋山水，入則談說屬文，未嘗有處世意也。〔註 55〕

謝安等之遊，頗類似於竹林之遊。「談說」，即清談；「屬文」，即賦詩；兩者相得益彰。

王羲之等名士，曾仿效石崇等金谷之遊，〔註 56〕而有蘭亭之會。《世說新語・企羨》第三條注引王羲之〈蘭亭集序〉（或稱〈臨河敘〉）曰：

> 永和九年（西元 353 年），歲在癸丑，莫春之初，會于會稽山陰之蘭亭，修禊事也。群賢畢至，少長咸集。此地有崇山峻嶺，茂林修竹。又有清流激湍，映帶左右。引以爲流觴曲水，列坐其次。是日也，天朗氣清，惠風和暢，娛目騁懷，信可樂也。雖無絲竹管絃之盛，一觴一詠，亦足以暢敘幽情矣。故列序時人，錄其所述。右將軍司馬太原孫（綽）丞（「丞」當作「興」）公等二十六人，賦詩如左，前餘姚令會稽謝勝等十五人，不能賦詩，罰酒各三斗。〔註 57〕

由此可知，王羲之等人蘭亭宴集之賦詩、敘懷，亦如同西晉石崇等人金谷之會一般，爲名士和文人之交遊活動，也是清談和文學融合之表現。從與會人士所作諸詩中，皆可以看出這點。（詳見本文第四章第三節）

二、僧侶和文人

兩晉之際，除玄風復盛外，僧侶和文人間的交往，亦日益頻繁。《高僧傳・支孝龍傳》曰：

〔註 53〕《晉書》，卷九十九〈殷仲文傳〉，頁 2604。

〔註 54〕《晉書》本傳載王珣曰：「謝混雖不及（劉惔）眞長，不減（王獻之）子敬。」《晉書》，卷七十九，頁 2079。

〔註 55〕余嘉錫：《世說新語箋疏》，頁 369。

〔註 56〕《世說新語・企羨》第三條載：「王（羲之）右軍得人以〈蘭亭集序〉方〈金谷詩序〉，又以己敵石崇，甚有欣色。」余嘉錫曰：「蓋時人不獨謂兩〈序〉文詞足以相敵，且以（羲之）逸少爲蘭亭宴集主人，猶石崇之在金谷也。」可看出蘭亭宴集有效法金谷之會的用意。余嘉錫：《世說新語箋疏》，頁 631～2。

〔註 57〕余嘉錫：《世說新語箋疏》，頁 631。

> 支孝龍，淮陽人。少以風姿見重，加復神彩卓犖，高論適時。常披味《小品》，以爲心要。陳留阮瞻、潁川庾凱，並結知音之交，世人呼爲八達。〔註 58〕

支孝龍常披味《小品》(《道行般若經》)，又曾開講《放光經》，〔註 59〕於機辯中，常用玄學的理論，會通般若之學。(詳見本文第三章第二節) 阮瞻爲王導年輕時的談友。〔註 60〕庾凱和王敦、謝鯤、阮修皆爲王衍所親善，號爲四友。〔註 61〕可知，阮瞻、庾凱俱爲其時名士。而由支孝龍之與阮瞻、庾凱「並結知音之交」，可知西晉末年，僧侶已和名士交往。在他們交往的過程中，必常有高論清談之事，而使得玄理和佛理有了交流的契機。

此外，《高僧傳．康僧淵傳》又載：

> 康僧淵，本西域人，生于長安。貌雖梵人，語實中國，容止詳正，志業弘深，誦《放光》、《道行》二《波若》，即《大、小品》也。晉成之世（西元 326～42 年），與康法暢、支敏度等俱過江。
>
> 暢亦有才思，善爲往復，著《人物始義論》等。暢常執麈尾行，每值名賓，輒清談盡日。庾（亮）元規謂暢曰：「此麈尾何以常在？」暢曰：「廉者不取，貪者不與，故得常在也。」……淵雖德愈暢、度，而別以清約自處，常乞丐自資，人未之識。後因分衛之次，遇陳郡殷浩，浩始問佛經深遠之理，卻辯俗書性情之義，自晝至曛，浩不能屈，由是改觀。瑯邪王（導）茂弘以鼻高眼深戲之，淵曰：「鼻者面之山，眼者面之淵，山不高則不靈，淵不深則不清。」時人以爲名答。
>
> 後於豫章立寺，去邑數十里。帶江傍嶺，林竹鬱茂，名僧勝達，響附成群。〔註 62〕

可見，東晉初，康僧淵、康法暢、支愍度過江後，和名士王導、庾亮、殷浩等往來，辯論玄理，頗受名士敬重。後康僧淵於豫章縣立寺，「名僧賢達，響附成群」，可謂蔚爲風氣。又，《高僧傳．竺法潛傳》載：

> 竺法潛，字法深，姓王，瑯邪人，晉丞相武昌郡公（王）敦之弟也。

〔註 58〕《高僧傳》(湯用彤校注)，卷四，北京：中華書局，1992 年，頁 149。

〔註 59〕《高僧傳》，卷四，頁 149。

〔註 60〕余嘉錫：《世說新語箋疏》，頁 631。

〔註 61〕《晉書》，卷四十三〈王澄傳〉，頁 1239。

〔註 62〕《高僧傳》，卷四，頁 150～1。

> 年十八出家，事中州劉元眞爲師。……潛伏膺已後，剪削浮華，崇本務學，微言興化，譽洽西朝，風姿容貌，堂堂如也。
>
> 至年二十四，講《法華》、《大品》，既蘊深解，復能善說。故觀風味道者，常數盈五百。晉永嘉初（西元 307 年），避亂過江。中宗元皇帝，及肅祖明帝、丞相王茂弘、太尉庾元規，並欽其風德，友而敬焉。建武、太寧中（西元 317～25 年），潛恒著屐至殿內，時人咸謂方外之士，以德重故也。〔註 63〕

由上，可知兩晉之際，名士和僧侶交往之風氣已開；至東晉，此風更盛，僧侶甚至可遊於宮殿之內。

其後，支遁在京師、會稽，一代名流如謝安、殷浩、許詢、郗超、孫綽、王坦之、王羲之等，皆與親善，「著塵外之狎」。〔註 64〕

在北方，道安外涉群書，善爲文章，長安中，衣冠子弟爲詩賦者，皆依附致譽。〔註 65〕則是道安兼擅文學，並頗和文士往來。

道安卒後之十六年，即姚興弘治三年（西元 401 年），鳩摩羅什亦至長安，每爲慧叡論西方辭體，商略同異，云：「天竺國俗，甚重文製，其宮商體韻，以入絃爲善。凡覲國王，必有贊德，見佛之儀，以歌歎爲貴，經中偈頌，皆其式也。但改梵爲秦，失其藻蔚，雖得大意，殊隔文體。有似嚼飯與人，非徒失味，乃令嘔噦也」。又嘗作頌贈沙門法和云：「心山育明德，流薰萬由延。哀鸞孤桐上，清音徹九天。」凡爲十偈，辭喻皆爾。〔註 66〕則鳩摩羅什亦兼擅文學，且其讀佛經，不僅當作思想性的著作，亦當作文學性的著作，故甚講究「體韻」、「滋味」。

道安之弟子慧遠，南下至廬山，劉程之（遺民）、雷次宗、周續之、宗炳、殷仲堪、謝靈運等，與之交遊。〔註 67〕

名士和僧侶交往的風氣之所以產生，乃因兩者本屬同氣，精神上易於契合。湯用彤論曰：「夫《般若》理趣，同符《老》、《莊》。而名僧風格，酷肖清流，宜佛教玄風，大振於華夏也。」〔註 68〕在此風氣之下，玄理佛理，融

〔註 63〕《高僧傳》，卷四，頁 156。
〔註 64〕《高僧傳》，卷四，〈支遁傳〉，頁 159～60。
〔註 65〕《高僧傳》，卷五，〈釋道安傳〉，頁 181。
〔註 66〕《高僧傳》，卷二，〈鳩摩羅什傳〉，頁 53。
〔註 67〕《高僧傳》，卷六，〈慧遠傳〉，頁 211～22。
〔註 68〕氏著：《漢魏兩晉南北朝佛教史》，台北：駱駝出版社，民 76 年，上冊，頁 153。

爲一體；名士名僧，混合無間。孫綽作〈道賢論〉，〔註69〕以七名僧比方竹林七賢；即此種風氣之表現。

僧侶和名士間，亦時有贈詩酬酢之事。支遁〈八關齋詩序〉曰：

> 間與何（充）驃騎期當爲合八關齋，以十月二十二日，集同意者，在吳縣土山墓下。三日清晨爲齋，始道士白衣凡二十四人，清和肅穆，莫不靜暢。至四日朝，眾賢各去。余既樂野室之寂，又有掘藥之懷，遂便獨住。於是乃揮手送歸，有望路之想。靜拱虛房，悟外身之眞；登山採（藥），集巖水之娛。遂援筆染翰，以尉（慰）二三之情。〔註70〕

《晉書．何充傳》言何充「風韻淹雅，文義見稱」，〔註71〕則亦屬名士者流。

慧遠等僧侶、名士在廬山的聚會，亦是兼具思想性和文學性。慧遠〈念佛三昧詩集序〉曰：

> 奉法諸賢，咸思一揆之契，感寸陰之頹影，懼來儲之未積。於是洗心法堂，整襟清向；夜分忘寢，夙宵惟勤。……以此覽眾篇之揮翰，豈徒文詠而已哉。〔註72〕

其時，僧侶、名士於念佛坐禪之餘，各自賦詩吟詠，故有詩集之結集。北方之僧肇，拜讀後曾大表讚賞。〔註73〕

相傳慧遠結蓮社於廬山，曾招陶淵明前往。《蓮社高賢傳》曰：

> 遠法師與諸賢結蓮社，以書招淵明，淵明曰：「若許飲則往。」許之，遂造焉；忽攢眉而去。〔註74〕

惟湯用彤指出，蓮社故事皆屬妄僞。〔註75〕不過，陶淵明和廬山諸賢，如劉程之（遺民）、周續之，交情匪淺，並稱「尋陽三隱」，〔註76〕陶淵明分別有詩〈和劉柴桑〉、〈酬劉柴桑〉、〈示周續之、祖企、謝景夷三郎〉贈之。其中，

〔註69〕嚴可均輯：〈全晉文〉，卷六十二，頁4～5。

〔註70〕《廣弘明集》，《大正藏》冊五十二，卷三十，頁350。

〔註71〕《晉書》，卷七十七，頁2028。

〔註72〕《廣弘明集》，卷三十，頁351。

〔註73〕僧肇〈答劉遺民書〉云：「威道人至，得君〈念佛三昧詠〉，并得遠法師〈三昧詠及序〉。此作興寄既高，辭致清婉，能文之士，率稱其美；可謂游涉聖門、扣玄關之唱也。」《大正藏》，冊45，頁155下。

〔註74〕《漢魏叢書》，冊二，頁1512。

〔註75〕詳參氏著：《漢魏兩晉南北朝佛教史》，頁366～71。

〔註76〕《宋書》，台北：鼎文書局，民82年，卷九十三〈周續之傳〉，頁2280。

〈和劉柴桑〉言：「山澤久見招，胡事乃躊躇？直為親舊故，未忍言索居。」〔註 77〕婉拒了劉程之同住廬山之邀。然則，陶淵明即使未嘗前往廬山，於慧遠亦當有所耳聞。

第四節　南北朝時期

佛教的發展，到了南朝，已達極盛，自君王、士大夫、庶民幾乎均奉佛，大小寺廟林立，僧徒以萬計，講筵法會，殆不可勝數。彼時，文人和僧侶間之交往，自然非常密切。較重要者如下：

一、謝靈運、顏延之等和僧侶

謝靈運於東晉末，已曾入廬山，見慧遠，「肅然心服」。〔註 78〕慧遠曾請靈運撰寫〈佛影銘〉。〔註 79〕慧遠卒後，靈運為作〈廬山慧遠法師誄〉。〔註 80〕入宋以後，謝靈運、顏延之、釋慧琳，並和廬陵王義真「周旋異常」。〔註 81〕釋慧琳為竺道生之友。〔註 82〕武帝永初三年（西元 422 年），謝靈運遷永嘉郡太守，與「同遊諸道人」法勗、僧維、慧驎等辯論，申明竺道生頓悟義，撰成〈辯宗論〉，又作書答釋法綱、慧琳、王弘等之問難。竺道生作書答王弘，稱讚靈運意與己意「都無間然」。〔註 83〕宋少帝景平元年（西元 423 年），謝靈運稱疾去職，歸隱始寧縣故宅，與隱士王弘之、孔淳之等縱放為娛，有終焉之志；並在石壁山建招提精舍，招待四方過往僧人。釋曇隆曾於此時造訪。〔註 84〕其〈山居賦〉曰：

> 建招提於幽峰，冀振錫之息肩。……法音晨聽，放生夕歸。研賞書理，敷文奏懷。……安居二時，冬夏三月。遠僧有來，近眾無闕。法鼓朗響，頌偈清發。散華霏蕤，流香飛越。析曠劫之微言，說像法之遺旨。乘此心之一毫，濟彼生之萬理。啓善趣於南倡，歸清暢

〔註 77〕逯欽立校注：《陶淵明集》，台北：里仁書局，民 74 年，卷二，頁 57。
〔註 78〕《高僧傳・慧遠傳》，卷六，頁 221。
〔註 79〕《廣弘明集》，卷十五，頁 199。
〔註 80〕《廣弘明集》，卷二十三，頁 267。
〔註 81〕《宋書》，卷六十一〈武三王傳〉，頁 1635。
〔註 82〕參慧琳著〈龍光寺竺道生法師誄〉，《廣弘明集》，卷二十三，頁 265～6。
〔註 83〕並見《廣弘明集》，卷十八，頁 224～8。
〔註 84〕參謝靈運著〈曇隆法師誄〉，《廣弘明集》，卷二十三，頁 266。

於北机。非獨愜於予情，諒僉感於君子。

自注曰：

眾僧冬夏二時坐，謂之安居，輒九十日。眾遠近聚萃，法鼓、頌偈、華、香四種，是齋講之事。析説是齋講之議。乘此之心，可濟彼之生。南倡者都講，北机者法師。山中靜寂，實是講説之處。兼有林木，可隨寒暑，恒得清和，以爲適也。〔註 85〕

觀此，可知其時文人、隱士、僧侶相聚談論之盛況。其中，兼有法鼓、頌偈、華、香之美，林木之適，則此齋講，未嘗不也是一次藝文性的活動。而平日之「敷文奏懷」，自是屬於文學創作之事。

宋文帝元嘉八年（西元 431 年），謝靈運在京師，共釋慧嚴、慧觀等治改《大涅槃經》，〔註 86〕又諮釋慧叡佛經音義，條列梵漢，著《十四音訓敘》。〔註 87〕慧叡、慧嚴、慧觀俱爲鳩摩羅什的高足，與竺道生同學齊名，時人評曰：「（道）生、（慧）叡發天眞，（慧）嚴、（慧）觀窪流得。」〔註 88〕

元嘉初三月上巳，文帝仿王羲之蘭亭之會，車駕臨曲水讌會，命釋慧觀與朝士賦詩。慧觀即坐先獻，文旨清婉。慧觀並與王僧達、何尚之友善。〔註 89〕

宋文帝致意佛經，及見嚴、觀諸僧，輒論道義理。時顏延之著〈離識觀〉及〈論檢〉，帝命慧嚴辯其同異，往復終日，帝笑曰：「公等今日，無愧支、許。」〔註 90〕

元嘉二十四年（西元 447 年），徐湛之出爲南兗州刺史，起風亭、月觀，吹臺、琴室，果竹繁茂，花藥成行，招集文士，盡遊玩之適。時有沙門釋惠休，善屬文，辭采綺豔，湛之與之甚厚。〔註 91〕惠休有文集行世，〔註 92〕鍾嶸《詩品》有評。〔註 93〕

〔註 85〕《宋書》，卷六十七〈謝靈運傳〉，頁 1754～70。
〔註 86〕《高僧傳》，卷七〈慧嚴傳〉，頁 262～3。
〔註 87〕《高僧傳》，卷七，〈慧叡傳〉，頁 260。
〔註 88〕《高僧傳》，卷七，〈竺道生傳〉，頁 257。
〔註 89〕《高僧傳》，卷七，〈慧觀傳〉，頁 264～5。
〔註 90〕《高僧傳》，卷七，〈慧嚴傳〉，頁 262。
〔註 91〕《宋書》，卷七十一〈徐湛之傳〉，頁 1847。
〔註 92〕《隋書》，台北：鼎文書局，民 82，卷三十五〈經籍志四〉著錄，頁 1075。
〔註 93〕呂德申：《鍾嶸詩品校釋》，頁 192。

二、竟陵八友和僧侶

齊武帝永明年間（西元 483～93 年），竟陵王蕭子良禮才好士，天下才學皆遊集焉。《南齊書・武十七王傳》曰：

> （子良）善立勝事，夏月客至，爲設瓜飲及甘果，著之文教。士子文章及朝貴辭翰，皆發教撰錄。

又曰：

> （子良）移居雞籠山邸，集學士抄《五經》、百家，依《皇覽》例爲《四部要略》千卷。招致名僧，講語佛法，造經唄新聲，道俗之盛，江左未有也。〔註 94〕

由於子良並好文學、佛法，故該集團內，兼有文人、名僧兩類成員；遊宴賦詩和講筵說法，亦同時而並行。其中，沈約、范雲、任昉、謝朓、蕭衍、王融、陸倕、蕭琛等，以文學知名，號曰：「八友」。〔註 95〕八友不只參加遊宴賦詩，亦參加講筵說法，王融有詩〈棲玄寺聽講畢遊邸園七韻應司徒教詩〉〔註 96〕記之。而永明聲律理論的發展成熟，亦曾受到佛經轉讀梵唄的影響。〔註 97〕

三、梁武帝父子等和僧侶

梁武帝及其諸子昭明太子、簡文帝、元帝，並皆好佛。武帝常於重雲殿及同泰寺說法，名僧碩學、四部聽眾，常萬餘人。〔註 98〕昭明太子亦崇信三寶，遍覽群經，於宮內別立慧義殿，專爲法集之所，招引名僧，談論不絕。〔註 99〕昭明太子曾講解二諦義及法身義，並接受慧超、慧琰等僧侶的諮問。〔註 100〕簡文帝、元帝亦皆曾參與其間。簡文帝有〈請御講啓〉數首，〔註 101〕又有〈上皇太子玄圃講頌啓〉、〈玄圃園講頌〉。〔註 102〕元帝有詩〈和劉尚書侍講〉，〔註 103〕

〔註 94〕《南齊書》，台北：鼎文書局，民 82 年，卷四十，頁 694；698。

〔註 95〕《梁書》，台北：鼎文書局，民 82 年，卷一〈武帝紀〉，頁 2。

〔註 96〕逯欽立輯：《先秦漢魏晉南北朝詩》，台北：木鐸出版社，民 77 年，冊中，頁 1395。

〔註 97〕詳參陳寅恪著：〈四聲三問〉，《陳寅恪先生論文集》，台北：三人行出版社，民 63 年，頁 450。

〔註 98〕《梁書》，卷三，頁 96。

〔註 99〕《梁書》，卷八〈昭明太子傳〉，頁 166。

〔註 100〕《廣弘明集》，卷二十一，頁 247～51。

〔註 101〕《廣弘明集》，卷十九，頁 234～5。

〔註 102〕《廣弘明集》，卷二十，頁 242。

即位以後，常自敷揚《法華》、《成論》，盛開學府，廣召義僧。〔註104〕

梁武帝父子四人，皆擅文學，故其集團內，亦網羅不少文士，如沈約、范雲、任昉、劉孝標、陸倕、蕭琛、劉之遴、江淹、蕭子顯、劉孝綽、裴子野、王筠、蕭子雲、劉勰、庾肩吾、徐陵、庾信等等，〔註105〕幾乎包括梁代所有重要作家。其時，文士多常參與法會，和僧侶往來密切。如，沈約有〈千僧會願文〉、〔註106〕〈述僧設會論〉、〔註107〕〈與約法師書〉〔註108〕等。蕭子顯有〈敘御講波若義〉。〔註109〕王筠有〈與東陽盛法師書〉、〔註110〕〈與雲僧正書〉。〔註111〕劉孝標有〈與舉法師書〉。〔註112〕劉孝綽有〈答雲法師書〉。〔註113〕劉之遴有〈弔震法師書〉、〈弔僧正京法師書〉。〔註114〕劉勰早孤，依沙門僧祐，與之居處，積十餘年，遂博通經論，因區別部類，錄而序之。勰爲文長於佛理，京師寺塔及名僧碑誌，必請勰製文。後出家，改名慧地。〔註115〕

彼時之講筵法會，固然談玄說理、餐經味道，但亦常伴隨文藝性的活動。如梁武帝說法，命文士賦詩記之。簡文帝有〈大法頌〉、〔註116〕〈蒙華林園戒詩〉、〈預懺直疏詩〉，王筠應詔奉和。〔註117〕梁武帝行八關齋，和徐防、孔燾、諸葛톄、王臺卿、李鏡遠、簡文帝、庾肩吾等輪番作詩唱和，而成詩〈八關齋夜賦四城門更作四首〉。〔註118〕昭明太子鍾山講解後，命陸倕、蕭子顯、劉

〔註103〕《廣弘明集》，卷三十，頁354。
〔註104〕《續高僧傳·義解篇論》，《大正藏》，冊五十，頁584。
〔註105〕詳參呂光華：《南朝貴遊文學集團研究》（政大中文所民79年博士論文），附錄〈南朝貴遊文學集團表〉，頁323～6。
〔註106〕《廣弘明集》，卷二十八，頁324。
〔註107〕《廣弘明集》，卷二十四，頁273。
〔註108〕《廣弘明集》，卷二十八，頁326。
〔註109〕《廣弘明集》，卷十九，頁236～9。
〔註110〕《廣弘明集》，卷二十四，頁274。
〔註111〕《廣弘明集》，卷二十八，頁326。
〔註112〕《廣弘明集》，卷二十四，頁274～5。
〔註113〕《廣弘明集》，卷二十八，頁327。
〔註114〕《廣弘明集》，卷二十四，頁275～6。
〔註115〕《梁書》本傳，卷五十，頁710～2。
〔註116〕《廣弘明集》，卷二十，頁240～2。
〔註117〕《廣弘明集》，卷三十，頁353～4。
〔註118〕《廣弘明集》，卷三十，頁354～5。

孝綽等作詩奉和。〔註 119〕其中，陸倕詩有曰：「道筵終後說，鑾轡出郊坰。雲峰響流吹，松野映風旌。」蕭子雲〈玄圃園講賦〉亦曰：「惟至人之講道，必山林之閑曠。」〔註 120〕則是講筵之前後，伴有遊山賦詩之活動。文士遊山寺，亦常喜賦詩詠之。昭明太子有〈開善寺法會詩〉。〔註 121〕簡文帝有〈旦出興業寺講詩〉、〔註 122〕〈遊光宅寺詩〉，〔註 123〕另有〈望同泰寺浮圖詩〉，並命王訓、王臺卿、庾信等奉和。〔註 124〕王錫有〈宿山寺賦〉。〔註 125〕後梁宣帝有〈遊七山寺賦〉。〔註 126〕

有陳一代，雖戰亂頻仍，然君臣仍竭力奉佛。陳武帝永定二年（西元 558 年），帝輿駕幸大莊嚴寺，發《金光明經》題，又設無礙大會，捨乘輿法物。〔註 127〕陳後主亦曾於太建十四年（西元 582 年），設無礙大會於太極殿，捨身及乘輿御服，大赦天下。〔註 128〕

其時，著名文人，如徐陵、江總、姚察等，皆精通佛法，和僧侶往來密切。徐陵曾在東宮，爲後主講《大品》經，義學名僧，自遠雲集，每講筵商較，四座莫能與抗。〔註 129〕江總自敘，弱歲歸心釋教，年二十餘，入鍾山就靈曜寺則法師受菩薩戒，暮歲官陳，與攝山布上人遊款。〔註 130〕姚察幼年嘗就鍾山明慶寺尚禪師受菩薩戒，及官陳，祿俸皆捨寺起造，並追爲禪師樹碑，文甚遒麗。〔註 131〕

北朝之佛教，雖亦極盛，但和南朝互異其趣。南朝偏重玄學義理，上承魏晉以來之系統。北朝偏重宗教行爲，下啓隋唐以後之宗派。〔註 132〕

北朝之文學，亦和南朝明顯不同。《北史・文苑傳》曰：

〔註 119〕《廣弘明集》，卷三十，頁 354。
〔註 120〕《廣弘明集》，卷二十九，頁 340。
〔註 121〕《廣弘明集》，卷三十，頁 352～3。
〔註 122〕《廣弘明集》，卷三十，頁 354。
〔註 123〕《廣弘明集》，卷三十，頁 355。
〔註 124〕《廣弘明集》，卷三十，頁 353。
〔註 125〕《廣弘明集》，卷二十九，頁 339。
〔註 126〕《廣弘明集》，卷二十九，頁 338～9。
〔註 127〕《陳書》，台北：鼎文書局，民 82 年，卷二〈高祖本紀下〉，頁 38。
〔註 128〕《陳書》，卷六〈後主本紀〉，頁 108。
〔註 129〕《陳書》，卷二十六本傳，頁 334。
〔註 130〕《陳書》，卷二十七本傳，頁 347。
〔註 131〕《陳書》，卷二十七本傳，頁 352。
〔註 132〕湯用彤：《漢魏兩晉南北朝佛教史》，下冊，頁 487。

> 江左宮商發越，貴於清綺；河朔詞義貞剛，重乎氣質。氣質則理勝其詞，清綺則文過其意。理深者便於時用，文華者宜於詠歌。此其南北詞人得失之大較也。〔註 133〕

北朝文深受實用精神的支配，士族文人多把注意力和精力投入到實用性的寫作中去。〔註 134〕故北朝甚少有較重要之文學家，以致一般文學史常略過北朝文學。

因此，北朝的文學和思想之交流，並不顯著。故不贅。

〔註 133〕《北史》，台北：鼎文書局，民 80 年，卷八十三，頁 2781～2。

〔註 134〕詳參吳先寧：《北朝文學研究》，台北：文津出版社，民 82 年，頁 116。

第三章　「本無」型的心靈境界

湯用彤總論六朝學術曰：

> 魏晉以訖南北朝，中華學術界異說繁興，爭論雜出，其表面上雖非常複雜，但其所爭論，實不離體用觀念。……以無爲本，以萬有爲末，本末即謂體用。〔註 1〕

可知，「有無關係」爲六朝思想中最重要的核心問題。六朝思想家探討此問題而分別提出「本無」、「崇有」、「有無相即」，則可標示出六朝思想發展的三個主要階段。〔註 2〕

然而，「有」、「無」本是思想家從生活體會所概括而來的基本觀念，而「本無」、「崇有」、「有無相即」又和人生態度密不可分；〔註 3〕故「本無」、「崇有」、

〔註 1〕氏著：《漢魏兩晉南北朝佛教史》，頁 333。

〔註 2〕湯用彤將魏晉僧俗學說分爲「本無」、「崇有」、「心無」、「不眞空」四種流別，曰：「今按玄學者辨有無之學也。僧肇居東晉末葉，品評一代學術。總舉三家，一心無，二即色，三本無。周顒在南齊之世，會合眾師玄義，定爲三宗，一不空假名，二空假名，三假名空。不空假名與即色實爲一系。空假名與本無頗有相同。是則王弼本無之學，以及向、郭與即色之說，均源遠流長，爲魏晉南朝主要之學說也。假名空者，上接不眞空義，乃僧肇之學，自在三家之外。至若心無，僅流行於晉代，故周顒三宗遂未言及也。」詳參氏著：《魏晉玄學論稿》，收入《魏晉思想》，台北：里仁書局，民 73 年，頁 49～61。筆者以爲「心無」本是「本無」之支派，故周顒未別立一宗。而且，僧肇之學，和支遁「即色」之義，實有許多相似之處。（詳見本文第四章第二節）

〔註 3〕持此類似看法的學者不少，如，陳寅恪曰：「當時（魏末西晉）諸人名教與自然主張之互異即是自身政治立場之不同，乃實際問題，非止玄想而已。」又曰：「陶淵明之主張自然，無論其爲前人舊說或己身新解，俱與當日實際政治有關，不僅是抽象玄理無疑也。」詳參氏著：〈陶淵明之思想與清談之關係〉，

「有無相即」不僅可標示不同的思想派別，亦可指向不同類型的心靈境界。以下三章，即據以區分六朝的心靈境界爲三種不同的類型。雖然，六朝之心靈境界可分爲「本無」、「崇有」、「有無相即」三型，然而，三者僅是各有偏重，並非截然不同。

第一節　「本無」一詞的含意

「本無」之「無」，出自《老子》。老子曰：「天下萬物生於有，有生於無。」（第四十章）又曰：「無，名天地之始；有，名萬物之母。」（第一章）「無」是指宇宙本體——「道」。因爲「道」超越於一切現象的相對分別之上，故用來指「道」之「無」，即含有「無形」、「無名」、「無爲」（「自然」）、「無欲」（「虛靜」）等等無比豐富之意涵。到了魏晉玄學，「無」的意涵更是被充分闡發，而涵蓋了宇宙、政治、社會、人生各層面，非僅作爲名相概念而已。而「本無」，即是以「無」作爲宇宙、政治、社會、人生各層面所遵循之根本原理，故「本無」亦可說是一種人生態度。

到了佛學盛行，「無」的意涵有所轉變，「無」被用來指諸法的本質——「眞如」。一切法都是待緣而生起，並無獨立的自性，故其本質是「空」。此指「眞如」之「無」，即含有「空」義。而「本無」，即是視「無」爲宇宙、人生種種現象之本質。既視爲「空」，則能捨棄萬物，止息情欲，追求涅槃。故佛學之「本無」，仍可說是一種人生態度。

《陳寅恪先生論文集》，頁 311、頁 332。莊耀郎說：「魏晉玄學興起的原因，其實是在紛亂的現實中，人們急欲解除桎梏，反本歸根，回到生命自然的呼籲。……『自然與名教』的關係之主題的論辯和詮釋，其目的都是在解決理想和現實的衝突，尋找一個價值的安頓。」詳參氏著：《郭象玄學》，台北：里仁書局，民 87 年，頁 1～2。高晨陽說：「魏晉玄學有無之辨，落在社會人生方面說，即自然與名教之辨。……玄學的有無之辨，不是作純思辨的概念遊戲，而在於據此爲人生尋找一個形而上的根據。」詳參氏著：〈論玄學“有”“無”範疇的根本義蘊〉，《文史哲》1996 年第 1 期，頁 32。不僅玄學如此，佛學亦然。錢穆云：「佛學無寧是根據於其人生觀而建立其宇宙觀者，又無寧是出發於對人類心理之精微觀察而達成其倫理的主張者。」詳參氏著：《中國思想史》，台北：臺灣學生書局，民 84 年，頁 148。方立天也說：「在佛教發展的歷史過程中，爲了說明人生的解脫問題，而逐漸擴展到對宇宙的看法，形成了佛教的世界觀。在多數的佛教典籍中，人生觀和世界觀是交織在一起的。」詳參氏著：《佛教哲學》，台北：洪葉文化事業公司，民 83 年，頁 2。

第二節 「本無」境在思想上的開展

一、玄學所持的「本無」之立場

（一）漢末文學的吶喊

漢代獨尊儒術的學術大一統局面，〔註4〕到了東漢末年，已經千瘡百孔，難以維持。政治的黑暗，禮教的虛僞，經學的繁瑣，讖緯的妄誕……構成了時代的苦悶。而這苦悶不得不從詩人的筆端宣洩出來。

張衡作〈思玄賦〉，《文選舊注》曰：「順、和二帝之時，國政稍微，專恣內豎，平子欲言政事，又爲奄豎所讒蔽，意不得志；欲游六合之外，勢既不能，義又不可。但思其玄遠之道而賦之，以申其志耳。」〔註5〕賦中對名教的價值觀，如「學而優則仕」、「成功立名」等，多所懷疑，而對「眾僞冒眞」、「循法度而離殃」之政治，深感失望，轉而嚮往遊仙，嘉許歸耕，寄心於老子無爲之玄道。張衡又作〈歸田賦〉，〔註6〕歌詠老莊「縱心物外」、「榮辱皆忘」之樂。〈髑髏賦〉〔註7〕則嘲笑世俗之「生爲役勞」、「榮位在身，不亦輕於塵毛」。榮位者，名教之所重，而張衡卻加以鄙視。張衡此三賦，明顯與漢

〔註4〕史上稱爲「名教之治」。「名教」一詞，在魏以前，或稱爲「禮教」（《莊子・徐無鬼》）。今存典籍中，最早使用「名教」一詞者，爲嵇康之〈釋私論〉，云：「越名教而任自然」。其後使用者漸多。陳寅恪曰：「名教者，依魏晉人解釋，以名爲教，即以官長君臣之義爲教，亦即入世求仕者所宜奉行者也。」詳參氏著：〈陶淵明之思想與清談之關係〉，頁311。許杭生等說：「所謂“名教”，就是把符合封建統治階級利益的政治觀念，道德觀點，立爲名分，定爲名目，號爲名節，制爲功名，以之來進行“教化”、規範人們的言行。」詳參氏著：《魏晉玄學史》，陝西：陝西師範大學出版社，1989，頁206。莊耀郎說：「名教經過兩漢的曲折發展，已經失去了孔孟內在心性的根據，所繼承的只存制度形式，……經學和利祿結合而有所謂的功令，司馬遷已憂其質變，東漢的選舉以名，遂流於竊名競名，盜取虛聲，本末倒置，徒飾浮華。」詳參氏著：《郭象玄學》，頁216～7。王曉毅曾下一簡要定義：「所謂名教，是將儒家倫理範疇（名號）作爲選官的標準，選拔因模範遵守倫理道德而獲得相應聲名的人物當官，以此教育誘導百姓遵守道德，達到天下大化（大治）。可悲的是，神聖的道德教化一旦與升官發財相聯，則很快會變成獲取功名利祿的工具。」詳參氏著：〈從一元到多元——漢魏之際思想巨變鳥瞰〉，《二十一世紀》1993年6月號＝17期，頁116。

〔註5〕《文選》，台北：文津出版社，民76年，卷十五，頁651。

〔註6〕《文選》，卷十五，頁692～3。

〔註7〕《張衡詩文集校注》（張震澤校注），上海：上海古籍出版社，1986年，頁247～8。

朝名教相衝突，實爲開啓新時代之先聲。

樂府詩中，也充滿民間苦痛的吶喊。朱秬堂曰：

> 讀〈飲馬長城窟行〉，則夫妻不相保矣；讀〈婦病行〉，則父子不相保矣；讀〈上留田〉、〈孤兒行〉，則兄弟不相保矣。「亡國之音哀以思，其民困」，俗吏知錢穀簿書，至於情義乖離，風俗頹壞，乃恬不知怪，可痛也夫！〔註 8〕

人們失去了對於「名教之治」的信仰，由彷徨、疑惑，到絕望、厭惡，再到唾棄、逃避。〈西門行〉〔註 9〕勸人及時行樂，曰「今日不作樂，當待何時？」，對未來充滿不確定感，只有藉酒肉來麻痹自己，排解憂愁，而對世俗追求名利，「常懷千歲憂」、「貪財愛惜費」，嗤之以鼻。〈善哉行〉〔註 10〕則要經歷名山，尋訪神仙，嚮往神仙之「要道不煩」、「游戲雲端」，亦是爲了逃避現實的苦悶。

而〈古詩爲焦仲卿妻作〉，〔註 11〕則控訴禮教扼殺人性、剝奪自由，所謂「汝豈得自由」，故造成人世間之悲劇，使人們生活於苦悶中，所謂「同是被逼迫，君爾妾亦然」。此詩是進一步表露對禮教的深惡痛絕。

同樣憂愁的情調，在〈古詩十九首〉中，比比皆是。茲舉一首爲例：

> 驅馬上東門，遙望郭北墓。
> 白楊何蕭蕭！松柏夾廣路。
> 下有陳死人，杳杳即長暮。
> 潛寐黃泉下，千載永不寤。
> 浩浩陰陽移，年命如朝露。
> 人生忽如寄，壽無金石固。
> 萬歲更相送，聖賢莫能度。
> 服食求神仙，多爲藥所誤。
> 不如飲美酒，被服紈與素。〔註 12〕

在亂世中，易使人感到禍福無常，生命短暫，未來無法掌握，「榮名」、「聖賢」等名教價值體系，至此皆已瓦解，唯有把握現在，及時行樂。此外，如「人

〔註 8〕黃節：《漢魏樂府風箋》，台北：學海出版社，民 79 年，頁 38。
〔註 9〕黃節：《漢魏樂府風箋》，頁 31～2。
〔註 10〕黃節：《漢魏樂府風箋》，頁 25。
〔註 11〕吳兆宜：《玉臺新詠箋注》（穆克宏點校），台北：明文書局，民 77 年，卷一，頁 42～54。
〔註 12〕《文選》，卷二十九，頁 1348。

生天地間，忽如遠行客。」、「人生寄一世，奄忽若飆塵。」、「所遇無故物，焉得不速老？」、「四時更變化，歲暮一何速？」、「出郭門直視，但見丘與墳。」、「生年不滿百，常懷千歲憂。」等等，其意相近，故不贅。

至仲長統，亦厭棄名教之價值。《後漢書．仲長統傳》載：

> 統性俶儻，敢直言，不矜小節，默語無常，時人或謂之狂生。每郡命召，輒稱疾不就。常以爲凡遊帝王者，欲以立身揚名耳，而名不常存，人生易滅，優遊偃仰，可以自娛，欲卜居清曠，以樂其志。〔註13〕

「名不常存」、「人生易滅」皆漢末詩人常有之感慨。仲長統所著〈樂志論〉，可作爲漢晉之際士大夫論人生理想之典範，〔註14〕其論略云：

> 安神閨房，思老氏之玄虛；呼吸精和，求至人之彷彿。……消搖一世之上，睥睨天地之閒。不受當時之責，永保性命之期。如是，則可以陵霄漢，出宇宙之外矣。豈羨夫入帝王之門哉！〔註15〕

文中，頗有超脫塵世之思，而於名教之「帝王之門」，不屑一顧。仲長統又有詩二篇，略謂：「人事可遺，何爲局促？」、「叛散《五經》，滅棄《風、雅》，……抗志山栖，游心海左。」〔註16〕其意和〈樂志論〉相同，不贅。

這些詩文對漢朝政治之絕望，成爲時代共同的心聲，無異宣告漢朝的結束，並揭開新時代的序幕。

（二）建安文學的新聲

於是，曹魏以反傳統的姿態出現，〔註17〕建立了新政權。曹操、曹丕、曹植父子，俱擅文學，幕下網羅不少文人，建安七子尤爲著名，由此而形成所謂的「建安詩風」。他們受到樂府詩很大的影響，故採用樂府詩的舊題，寫作大量的詩歌。但他們在精神上，卻已有新的發展，故不受原題原意的限制，

〔註13〕《後漢書》，台北：鼎文書局，卷四十九，頁1644。

〔註14〕詳參余英時：《中國知識階層史論》，台北：聯經出版事業公司，民82年，頁253～74。

〔註15〕《後漢書．仲長統傳》，卷四十九，頁1644。

〔註16〕《後漢書．仲長統傳》，頁1645～6。

〔註17〕如曹操下令求賢，「唯才是舉」，不取德行；明顯和「據德行取士」之名教不同。見《三國志》，卷一〈武帝紀〉，頁32。又，王瑤說：「曹操在當時本是反傳統的人物，他自己出身不高，……所以他雖然已成了政治上的領袖，但仍和東漢以來的名門士族間，存在著若干對立的矛盾。他在各種設施上的改變傳統，如用人唯才的詔令，屯田制，户調的新税制等，都可視爲對名門勢力的一種摧抑。」見氏著：《中古文學史論》，北京：北京大學出版社，1986年，頁212。

而自由詠懷。〔註 18〕

建安詩歌仍延續了漢末樂府、古詩的基調，即：對「名教之治」的絕望和厭惡。故樂府、古詩中常見的主題，如「生命短暫」、「及時行樂」、「慕道求仙」等，在建安詩歌中仍大量出現。寫「生命短暫」者，如曹操〈精列〉、〔註 19〕〈短歌行〉、〔註 20〕〈步出夏門行〉、〔註 21〕劉楨詩〈天地無期竟〉、〔註 22〕徐幹〈室思詩〉、〔註 23〕阮瑀〈七哀詩〉、〔註 24〕詩〈白髮隨櫛墮〉、〈民生受天命〉、〔註 25〕曹丕〈丹霞蔽日行〉、〔註 26〕曹植〈浮萍篇〉、〔註 27〕〈野田黃雀行〉(〈箜篌引〉)、〔註 28〕〈送應氏詩〉〔註 29〕等等。寫「及時行樂」者，如王粲〈公讌詩〉、〔註 30〕曹丕〈善哉行〉、〔註 31〕〈大牆上蒿行〉、〔註 32〕〈芙蓉池作詩〉〔註 33〕等等。寫「慕道求仙」者，如曹操〈氣出倡〉、〔註 34〕〈陌上桑〉、〔註 35〕曹植〈飛龍篇〉、〔註 36〕〈升天行〉、〔註 37〕〈五遊詠〉、〔註 38〕〈遠遊篇〉、〔註 39〕〈仙人篇〉、〔註 40〕〈驅車篇〉、〔註 41〕〈平陵東行〉、〔註

〔註 18〕方東樹評曹植〈箜篌引〉詩曰：「此不必拘樂府解題……曹公父子皆用樂府題目自作詩耳！」見氏著：《方東樹評古詩選》，台北：聯經出版事業公司，民 64 年，頁 35。

〔註 19〕逯欽立輯：《先秦漢魏晉南北朝詩》，冊上，頁 346。

〔註 20〕逯欽立輯：《先秦漢魏晉南北朝詩》，頁 349。

〔註 21〕逯欽立輯：《先秦漢魏晉南北朝詩》，頁 353～4。

〔註 22〕逯欽立輯：《先秦漢魏晉南北朝詩》，頁 373。

〔註 23〕逯欽立輯：《先秦漢魏晉南北朝詩》，頁 376～7。

〔註 24〕逯欽立輯：《先秦漢魏晉南北朝詩》，頁 380。

〔註 25〕逯欽立輯：《先秦漢魏晉南北朝詩》，頁 381。

〔註 26〕逯欽立輯：《先秦漢魏晉南北朝詩》，頁 391。

〔註 27〕逯欽立輯：《先秦漢魏晉南北朝詩》，頁 424。

〔註 28〕逯欽立輯：《先秦漢魏晉南北朝詩》，頁 425。

〔註 29〕逯欽立輯：《先秦漢魏晉南北朝詩》，頁 454～5。

〔註 30〕逯欽立輯：《先秦漢魏晉南北朝詩》，頁 360。

〔註 31〕逯欽立輯：《先秦漢魏晉南北朝詩》，頁 390～1。

〔註 32〕逯欽立輯：《先秦漢魏晉南北朝詩》，頁 396～7。

〔註 33〕逯欽立輯：《先秦漢魏晉南北朝詩》，頁 400。

〔註 34〕逯欽立輯：《先秦漢魏晉南北朝詩》，頁 345。

〔註 35〕逯欽立輯：《先秦漢魏晉南北朝詩》，頁 348。

〔註 36〕逯欽立輯：《先秦漢魏晉南北朝詩》，頁 421～2。

〔註 37〕逯欽立輯：《先秦漢魏晉南北朝詩》，頁 433。

〔註 38〕逯欽立輯：《先秦漢魏晉南北朝詩》，頁 433～4。

〔註 39〕逯欽立輯：《先秦漢魏晉南北朝詩》，頁 434。

〔註 40〕逯欽立輯：《先秦漢魏晉南北朝詩》，頁 434。

〔註 41〕逯欽立輯：《先秦漢魏晉南北朝詩》，頁 435。

42〕〈遊仙詩〉、〔註 43〕〈述仙詩〉〔註 44〕等等。感「生命短暫」，而欲「及時行樂」，或「慕道求仙」，皆是由於喪失對「名教之治」的信仰所致。在「名教之治」的價值體系中，人生的目的在於遵行禮教，並經由遵行禮教，而得到「名」、「利」作爲獎賞，生命雖然有限，但「身後名」則可永流傳。故在「名教之治」的價值體系中，本不會感慨「生命短暫」，而所求既在禮教之名利，則自不會主張「及時行樂」或「慕道求仙」。換言之，感「生命短暫」，而欲「及時行樂」或「慕道求仙」，皆是先已否定了「名教之治」的價值體系。故曹丕〈善哉行〉曰：「沖靜得自然，榮華何足爲？」「榮華」者，即「名教之治」中之名利。曹植〈贈丁翼詩〉〔註 45〕曰：「滔蕩固大節，時俗多所拘。君子通大道，無願爲世儒。」顯然對禮教之拘泥小節，甚爲鄙視。此外，當時出現許多描寫婚姻愛情的賦，如丁廙妻〈寡婦賦〉、〔註 46〕曹丕〈出婦賦〉、〔註 47〕曹植〈出婦賦〉、〔註 48〕〈敘愁賦〉、〔註 49〕王粲〈神女賦〉、〔註 50〕阮瑀〈止欲賦〉〔註 51〕等等，或寫婦女在「夫爲妻綱」的桎梏下，完全喪失生活的自由，飽受禮教的毒害；或寫女性獨立的人格，反映女性意識的覺醒；或寫熱烈大膽地追求美好的愛情；皆提出與傳統禮教相悖的新觀念。〔註 52〕故漢末樂府、古詩中反對名教的基調，在建安詩歌中，得到延續、發揚。

然而，在相同的基調上，建安詩歌又產生了變奏。這變奏就是所謂「建功揚名」的意識。建安詩人雖亦感慨「生命短暫」，但並不止於感慨，轉而欲把握此短暫的生命，以開創豐功偉業；雖亦輕視名教的虛妄，但並不止於輕視，轉而對實功實效高度重視。故曹操〈步出夏門行〉在感慨「神龜雖壽，猶有竟時。騰蛇乘霧，終爲土灰」之後，隨即筆鋒一轉，寫道：「老驥伏櫪，志在千里。烈士暮年，壯心不已。」正因真切體認「生命短暫」之事實，故

〔註 42〕逯欽立輯：《先秦漢魏晉南北朝詩》，頁 437。
〔註 43〕逯欽立輯：《先秦漢魏晉南北朝詩》，頁 456。
〔註 44〕逯欽立輯：《先秦漢魏晉南北朝詩》，頁 464。
〔註 45〕逯欽立輯：《先秦漢魏晉南北朝詩》，頁 452。
〔註 46〕嚴可均輯：《全後漢文》，卷九十六，頁 10～1。
〔註 47〕嚴可均輯：《全三國文》，卷四，頁 3。
〔註 48〕嚴可均輯：《全三國文》，卷十三，頁 6。
〔註 49〕嚴可均輯：《全三國文》，卷十三，頁 7～8。
〔註 50〕嚴可均輯：《全後漢文》，卷九十，頁 5。
〔註 51〕嚴可均輯：《全後漢文》，卷九十三，頁 1。
〔註 52〕詳參畢萬忱：〈話說建安三國賦的新變〉，《國文天地》8 卷 10 期，民 82 年 3 月，頁 51～61。

渴求「建功揚名」之壯志才會如此強烈。王粲〈從軍詩〉〔註 53〕其一曰：「竊慕負鼎翁，願厲朽鈍姿。不能效沮溺，相隨把鋤犁。」亦是要效力建功，而反對隱士隱居。陳琳〈詩〉〔註 54〕在感慨「騁哉日月逝，年命將西傾」之後，馬上又說：「建功不及時，鐘鼎何所銘？」曹植〈薤露行〉〔註 55〕在感慨「人居一世間，忽若風吹塵」之後，緊接著說：「願得展功勤，輸力於明君。」可知，建安詩人「建功揚名」的意識，看似與漢末詩人感慨「生命短暫」的意識相反，然而，兩者實同出於「名教瓦解」此一基調。

建安詩歌中，「建功揚名」的積極意識，甚受文學史家之推崇，稱之爲「建安風骨」。〔註 56〕不過，論者多將建安詩人的「建功揚名」意識，和儒家「修己以安百姓」的積極態度相比擬，〔註 57〕進而更將建安時代獨立於魏晉之外，以爲兩者是異質性的發展。其實，建安詩人的「建功揚名」意識，和儒家並不相同。孟子曰：「仲尼之徒，無道桓、文之事者。」（《孟子・梁惠王上》）可知，儒家所重本在德行，乃是從修養德行以達到「安百姓」的目標。齊桓、晉文雖有雄才大略，然無德行可稱，故爲仲尼之徒所鄙視。而齊桓、晉文卻受到建安

〔註 53〕逯欽立輯：《先秦漢魏晉南北朝詩》，頁 361。

〔註 54〕逯欽立輯：《先秦漢魏晉南北朝詩》，頁 368。

〔註 55〕逯欽立輯：《先秦漢魏晉南北朝詩》，頁 422。

〔註 56〕「風骨」一詞，用於文學批評，首見於劉勰《文心雕龍・風骨》。鍾嶸《詩品・序》則稱「建安風力」。一般認爲建安文學最能符合「風骨」的標準。如劉勰評西晉文學云：「力柔於建安。」（《文心雕龍・明詩》）林文月說：「後世評論者所稱頌的『建安風骨』，乃是指建安詩中所散發的深刻有致的內容，積極進取的精神，以及健朗有力的語調而言。」詳參氏著：《中古文學論叢》，台北：大安出版社，民 78 年，頁 22。劉惠珍也說：「在六朝的文學作品當中，建安詩人表現於作品中的風骨，應該算是相當出色的，因此認爲建安詩歌有所謂的風骨，是後人很一致的意見。」詳參氏著：〈文心雕龍風骨篇試析〉，《文學評論》第八集，台北：黎明文化公司，民 73 年，頁 15。金慶國也說：「作者（劉勰）的主要用意還是在反對綺靡柔弱的文風，要引導當時從質及訛、采濫忽眞的文風……至少也可以與建安、正始媲美，具有建安那樣的風力。」詳參氏著：〈文心雕龍風骨篇義析論〉，《北京大學學報》1996 年第 6 期，頁 98。

〔註 57〕如錢志熙說：「曹植本質上是一個儒家人物，他的政治理想是儒家式的。」氏著《魏晉詩歌藝術原論》，頁 137。孫明君也說：「關懷民生疾苦，再現動亂的社會現實，抒發其建功立業的壯志，是建安詩歌的主流，是形成“建安風骨”的關鍵。」詳參氏著：〈建安時代“文的自覺”說再審視〉，《北京大學學報》1996 年第 6 期，頁 49。袁濟喜、洪祖斌二也說：「曹操詩文中濃郁的人道主義精神，這種精神主要來源於傳統儒學中“仁者愛人”的思想。」詳參氏著：〈論建安風骨向正始之音的轉變〉，《中國人民大學學報》1998 年 2 期，頁 78。

詩人的推崇。如曹操〈短歌行〉〔註58〕曰：「齊桓之功，為霸之首。」又曰：「晉文亦霸，……名亞齊桓。」「建功揚名」所憑藉者為「才能」，而非「德行」。故曹植〈薤露行〉曰：「懷此王佐才，慷慨獨不群。」故建安詩人雖亦渴望治國安民，卻不肯重走漢儒「名教之治」的舊路。西晉傅玄，為儒學的提倡者，即批評說：「近者魏武好法術，而天下貴刑名；魏文慕通達，而天下賤守節。其後虛無放誕之論盈於朝野。」〔註59〕觀乎此，則建安時代非但不能獨立於魏晉文化的大潮流之外，且本身就是推動這股潮流的動力。故所謂「建安風骨」，最終所通往的，不是儒家，而是道家。曹植〈釋愁文〉〔註60〕假托玄虛先生說：「吾將贈子以無為之藥，給子以澹泊之湯，刺子以玄虛之針，灸子以淳樸之方，安子以恢廓之宇，坐子以寂寞之床，使王喬與子攜手而游，黃公與子詠歌而行，莊生為子具養神之饌，老聃為子致愛性之方，趣遐路以棲跡，乘輕雲以高翔。」在玄學尚未興起之前，已經公然宣揚老莊思想。

漢末建安以來的詩人，在詩作中所表現的厭倦名教之情，無疑將深深感染著後起的玄學家們，而成為玄學家們在思想時自覺或不自覺所持的「立場」（「觀點」）。如何晏的詩作，今僅存〈言志詩〉，〔註61〕僅就此詩觀之，其曰：「鴻鵠比翼遊，群飛戲太清。」又曰：「且以樂今日，其後非所知。」已可看出漢末建安以來詩作的影響。又魏代玄學家頗多任誕人物，〔註62〕行為狂放，不拘小節，其蔑棄禮教之情，〔註63〕和漢末建安詩人並無二致。

二、玄學中的「本無」之觀念

（一）正始玄學的「貴無」

魏代玄學家所持「反名教」之立場，〔註64〕既已大異於漢儒，故彼等對

〔註58〕逯欽立輯：《先秦漢魏晉南北朝詩》，頁348。

〔註59〕《晉書・傅玄傳》，卷四十七，頁1317～8。

〔註60〕嚴可均輯：《全三國文》，卷十九，頁10。

〔註61〕逯欽立輯：《先秦漢魏晉南北朝詩》，頁468。

〔註62〕《世說新語》有〈任誕篇〉記之。余嘉錫：《世說新語箋疏》，頁726～35。

〔註63〕寧稼雨說：「如從反抗禮教束縛的角度看，這些狂放行為也未嘗沒有嚴肅的意義。」詳參氏著：《魏晉風度》，北京：東方出版社，1992年，頁89。

〔註64〕錢穆云：「阮籍嵇康逃離名教，崇揚莊子。阮之言曰：汝君子之禮法，誠天下殘賊亂危死亡之術耳。嵇之言曰：每非湯武而薄周孔，又讀莊老，重增其放。此等意氣，皆針對當時實際人生之一種反動，與何晏王弼提倡老子虛無自然，以力排兩漢陰陽五行學說之烏煙瘴氣，為針對當時流行的天神宇宙觀之一種

政治、社會、人生之看法（「觀念」），亦大變漢儒之說。魏代玄學家汲取道家的理論，提出「本無」（或「貴無」）的觀念，以批判漢儒之說。

《晉書．王衍傳》曰：

魏正始中，何晏、王弼等祖述老莊，立論以爲：「天地萬物皆以無爲本。無也者，開物成務，無往不存者也。陰陽恃以化生，賢者恃以成德，不肖恃以免身。故無之爲用，無爵而貴矣。」〔註65〕

在名教的價值體系中，尙賢貴爵，其價值不容質疑，故使人動心忍性，不擇手段，以求「賢」、「爵」，以致束縛、扭曲人性，此即爲名教之弊。魏代玄學家則重在指出：「賢」、「爵」之價值皆爲有限，不足爲貴。何晏〈道論〉曰：

有之爲有，恃無以生。事而爲事，由無以成。夫道之而無語，名之而無名，視之而無形，聽之而無聲，則道之全焉。故能昭音嚮（響）而出氣物，包形神而章光影：玄以之黑，素以之白，矩以之方，規以之圓。圓方得形，而此無形，白黑得名，而此無名也。〔註66〕

名教所重者，皆有「形」有「名」之現象。凡有「形」有「名」之現象，皆有限，不能盡行，而名教之士卻執著以爲普遍的原則，並強人以奉行，遂有禮教之毒害。名教之士盲目地執著於細微末節，而不知禮之「本」，故魏代玄學家揭示無「形」無「名」之本體，正爲從根本處批判名教之說。何晏〈無名論〉又曰：

爲民所譽，則有名者。（以）無譽，無名者也。若夫聖人，名無名，譽無譽，謂無名爲道，無譽爲大。則夫無名者，可以言有名矣；無譽者，可以言有譽矣。然與夫可譽可名者，豈同用哉？此比於無所有，故皆有所有矣，而於有所有之中，當與無所有相從，而與夫有所有者不同。〔註67〕

所謂「名」，無論是「名譽」、「名分」，還是「名物」，皆是名教所最重視者，也是構成名教的基本要素。「本無」派玄學家則指出：所謂「名」，皆是有限

反動相會合。」詳參氏著：《中國思想史》，台北：臺灣學生書局，民84年，頁144。此外，王弼言：「夫敦樸之德不著，而名行之美顯尚」、「名彌美而誠愈外，利彌重而心愈競」、「父子兄弟，懷情失直，孝不任誠，慈不任實」（〈老子指略〉），皆針對名教而發。

〔註65〕《晉書》，卷四十三，頁1236。

〔註66〕《列子張湛注．天瑞篇》引，台北：藝文印書館，民60年，頁8。

〔註67〕《列子張湛注．仲尼篇》引，頁52。

（所謂「有」），其價值皆是未定的（待「無」而定），故皆不可執著（所謂「無所有」），而「無譽」、「無名」之「無」的價值，即爲更高於「有」者（所謂「豈同用哉」）。由此，「本無」派玄學家就能從根本處瓦解名教的價值體系。

王弼進一步闡發「本無」的理論。王弼以《老子》一書可一言而敝之，曰：「噫！崇本息末而已矣。」（〈老子指略〉）〔註 68〕「崇本息末」也正是王弼思想中的基本觀念。王弼以「本末」、「母子」之觀念，解釋宇宙萬物之所以存在的原理，也以「本末」、「母子」之觀念，批判名教之治。王弼曰：

> 故物，無焉，則無物不經；有焉，則不足以免其生。是以天地雖廣，以無爲心；聖王雖大，以虛爲主。……夫載之以大道，鎭之以無名，則物無所尚，志無所營。各任其貞事，用其誠，則仁德厚焉，行義正焉，禮敬清焉。棄其所載，舍其所生，用其成形，役其聰明，仁則尚焉，義則競焉，禮則爭焉。故仁德之厚，非用仁之所能也；行義之正，非用義之所成也；禮敬之清，非用禮之所濟也。載之以道，統之以母，故顯之而無所尚，彰之而無所競。用夫無名，故名以篤焉；用夫無形，故形以成焉。守母以存其子，崇本以舉其末，則形名俱有而邪不生，大美配天而華不作。故母不可遠，本不可失。仁義，母之所生，非可以爲母。形器，匠之所成，非可以爲匠也。捨其母而用其子，棄其本而適其末，名則有所分，形則有所止，雖極其大，必有不周；雖盛其美，必有患憂。（《老子注．三十八章》）〔註 69〕

凡是有形、有名者，即有分別、限定，皆不可以偏執、盡行，而有所窮累，非所以爲「母」；所謂「有焉，則不足以免其生」、「夫形也者，物之累也。」（《周易注．乾卦》）。〔註 70〕故雖大如天地，亦不能無累；所謂「雖極其大，必有不周；雖盛其美，必有患憂」。故統形者，在於「無形」；統名者，在於「無名」；所謂「用夫無名，故名以篤焉；用夫無形，故形以成焉」。故必以「無」爲「母」。仁、義、禮等形、名（行跡、名譽），非可以獨立存在，不可以作爲「主體」（能主宰之本體），所謂「非可以爲母」，必有所由（母）；而其所由，乃無形無名者（如「誠」）。故「用其成形，役其聰明」，即所以「棄其所載，舍其所生」，失其「爲功之母」，則亦不能有仁、義、禮等形、名。

〔註 68〕樓宇烈：《老子周易王弼注校釋》，台北：華正書局，民 72 年，頁 198。
〔註 69〕樓宇烈：《老子周易王弼注校釋》，頁 93～5。
〔註 70〕樓宇烈：《老子周易王弼注校釋》，頁 213。

有形有名者易知，無形無名者難識。「明」、「智」之心態，恆追逐仁、義、禮等形名，忽略其背後之無形無名者，所謂「夫敦樸之德不著，而名行之美顯尚」、「名彌美而誠愈外，利彌重而心愈競」（〈老子指略〉）；〔註 71〕結果必然導致誠心之喪失，而「父子兄弟，懷情失直，孝不任誠，慈不任實；蓋顯名行之所招也」（〈老子指略〉）。〔註 72〕此即「人爲」、「詐僞」。如何而可免斯患？要在「用夫無名」、「用夫無形」。此即「絕聖棄仁」、「絕仁棄義」之意。王弼曰：

> 故古人有歎曰：甚矣，何物之難悟也！既知不聖爲不聖，未知聖之（爲）不聖也；既知不仁爲不仁，未知仁之爲不仁也。故絕聖而後聖功全，棄仁而後仁德厚。……功不可取，美不可用。故必取其爲功之母而已矣。篇云：「既知其子」，而必「復守其母」。尋斯理也，何往而不暢哉！（〈老子指略〉）〔註 73〕

「知不聖爲不聖」、「知不仁爲不仁」，乃是根據形名分別異同之「明」、「智」（世俗聰明）。此所知者爲知識。「知聖之爲不聖」、「知仁之爲不仁」，乃是知：聖、仁之形名必有所由，而其所由者非形非名。此「知」不可說是知識。因爲能知此，則其心靈即非只停留於此「知」而已，必超越於一切形名之知之上（絕聖、棄仁），恢復無形無名本體（或道德意識）之全體大用，所謂「與道同體」（《老子注・二十三章》）、〔註 74〕「出乎幽冥」（《老子注・十章》），〔註 75〕得其「爲功之母」，故可「形名俱有而邪不生」（聖功全、仁德厚）。「絕」、「棄」，非「排斥」之謂，而是「超越」之意。吾人之心靈，必須超越一切形名之分別、限定，始可達於無形、無名、幽冥、自然之本體，而可有無窮之全體大用。然而，「用夫無名」所生之「名」，「用夫無形」所生之「形」，皆如莊子之所謂「天鈞」、「天倪」，〔註 76〕皆爲自然之分，雖有其分而忘其分，故「顯之而無所尚，彰之而無

〔註 71〕樓宇烈：《老子周易王弼注校釋》，頁 199。

〔註 72〕樓宇烈：《老子周易王弼注校釋》，頁 199。

〔註 73〕樓宇烈：《老子周易王弼注校釋》，頁 199。

〔註 74〕樓宇烈：《老子周易王弼注校釋》，頁 58。

〔註 75〕樓宇烈：《老子周易王弼注校釋》，頁 24。

〔註 76〕《莊子・齊物論》曰：「聖人和之以是非而休乎天鈞，是之謂兩行。」又曰：「何謂和之以天倪？曰：是不是，然不然。是若果是也，則是之異乎不是也亦無辯；然若果然也，則然之異乎不然也亦無辯。」不刻意彰顯「形」「名」之分別，使美醜、智愚、賢不肖等，皆能安於自然之分別，而無所是非、然否於其間；故可兩行而俱和。

所競」(《老子注・三十八章》),〔註77〕與名教偏顯分別之「形」「名」不同。名教之偏顯「形」「名」,固爲王弼所深深反對,故曰:「遂任名以號物,則失治之母。」(《老子注・第三十一章》)、〔註78〕「捨其母而用其子,棄其本而適其末;名則有所分,形則有所止;雖極其大,必有不周;雖盛其美,必有患憂。」王弼所謂「捨母用子」、「棄本適末」者,皆爲批判名教所精心建構之理論。

因此,王弼論聖人之治,亦著重在使人民皆能「守樸」、「守眞」。王弼曰:

> 上之所欲,民從之速也。我之所欲唯無欲,而民亦無欲而自樸也。(《老子注・五十七章》)〔註79〕

凡是「欲」,皆有一定之方向,亦有形有名者,雖極其大,必有不周,故不可作爲主體(母),必以「無欲」(無形無名者)爲主,乃能全大欲(大用)。王弼曰:

> 聖人之於天下歙歙焉,心無所主也。爲天下渾心焉,意無所適莫也。無所察焉,百姓何避;無所求焉,百姓何應。無避無應,則莫不用其情矣。人無爲舍其所能,而爲其所不能;舍其所長,而爲其所短。如此,則言者言其所知,行者行其所能,百姓各皆注其耳目焉,吾皆孩之而已。(《老子注・四十九章》)〔註80〕

「吾皆孩之」,是使人民皆常保自然、眞誠、無僞的赤子之心。其法唯在上位者之無欲無爲,不以形名宰制百姓,杜絕智僞爭競之原,則百姓莫不守樸自然,各任其貞事,用其誠,而可有眞實之道德實踐,與「言其所知」、「行其所能」之多元化社會。所謂「不以形名宰制百姓」,即「無所特顯,則物無所偏爭也;無所特賤,則物無所偏恥也」(《老子注・五十六章》),〔註81〕不要刻意去彰顯形名之分別,使智愚、美醜、賢不肖,皆能在不知不覺(無知)中,各安其分,不失其眞,同歸於自然。故曰:「聖人不立形名以檢於物,不造進向以殊棄不肖,輔萬物之自然而不爲始」(《老子注・二十七章》)。〔註82〕

由上,可知王弼「本無」理論的用心所在,乃在從根本處,辨析名教的本質結構和弊病,進而尋求矯治之方。〔註83〕

〔註77〕樓宇烈:《老子周易王弼注校釋》,頁95。
〔註78〕樓宇烈:《老子周易王弼注校釋》,頁82。
〔註79〕樓宇烈:《老子周易王弼注校釋》,頁150。
〔註80〕樓宇烈:《老子周易王弼注校釋》,頁130。
〔註81〕樓宇烈:《老子周易王弼注校釋》,頁148。
〔註82〕樓宇烈:《老子周易王弼注校釋》,頁71。
〔註83〕另外,石峻亦言:「(王弼)這種崇本『貴無』的目的,顯然在總結漢代統治思想,以儒家『名教』治天下的弊端,深切感到『崇仁義,愈致斯僞』。」詳

（二）竹林玄學的「越名教」

竹林七賢包括了阮籍、嵇康、山濤、劉伶、阮咸、向秀、王戎七人，其中在玄學方面成就較大者，爲阮籍、嵇康、向秀三人。向秀的思想和阮籍、嵇康不同，當置於第四章詳論。此處以阮籍、嵇康的思想，作爲竹林玄學的代表。

玄學的發展，到了阮籍、嵇康，其反抗禮教之情，溢於言表。阮籍的〈達莊論〉和〈大人先生傳〉，皆爲反抗禮教而作。〔註 84〕阮籍曰：

> 蓋無君而庶物定，無臣而萬事理。……君立而虐興，臣設而賊生。坐制禮法，束縛下民，欺愚誑拙，藏智自神。……竭天地萬物之至，以奉聲色無窮之欲，此非所以養百姓也。於是懼民之知其然，故重賞以喜之，嚴刑以威之。財匱而賞不供，刑盡而罰不行，乃始有亡國戮君潰敗之禍，此非汝君子之爲乎？汝君子之禮法，誠天下殘賊亂危死亡之術耳。（〈大人先生傳〉）〔註 85〕

禮教成爲專制帝王利用的統治工具，以宰制百姓，供一己之淫欲。在何晏、王弼，尚只是柔性勸說帝王，要「無欲」、「無爲」，冀能稍微減輕專制之毒害。在阮籍，則變爲激烈的痛斥，甚至要全盤否定君主專制的政治，而嚮往「無君」、「無臣」的社會。〔註 86〕此是就政治層面而言。就生活層面，阮籍亦批判名教。阮籍曰：

> 凡耳目之官，名分之施，處官不易司，舉奉其身，非以絕手足，裂肢體也。然後世之好異者，不顧其本，各言我而已矣。何待於彼，殘生害性，還爲仇敵，斷割肢體，不以爲痛。目視色而不顧耳之所聞，耳所聽而不待心之所思，心奔欲而不適性之所安，故疾疢萌則

參氏著：〈魏晉玄學與佛教〉，《哲學與文化》21：1，民 83 年 1 月，頁 85。

〔註 84〕牟宗三說：「以浪漫文人之生命爲底子，則一切禮法皆非爲我而設。在此，一個『非人文』的生命與禮法有永恆之衝突。……阮籍即在此生命情調下作〈達莊論〉及〈大人先生傳〉。」氏著：《才性與玄理》，台北：臺灣學生書局，民 74 年，頁 292。

〔註 85〕郭光校注：《阮籍集校注》，鄭州市：中州古籍出版社，1991 年，頁 97～8。

〔註 86〕容肇祖說：「自漢以來，叔孫通諸儒定朝儀，『辨上下』，使人君的地位過極尊嚴，阮籍罵當日的禮法，以爲『誠乃天下殘賊亂危死亡之道』，蓋有所見而說的。至如他說的『竭天地萬物之至，以奉聲色無窮之欲，此非所以養百姓也。』當日的人君的窮奢極欲而不顧小民的疾苦，於此可見。」氏著：《魏晉的自然主義》，收入《魏晉思想》，頁 37。

生意盡，禍亂作則萬物殘矣。(〈達莊論〉)〔註87〕

名教所重者，無論是名物、名分，還是名譽，皆在使人「別異」。阮籍則以爲：名教之「別異」，乃在使人產生逐利逐名之慾念，而喪失醇厚之眞性，是禍亂之源。〔註88〕故曰：「名利之塗開，則忠信之誠薄；是非之辭著，則醇厚之情爍也。」(〈達莊論〉)、〔註89〕「夫別言者，壞道之談也。折（析）辯者，毀德之端也。」(〈達莊論〉)〔註90〕猶如一身之中，耳目鼻口橫生分別、限隔，必生疢疾，不能周全。阮籍並將禮教君子，比爲「虱之處褌中」(〈大人先生傳〉)，〔註91〕甚爲鄙視。故阮籍嚮往道之「本」。阮籍之所謂「本」，亦即「無名」、「無欲」之「無」。故曰：「至道之極，混一不分，同爲一體，得失無聞。」(〈達莊論〉)〔註92〕阮籍反對名教之「別異」，故阮籍論樂，所重亦在樂之「合同」。阮籍曰：

夫樂者，天地之體，萬物之性也。合其體，得其性則和；離其體，失其性則乖。昔者聖人之作樂也，將以順天地之體，成萬物之性也。……天地合其德，則萬物合其生，刑賞不用而民自安矣。乾坤易簡，故雅樂不煩；道德平淡，故五聲無味。不煩則陰陽自通，無味則百物自樂。日遷善成化而不自知，風俗移易而同於是樂，此自然之道，樂之所始也。(〈樂論〉)〔註93〕

阮籍論音樂，並不從純藝術的觀點，〔註94〕而從反對名教「別異」的觀點，特別看重音樂的「合同」功用，並從音樂的「合同」作用中，體悟以天地萬物爲一體之整體和諧，亦即至道之「無味」、「平淡」(「無別」、「無欲」)。故曰：「先王之爲樂也，將以定萬物之情，一天下之意也。」(〈樂論〉)、〔註95〕「至樂使

〔註87〕郭光：《阮籍集校注》，頁81。

〔註88〕王弼曰：「絕愚之人，心無所別析，意無所美惡，猶然其情不可睹；我頹然若此也。無所別析，不可爲名。」(《老子注・第二十章》)指出無名者，無分別；無分別，則無好惡；無好惡，則無情欲。亦是此意。見樓宇烈：《老子周易王弼注校釋》，頁47～8。

〔註89〕郭光：《阮籍集校注》，頁82。

〔註90〕郭光：《阮籍集校注》，頁83。

〔註91〕郭光：《阮籍集校注》，頁97。

〔註92〕郭光：《阮籍集校注》，頁82。

〔註93〕郭光：《阮籍集校注》，頁55～6。

〔註94〕牟宗三說：「阮籍論樂之『和』直下指向天地之和而言之。此即爲企慕原始之諧和。故其論樂爲形上學的，而非純美的也。」氏著：《才性與玄理》，頁309。

〔註95〕郭光：《阮籍集校注》，頁57。

人無欲，心平氣定。」(〈樂論〉)、〔註96〕「聖人之樂，和而已矣。」(〈樂論〉)〔註97〕故阮籍反對使人「有別」、「有欲」之「以悲爲樂」的音樂，所謂：「誠以悲爲樂，則天下何樂之有？」(〈樂論〉)〔註98〕又曰：「形之可見，非色之美；音之可聞，非聲之善。」(〈清思賦〉)〔註99〕凡可見、可聞者，皆「有別」，故未爲至善；唯有至道之「微妙無形，寂寞無聽」(〈清思賦〉)，〔註100〕「無別」，故方可謂爲至善。〔註101〕

嵇康反抗禮教的憤激之情，更甚阮籍；後來並因此而激怒禮教之士，招致殺身之禍。〔註102〕嵇康曰：

> 少加孤露，母兄見驕，不涉經學，性復疏嬾，筋駑肉緩，頭面常一月十五日不洗，不大悶癢，不能沐也。每常小便而忍不起，令胞中略轉乃起耳。又縱逸來久，情意傲散，簡與禮相背，嬾與慢相成，而爲儕類見寬，不攻其過。又讀《莊》、《老》，重增其放。故使榮進之心日頹，任實之情轉篤。此由（猶）禽鹿少見訓育，則服從教制，長而見羈，則狂顧頓纓，赴蹈湯火，雖飾以金鑣，饗以嘉肴，逾思長林，而志在豐草也。(〈與山巨源絕交書〉)〔註103〕

嵇康將自己比作見羈之禽鹿，「狂顧頓纓，赴湯蹈火」，則其反抗禮教之激烈，可想而知。嵇康又將名教中勸誘世人的名利，比作「飾以金鑣，饗以嘉肴」，不值一顧。嵇康於文中，又列舉「必不堪者七」、「甚不可者二」，〔註104〕皆對禮教極盡揶揄嘲笑之能事。又嵇康〈難自然好學論〉云：「今若以明堂爲丙舍，

〔註96〕郭光：《阮籍集校注》，頁59。

〔註97〕郭光：《阮籍集校注》，頁59。

〔註98〕郭光：《阮籍集校注》，頁60。

〔註99〕郭光：《阮籍集校注》，頁22。

〔註100〕郭光：《阮籍集校注》，頁22。

〔註101〕此殆承王弼之說。王弼曰：「有聲則有分，有分則不宮而商矣。分則不能統眾。故有聲者非大音也。有形則有分，有分者，不溫則涼，不炎則寒。故象而形者，非大象。」(《老子注．第四十一章》) 以凡「有」者皆有形有分，有形有分則有限、有窮，故不足以統眾「有」，未爲至善。唯有無形無分者，方能統眾。

〔註102〕如，司馬昭、何曾、鍾會等，皆極力守衛禮教，故以嵇康「有敗於俗」藉故殺之。詳參呂凱：〈嵇叔夜與山巨源絕交書〉。《第二屆魏晉南北朝文學與思想學術研討會論文集》，台北：文津出版社，民82年，頁617～43。

〔註103〕戴明揚：《嵇康集校注》，頁117～8。

〔註104〕戴明揚：《嵇康集校注》，頁119～23。

以誦諷爲鬼語，以六經爲蕪穢，以仁義爲臭腐，睹文籍則目瞧，脩揖讓則變傴，襲章服則轉筋，談禮典則齒齲，於是兼而棄之。」〔註 105〕則對名教所尊奉的「六經」、「仁義」、「禮讓」等信念公然詆毀。嵇康自知其「每非湯武而薄周孔」，必爲「世教所不容」（〈與山巨源絕交書〉）；〔註 106〕其〈答二郭詩〉亦曰：「坎壈趣世教，常恐纓羅網。」〔註 107〕可見，其時禮教仍甚嚴密。嵇康秉持此反禮教的「立場」，遂對名教所肯定的價值——「名」、「利」，棄之不顧，轉而嚮往更高的價值——「生命」。於是，嵇康有〈養生論〉。嵇康曰：

> 善養生者則不然矣。清虛靜泰，少私寡欲。知名位之傷德，故忽而不營，非欲而強禁也；識厚味之害性，故棄而弗顧，非貪而後抑也。外物以累心不存，神氣以醇白獨著。曠然無憂患，寂然無思慮。又守之以一，養之以和，和理日濟，同乎大順。然後蒸以靈芝，潤以醴泉，晞以朝陽。無爲自得，體妙心玄。忘歡而後樂足，遺生而後身存。若此以往，庶與羨門比壽，王喬爭年，何爲其無有哉！（〈養生論〉）〔註 108〕

神仙方術之說起源甚早，自老子言「谷神不死」（《老子・第六章》）、莊子言「藐姑射山之神人」（《莊子・逍遙遊》），遂爲神仙道教所依托，兩漢之世蔚爲時尚，服藥導引之醫藥知識逐漸發達。嵇康之〈養生論〉自是受到神仙方術之影響。唯嵇康與神仙道教不同之處，乃在於：嵇康是將精神之養和形軀之養合而爲一。〔註 109〕嵇康以爲：名教以名利爲勸誘，皆能使人躁競，以致「傷德」、「累心」，皆有害於養生，所謂「神躁於中，而形喪於外」（〈養生論〉）。〔註 110〕故名教所重之「名位」、「富貴」，皆所必棄。可見，嵇康所重不僅在服食導引之術而已，尤在申明名教之妨害養生。故向秀之難嵇康，不僅在駁斥神仙方術之無稽，尤在肯定「名位」、「富貴」等名教之價值。〔註 111〕或者，

〔註 105〕戴明揚：《嵇康集校注》，頁 262～3。

〔註 106〕戴明揚：《嵇康集校注》，頁 122。

〔註 107〕戴明揚：《嵇康集校注》，頁 63。

〔註 108〕戴明揚：《嵇康集校注》，頁 156～7。

〔註 109〕李豐楙說：「好老莊與好服食，乃精神之養與形軀之養兼合於一，爲魏晉時期老莊道家、神仙道教匯流之新趨向也。」詳參氏著：〈嵇康養生思想之研究〉，《靜宜文理學院學報》2 期，民 68 年 6 月，頁 43。

〔註 110〕戴明揚：《嵇康集校注》，頁 145。

〔註 111〕牟宗三曰：「當時向秀作〈難養生論〉以難之。其持論之立場全是世間之俗情。」氏著：《才性與玄理》，頁 322。

實可說，嵇康是想透過「養生」的主張，來瓦解名教的價值體系。嵇康曰：

> 所以貴智而尚動者，以其能益生而厚身也。然欲動則悔吝生，智行則前識立。前識立則志開而物遂，悔吝生則患積而身危。二者不藏之於內，而接於外，祇足以災身，非所以厚生也。(〈答難養生論〉)〔註 112〕

名教之士貴「智」而尚「動」(「有爲」)，以之追逐名利。嵇康則指出：「智」、「動」之所以有價值，乃因有益於「生」，故「智」、「動」皆爲「工具價值」，而非「本身價值」。〔註 113〕則「生命」之價值，即爲更高於「名」、「利」者，故無捨棄「生命」以換取「名」、「利」之理。故嵇康曰：「古之人知酒肉爲甘鴆，棄之如遺；識名位爲香餌，逝而不顧。」(〈答難養生論〉)〔註 114〕又曰：「功名何足殉，乃欲列簡書？」(〈答二郭詩〉)〔註 115〕此即莊子所言「不以身爲殉」(《莊子・駢拇》)之意。

嵇康論音樂，亦不取儒家禮樂教化之「觀點」。嵇康曰：

> 心之與聲，明爲二物。二物之誠然，則求情者不留觀於形貌，揆心者不借聽於聲音也。察者欲因聲以知心，不亦外乎？(〈聲無哀樂論〉)〔註 116〕

「禮教之士敬容」(《莊子・徐無鬼》)，以爲：「心戚者則形爲之動，情悲者則聲爲之哀。此自然相應，不可得逃。唯神明者能精之耳。」(〈聲無哀樂論〉)〔註 117〕故欲循人之聲貌，以知人之心，不知人「厚貌深情」(《莊子・列御寇》)，實爲「明乎禮義，而陋乎知人心」(《莊子・田子方》)；故曰：「不亦外乎？」、「玉帛非禮敬之實，歌哭非哀樂之主(原「哭」作「舞」，「哀樂」作「悲樂」，據魯迅校改。)。」(〈聲無哀樂論〉)、〔註 118〕「有形同而情乖，貌殊而心均者。」

〔註 112〕戴明揚：《嵇康集校注》，頁 168。

〔註 113〕唐君毅云：「本身價值爲內在價值，工具價值爲外在價值。所謂一事物具某內在價值，即此價值直接屬於此事物之自身。我們判斷某事物，具內在價值時，我亦可只對某事物之自身，作一定然的價值判斷，而不牽涉到其他事物。……所謂一事物具外在價值或工具價值，即謂此事物之具此價值，乃由其能引致，促進或幫助，具內在價值之其他事物的產生或發展而言。我們在判斷某事物具外在價值時，我們乃依其與其他事物之有此關係，而對之作一價值判斷。」氏著：《哲學概論》，台北：臺灣學生書局，民 74 年，下冊，頁 440。

〔註 114〕戴明揚：《嵇康集校注》，頁 169。

〔註 115〕戴明揚：《嵇康集校注》，頁 65。

〔註 116〕戴明揚：《嵇康集校注》，頁 214。

〔註 117〕戴明揚：《嵇康集校注》，頁 201。

〔註 118〕戴明揚：《嵇康集校注》，頁 198。

（〈聲無哀樂論〉）。〔註 119〕此無異於鼓勵人作僞。故嵇康極力辨析「心」、「聲」二者之不同。依此，嵇康遂能使音樂擺脫儒家「禮樂教化」之糾纏，〔註 120〕所謂：「聲之與心，殊塗異軌，不相經緯；焉得染太和於歡慼，綴虛名於哀樂哉？」（〈聲無哀樂論〉）〔註 121〕嵇康曰：

> 夫哀心藏於內，遇和聲而後發。和聲無象，而哀心有主。夫以有主之哀心，因乎無象之和聲，其所覺悟，唯哀而已。豈復知吹萬不同，而使其自已哉？（〈聲無哀樂論〉）〔註 122〕

嵇康論樂，同於阮籍，皆取其「至和」（或「太和」），亦皆指向道體之「本」、「無」。〔註 123〕嵇康言：「音聲之作，……其體自若，而不變也。」（〈聲無哀樂論〉）〔註 124〕亦猶阮籍言：「八音有本體，五聲有自然。」（〈樂論〉）〔註 125〕嵇康言「和聲」之「無象」、「無主」，亦猶阮籍言至樂之「平淡」、「無味」。樂體雖「無」，其用卻「有」。此亦「本無」理論之基本觀念。「無」能生「有」，但「無」生「有」的方式，卻是「無所主」（不執著於「有」），故能生萬「有」。《莊子・齊物論》所謂：「夫吹萬不同，而使其自已也，咸其自取，怒者其誰邪？」嵇康援以論樂，並詮釋曰：

> 其音無變於昔，而歡慼並用，斯非吹萬不同耶？夫唯無主於喜怒，無主於哀樂，故歡慼俱見。若資偏固之音，含一致之聲，其所發明，各當其分，則焉能兼御群理、總發眾情耶？（〈聲無哀樂論〉）〔註 126〕

人情是「有」，凡是「有」，皆有其「分」（分別、限定），所謂「區別有屬，而不可溢者」（〈聲無哀樂論〉）。〔註 127〕故「有」不能生「有」，由「無」所生。此亦王弼所謂：「寂然至無，是其本矣。……若其以有爲心，則異類未獲具存

〔註 119〕戴明揚：《嵇康集校注》，頁 213。

〔註 120〕牟宗三說：「（嵇康）使和聲當身從主觀人情禮樂教化之糾纏中得解放，此種『客觀主義之純美論』亦爲極有意義者。」氏著：《才性與玄理》，頁 355。

〔註 121〕戴明揚：《嵇康集校注》，頁 217。

〔註 122〕戴明揚：《嵇康集校注》，頁 199。

〔註 123〕錢鍾書云：「阮籍〈樂論〉主樂"宣平和"而譏世人"以哀爲樂"，亦似嵇〈聲無哀樂論〉言"音聲有自然之和，而無係於人情"；然阮了無"析理"、"盡理"之功，故"解音"、"識音"，不得望嵇項背，匪特讓出一頭地也。」氏著：《管錐篇》，北京：中華書局，1996 年，冊三，頁 1086～7。

〔註 124〕戴明揚：《嵇康集校注》，頁 197。

〔註 125〕郭光：《阮籍集校注》，頁 57。

〔註 126〕戴明揚：《嵇康集校注》，頁 217。

〔註 127〕戴明揚：《嵇康集校注》，頁 199。

矣。」(《周易注・復卦彖傳》)〔註128〕之意。「無」和「有」,是兩個不同的「層位」,何晏所謂:「豈同用哉?」(〈無名論〉)嵇康既以「和聲」是「無」,「哀樂」是「有」,則自然反對「聲有哀樂」,而要極力辨析「和聲」和「哀樂」之不同。嵇康曰:

> 聲音之體,盡於舒疾;情之應聲,亦止於躁靜耳。夫曲用每殊,而情之處變,猶滋味異美,而口輒識之也。五味萬殊,而大同於美;曲變雖眾,亦大同於和。美有甘,和有樂;然隨曲之情,盡於和域;應美之口,絕於甘境。安得哀樂於其間哉?然人情不同,自師所解,則發其所懷。若言平和,哀樂正等,則無所先發,故終得躁靜。若有所發,則是有主於內,不爲平和也。以此言之,躁靜者,聲之功也;哀樂者,情之主也。不可見聲有躁靜之應,因謂哀樂皆由聲音也。(〈聲無哀樂論〉)〔註129〕

論者不易分辨「躁靜」和「哀樂」的不同,故常以此質疑:既許聲有躁靜,爲何不許聲有哀樂?其實,兩者有本質上的差異。躁靜者,由於「性」;哀樂者,由於「情欲」。由於「性」者,無所主;由於「情欲」者,有所主。嵇康曰:

> 夫不慮而欲,性之動也;識而後感,智之用也。性動者,遇物而當,足則無餘。智用者,從感而求,倦而不已。故世之所患,禍之所由,常在於智用,不在於性動。(〈答難養生論〉)〔註130〕

此處「不慮而欲」之「欲」,僅是指「性動」之「意向」而已,故「遇物而當,足則無餘」;與「倦而不已」之「情欲」不同。人之情欲,皆「成心」之「智用」,所以爲「是」者,好之不倦,所以爲「非」者,惡之不已。〔註131〕得所好則「樂」,遭所惡則「哀」。故「哀樂」之起,乃因「成心」之「有主」(執著)。至人不禁「性動」,然無「智用」。《莊子》曰:「至人之用心若鏡,不將不迎,應而不藏。」(〈應帝王〉)又曰:「安時而處順,哀樂不能入也。」(〈大宗師〉)皆在說明至

〔註128〕樓宇烈:《老子周易王弼注校釋》,頁337。

〔註129〕戴明揚:《嵇康集校注》,頁216~7。

〔註130〕戴明揚:《嵇康集校注》,頁174。

〔註131〕唐君毅曰:「聞見聲色而既知其美,即欲窮天下聲色之娛,而盡得之。一朝飢既得食,寒既得衣而樂之,即一生勞心焦思於衣食是謀。」此即嵇康所謂「從感而求,倦而不已」之意。氏著:《中國哲學原論・原性篇》,台北:臺灣學生書局,民73年,頁39。

人無世俗之「哀樂」。何晏、王弼更嘗辯論聖人之無情或有情，王弼義略勝一籌，以爲：聖人「能體沖和以通無，……聖人之情，應物而無累於物者也。」（何劭〈王弼傳〉）〔註 132〕聖人非不應物，然其應物，乃「應而不藏」，心無所主，故能「體沖和以通無」，而「無累於物」。故以嵇康觀之，聖人之情，實屬「躁靜」，而非「哀樂」。世俗自師「成心」，主於「哀樂」，故盡於「有」域，豈能與於「沖和」之境？故曰：「其所覺悟，唯哀而已。豈復知吹萬不同，而使其自已哉？」嵇康論樂，殆取此意。故嵇康之取於「和聲」，亦同於阮籍之取於「至樂」，皆是欲通往道之「沖和」之境，亦即「本無」之境。〔註 133〕故嵇康於文末盛稱至樂之「移風易俗」之用，而曰：「必崇簡易之教，御無爲之治。」（〈聲無哀樂論〉）〔註 134〕此與阮籍盛稱「先王制樂」（〈樂論〉）同意。〔註 135〕故阮籍、嵇康對於使人「以哀爲樂」、「有主於內」的「淫聲」（〈樂論〉）、〔註 136〕「鄭聲」（〈聲無哀樂論〉），〔註 137〕同表譴責，摒於「至樂」、「和聲」之外。和聲、鄭聲俱是出於「情感」，彷彿相同；然而，二者之「情感」實有本質上的差異。和聲之情，出於普遍的人性，依嵇康之言，爲「性動」之「躁靜」，故化爲和聲之「意象」後，則「使其自已」，不復執著，而得解脫；此之謂「和諧的美感」。鄭聲之情，則出於成心之執著，依嵇康之言，爲「智用」之「哀樂」，故化爲鄭聲之「意象」後，仍「有主於內」，反增其嗜慾，「其所覺悟，唯哀而已」，不得解脫；此之謂「眩惑」。〔註 138〕

〔註 132〕《三國志》，卷二十八，〈鍾會傳注〉，頁 795。

〔註 133〕戴璉璋說：「王（弼）、阮（籍）、嵇（康）三人的音樂思想最精采處，還是他們取資於玄學方面的睿識。……使我們在音樂的『和』之中體會到萬物一體的太和境界。」詳參氏著：〈玄學中的音樂思想〉，《中國文哲研究集刊》10 期，民 86 年 3 月，頁 86～7。

〔註 134〕戴明揚：《嵇康集校注》，頁 221。

〔註 135〕其論旨和儒家不盡相同。周大興說：「把阮籍所說的『聖人』『先王』當作儒家傳統的觀念，顯然是忽略了魏晉玄學裡的『聖人』一辭均有道家的色彩……阮籍心目中的聖人、先王也染上了自然平淡的道家色彩。」詳參氏著：〈阮籍樂論的儒道性格評議〉，《中國文化月刊》161 期，民 82 年 3 月，頁 68～9。

〔註 136〕郭光：《阮籍集校注》，頁 59。

〔註 137〕戴明揚：《嵇康集校注》，頁 224。

〔註 138〕王國維說：「夫優美與壯美，皆使吾人離生活之欲，而入於純粹之知識者，若美術中而有眩惑之原質乎，則又使吾人自純粹之知識，出而復歸於生活之欲。……豈徒無益，而又增之；則豈不以其不能使人忘生活之欲，及此欲與物之關係，而反鼓舞之也哉？眩惑之與優美及壯美相反對，其故實存於此。」可以覆按。氏著：〈紅樓夢評論〉，頁 5。

三、佛學所持的「本無」之立場

佛教在東漢傳入中國，起初僅作爲一種方術流行於民間，〔註139〕其受到士人的重視，乃接魏晉玄學興起之後。〔註140〕故佛學之興起，和玄學之興起，兩者的時代極接近，背景亦甚類似。故兩者所持的「立場」（「觀點」），亦頗相關。

（一）感傷無常

漢末，「名教之治」潰散，名教的價值體系也隨之瓦解。人們對於名教向所肯定的「名」、「利」，開始產生極強烈的懷疑。這些懷疑、彷徨之感，大量出現在漢末至建安的詩歌中。這些感受深深植入玄學家的心中，而成爲玄學家所持的「立場」。此已俱述於前。與此同時，這些感受也深入了佛學家的心中，而成爲佛學家所持的「立場」。湯用彤曰：

> 漢之末運，外戚宦官黨錮之禍繼起，社會不平等之現象又著。……人窮呼天，世亂敬鬼，亦爲自然現象。……佛法省慾去奢，惡殺非爭鬥。當民生塗炭，天下擾亂，佛法誠對治之良藥，安心之要術。佛教始盛於漢末，迨亦因此歟。〔註141〕

由於時局動亂，災禍並起，〔註142〕人們目睹喪亡流離之慘劇，深感生如朝露、禍福無常，以人生爲苦海，心中怖懼惶惑。此爲漢末、建安詩人所盛發。如〈古詩十九首〉感慨「年命如朝露」、「人生忽如寄」。曹操〈短歌行〉感慨「對酒當歌，人生幾何？譬如朝露，去日苦多。」〈步出夏門行〉感慨「神龜雖壽，猶有竟時。騰蛇乘霧，終爲土灰。」阮瑀〈七哀詩〉感歎「良時忽一過，身

〔註139〕湯用彤曰：「佛教在漢代純爲一種祭祀。其特殊學說，爲鬼神報應。王充所謂不著篇籍，世間淫祀，非鬼之祭，佛教或其一也。祭祀既爲方術，則佛徒與方士最初當常並行也。」氏著：《漢魏兩晉南北朝佛教史》，頁53。

〔註140〕晉釋道安〈注經錄序〉曰：「佛之著教，眞人發起，大行於外國，有自來矣。延及此土，當漢之末世，晉之盛德也。」見僧祐：《出三藏記集》（蘇晉仁、蕭鍊子點校），北京：中華書局，1995年，卷五，頁227。

〔註141〕氏著：《漢魏兩晉南北朝佛教史》，頁73。

〔註142〕仲長統《昌言・理亂篇》曰：「彼後嗣之愚主，見天下莫敢與之違，自謂若天地之不可亡也。乃奔其私嗜，騁其邪欲。君臣宣淫，上下同惡。目極角觝之觀，耳窮鄭衛之聲。入則耽于婦人而不反，出則馳于田獵而不還。荒廢庶政，棄亡人物。……使餓狼守庖廚，飢虎牧牢豚。遂至熬天下之脂膏，斲生人之骨髓。怨毒無聊，禍亂並起。……以及今日，名都空而不居，百里絕而無民者，不可勝數。」可想見其時災禍之慘烈。嚴可均輯：《全後漢文》，卷八十八，頁3～4。

體為土灰。」曹植〈薤露行〉感慨「人居一世間，忽若風吹塵。」阮籍〈詠懷詩〉悲悼「丘墓蔽山岡，萬代同一時。」（其十五）、〔註 143〕「但恐須臾間，魂氣隨風飄。」（其三十三）〔註 144〕嵇康喟歎「生若浮寄，暫見忽終。」（〈兄秀才公穆入軍贈詩〉）〔註 145〕此種「無常」之感，正與佛教精神相通。茲舉數例說明。

東晉郗超〈奉法要〉引《四十二章經》曰：

> 佛問諸弟子：「何謂無常？」一人曰：「一日不可保，是為無常。」佛言：「非佛弟子。」一人曰：「食頃不可保，是為無常。」佛言：「非佛弟子。」一人曰：「出息不報，便就後世，是為無常。」佛言：「眞佛弟子。」〔註 146〕

又，《高僧傳・法和傳》載：

> （法和）與安公共登山嶺，極目周睇，既而悲曰：「此山高聳，遊望者多。一從此化，竟測何之。」安曰：「法師持心有在，何懼後生。若慧心不萌，斯可悲矣。」〔註 147〕

又，《宋書・宗炳傳》載：

> 羅氏沒，炳哀之過甚，既而輟哭尋理，悲情頓釋。謂沙門釋慧堅曰：「死生之分，未易可達，三復至教，方能遣哀。」〔註 148〕

又，《高僧傳・僧瑾傳》載：

> （宋）明帝末年，頗多忌諱，故涅槃滅度之翻，於此暫息。凡諸死亡凶禍衰白等語，皆不得以對，因之犯忤而致戮者，十有七八。瑾以匡諫，恩禮遂薄。時汝南周顒入待（侍）帷幄，瑾嘗謂顒曰：「陛下比日所行，殊非人君舉動。俗事諷諫，無所復益，妙理深談，彌為奢緩。唯三世苦報，最切近情。檀越儻因機候，正當陳此而已。」〔註 149〕

從以上四則材料，可以看出佛家對於「無常」，有甚深切之感受，並由此深切之感受，啓發內心信教求道之眞誠，而非僅僅當作純粹的概念思辨而已。

〔註 143〕郭光：《阮籍集校注》，頁 145。
〔註 144〕郭光：《阮籍集校注》，頁 172。
〔註 145〕戴明揚：《嵇康集校注》，頁 20。
〔註 146〕《弘明集》，《大正藏》冊五十二，卷十三，頁 88。
〔註 147〕《高僧傳》，卷五，頁 189。
〔註 148〕《宋書》，卷九十三，頁 2279。
〔註 149〕《高僧傳》，卷七，頁 295。

（二）厭惡情欲

人生無常，固然可悲，而世俗恆執著以爲「常」，好之、惡之不已，輾轉奔逐於「火宅」之中，卻不自知，則尤可悲。此亦漢魏詩人所以長浩歎之故。如，〈古詩十九首〉曰：「愚者愛惜費，但爲後世嗤。」阮籍〈詠懷詩〉曰：「猗靡情歡愛，千載不相忘。……如何金石交，一旦更離傷！」（其二）〔註150〕又曰：「一身且不保，何況戀妻子？凝霜被野草，歲暮亦云已。」（其三）〔註151〕又曰：「願爲三春游，朝陽忽蹉跎。盛衰在須臾，離別將如何？」（其二十七）〔註152〕又曰：「朝生衢路旁，夕瘞橫術隅。歡笑不終晏，俯仰復欷歔。」（其五十九）〔註153〕阮籍並將世俗比爲「虱之處於褌中」，曰：「逃乎深縫，匿乎壞絮，自以吉宅也。行不敢離縫際，動不敢出褌襠，自以爲得繩墨也。飢則嚙人，自以爲無窮食也。然炎丘火流，焦邑滅都，群虱死於褌中，而不能出……悲夫！」（〈大人先生傳〉）〔註154〕其悲慨世俗之愚痴，可謂痛切。這些詩文，無疑將會加深了人們對於「無常」之感受，以及對於「情欲」之厭惡，而有助於佛教之廣泛流傳，普遍爲人們所接受。

於是，佛教中對於「情欲」，所抱持反對的「立場」，逐漸爲中土士人所接受，並且進一步闡發到極致。《後漢書・襄楷傳》載東漢延熹九年（西元166年），襄楷上書桓帝曰：

> 又聞宮中立黃老、浮屠之祠。此道清虛，貴尚無爲，好生惡殺，省慾去奢。今陛下嗜欲不去，殺罰過理，既乖其道，豈獲其祚哉！或言老子入夷狄爲浮屠。浮屠不三宿桑下，不欠生恩愛，精之至也。天神遺以好女，浮屠曰：「此但革囊盛血。」遂不眄之。〔註155〕

其時，佛教傳入中土未久，士人對佛理之認識尚淺，故襄楷所言僅得粗略。至東晉時，士人對佛理之認識已深，如慧遠〈明報應論〉中對於「情欲之惑」已能有甚深之體會，其曰：

> 無明爲惑網之淵，貪愛爲眾累之府。……於是甘寢大夢，昏於所迷；抱疑長夜，所存唯著。是故失得相推，禍福相襲。惡積而天殃自至，

〔註150〕郭光：《阮籍集校注》，頁127。
〔註151〕郭光：《阮籍集校注》，頁129。
〔註152〕郭光：《阮籍集校注》，頁163。
〔註153〕郭光：《阮籍集校注》，頁201。
〔註154〕郭光：《阮籍集校注》，頁96～7。
〔註155〕《後漢書》，台北：鼎文書局，民83年，卷三十下，頁1082。

> 罪成則地獄斯罰。此乃必然之數，無所容疑矣。〔註 156〕

以身體爲「革囊盛血」，以「情欲」爲「無明」、「眾累」，則其反對「情欲」之「立場」，甚爲明顯。故熊十力讚嘆曰：「佛氏日損之學，其照察人生癡惑，可謂極深、極密。凡研佛籍而能不浮泛瀏覽者，殆無不感到佛氏此種偉大精神。」〔註 157〕或亦有見於此。

佛教徒於此生既已無所繫戀，則必企嚮「來生」或「往生淨土」。如《高僧傳・道安傳》載：

> 安每與弟子法遇等，於彌勒前立誓，願生兜率。〔註 158〕

又《高僧傳・慧遠傳》載：

> 彭城劉遺民、豫章雷次宗、雁門周續之、新蔡畢穎之、南陽宗炳、張萊民、張季碩等，並棄世遺榮，依遠遊止。遠乃於精舍無量壽像前，建齋立誓，共期西方。〔註 159〕

期生「淨土」，實爲摒棄「情欲」之另一型態。而兩者皆由於對「無常」的深切感受。

佛學緊接玄學之後，而大盛於中土，論者多謂玄學爲理解佛學之橋樑。其實，二者不僅在義理上相通，在「感受」、「立場」上，亦甚近似。

四、佛學中的「本無」之觀念

（一）佛、玄之殊途

何晏、王弼、阮籍、嵇康等玄學家所持的立場，爲「反名教」；而道安、慧遠等佛學家所持的立場，爲「反情欲」。兩者本有相近之處。〔註 160〕故玄學家持此「反名教」之立場，以觀照世界、人生，而得之「本無」觀念，也和佛學家持此「反情欲」之立場，以觀照世界、人生，而得之「本無」觀念，頗爲神似。玄學並成爲士人理解佛學的橋樑。漢代以來，佛家以「本無」譯

〔註 156〕《弘明集》，卷五，頁 33。

〔註 157〕氏著：《明心篇》，台北：臺灣學生書局，民 73 年，頁 39～40。

〔註 158〕《高僧傳》，卷五，頁 183。

〔註 159〕《高僧傳》，卷六，頁 214。

〔註 160〕「名教之治」以「名」、「利」勸誘人遵行禮義。「利」者，情欲之淵藪。故「反名教」者，常兼反「情欲」。如，王弼言：「我之所欲唯無欲，而民亦無欲而自樸也。」（《老子注・五十七章》）嵇康曰：「古之人知酒肉爲甘鴆，棄之如遺；識名位爲香餌，逝而不顧。」（〈答難養生論〉）

眞如，〔註 161〕取自道家。「本無」亦爲玄學家最常用的觀念。《高僧傳・支孝龍傳》載：

支孝龍……時人或嘲之曰：「大晉龍興，天下爲家，沙門何不全髮膚，去袈裟，釋胡服，被綾羅？」龍曰：「抱一以逍遙，唯寂以致誠。剪髮毀容，改服變形，彼謂我辱，我棄彼榮。故無心於貴而愈貴，無心於足而愈足矣。」其機辯適時，皆此類也。〔註 162〕

支孝龍在西晉末，和名士阮瞻、庾凱等，並稱爲「八達」。支孝龍常披味《小品》(《道行般若經》)，又曾開講《放光經》，〔註 163〕而其機辯中，所用全爲玄學的理論，當是以玄學會通般若之學，初不覺二者有何差別。

降及東晉，佛家多精通《老》、《莊》，且以佛學比附玄學的理論，於是有「格義」的產生。《高僧傳・竺法雅傳》載：

法雅，河間人，凝正有器度。少善外學，長通佛義。衣冠士子，咸附諮稟。時依門徒，並世典有功，未善佛理。雅乃與康法朗等，以經中事數，擬配外書，爲生解之例，謂之格義。〔註 164〕

又《高僧傳・慧遠傳》載：

釋慧遠，……少爲諸生，博綜六經，尤善《莊》、《老》。……年二十四，便就講說。嘗有客聽講，難實相義，往復移時，彌增疑昧。遠乃引《莊子》義爲連類，於是惑者曉然。是後安公特聽慧遠不廢俗書。〔註 165〕

可知，其時佛家多以老莊玄理詮釋佛學。「格義」的產生，不僅因爲解說上的方便，而且因爲二者本有相似之處。

雖然，玄學和佛學所持的「立場」，終究有別。故佛學之「本無」，亦不能等同於玄學之「本無」。《高僧傳・僧先傳》載道安和僧先爭辯「格義」是非：

安曰：「先舊格義，於理多違。」先曰：「且當分析逍遙，何容是非先達？」安曰：「弘贊理教，宜令允愜；法鼓競鳴，何先何後？」〔註 166〕

〔註 161〕如後漢支婁迦讖譯《道行般若經》、西晉無羅叉譯《放光般若經》，皆有〈本無品〉。《大正藏》冊八，頁 453，頁 15。

〔註 162〕《高僧傳》，卷四，頁 149。

〔註 163〕《高僧傳》，卷四，頁 149。

〔註 164〕《高僧傳》，卷四，頁 152。

〔註 165〕《高僧傳》，卷六，頁 211～2。

〔註 166〕《高僧傳》，卷五，頁 195。

至道安，始看出佛學和玄學之差異，故於先達以佛學比附玄學之「格義」，深表不滿。故道安之弟子慧遠，雖少善《老》、《莊》，然聞道安講《般若經》，豁然而悟，歎曰：「儒道九流，皆糠秕耳。」〔註 167〕又曰：「每尋疇昔遊心世典，以爲當年之華宛（苑）也。及見《老》、《莊》，便悟名教是應變之虛談耳。以今而觀，則知沈冥之趣，豈得不以佛理爲先？」（〈與劉遺民等書〉）〔註 168〕又曰：「佛經所以越名教、絕九流者，豈不以疏神達要、陶鑄靈府、窮原盡化、鏡萬像於無像者也？」（〈三報論〉）〔註 169〕亦要極力強調佛學和玄學不同。

（二）道安、慧遠之「性空」義

玄學「本無」的立場，本在「反名教」，故其「本無」理論乃在否定名教所據之「名」（名譽、名位、名物），而言「無名」。玄學「本無」雖亦兼反「情欲」，然此原非其主旨所在。佛學「本無」的立場，本在「反情欲」，故其「本無」理論乃在否定情欲所依之「像」（現象），而言「無像」。佛學「本無」雖亦兼「越名教」，然此亦原非其主旨所在。「本無」派玄學家之「反情欲」，乃在言情欲有害養生，然於不妨害養生之事物、乃至所養之生命，固仍有愛好之情欲。故以「本無」派佛家觀玄學家之「反情欲」，實爲不夠徹底，尚不能「窮原盡化」。此即佛學和玄學所以貌合神離之故。故道安批評曰：「執道以御有，卑高有差，此有爲之域耳；非據眞如、遊法性、冥然無名也。」（〈道行經序〉）〔註 170〕「執道御有」，即指玄學之「崇本息末」，而道安以爲尚屬「有爲之域」，未達眞際。

佛家之「反情欲」，並非因爲情欲有害養生，而是因爲諸法皆空，情欲無所附著，故自然止息。吉藏《中觀論疏》論「本無」義曰：

> 釋道安明本無義，謂無在萬化之前，空爲眾形之始。夫人之所滯，滯在末有，若宅心本無，則異想便息矣。……安公明本無者，一切諸法，本性空寂，故云本無。〔註 171〕

道安所言之「無」，並不是玄學家所說、能化生萬有之本體；而是言「一切諸法，本性空寂」，「喻之幻夢」（〈道行經序〉）。〔註 172〕故道安言「無在萬化之

〔註 167〕《高僧傳》，卷六，頁 211。
〔註 168〕《廣弘明集》，卷二十七，頁 304。
〔註 169〕《弘明集》，卷五，頁 34。
〔註 170〕《出三藏記集》，卷七，頁 263。
〔註 171〕《大正藏》，冊四十二，頁 29。
〔註 172〕《出三藏記集》，卷七，頁 262～3。

前，空爲眾形之始」，乃在言萬物的本質是「無」、是「空」，而非言「無」能生「有」、「無」先「有」後。〔註 173〕故曰：「既外有名，亦病無形，兩忘玄漠，塊然無主，此智之紀也。」（〈道行經序〉）〔註 174〕「無形」即「本無」派玄學家所言、能化生萬有之本體。「塊然無主」即言並無此能化生萬物之本體。「異想」，即「情欲」。人常執著於「末有」（現象），以爲眞實（眞有所得，眞有所失），故生情欲。若能了知萬有皆不眞實，譬如幻夢，本性空寂，則得無所得，失無所失，情欲無所附著，故「異想便息矣」。故曰：「夫淫息存乎解色，不係防閑也。有絕存乎解形，不係念空也。……淫有之息，要在明乎萬形之未始有，百化猶逆旅也。」（〈大十二門經序〉）〔註 175〕所謂「萬形之未始有」，即指萬物本性空寂，實未嘗有，明乎此，則淫欲自息。

慧遠承其師道安之意，亦曰：

> 生塗兆於無始之境，變化搆於倚伏之場。咸生於未有而有，滅於既有而無。推而盡之，則知有無迴謝於一法，相待而非原；生滅兩行於一化，映空而無主。於是乃即之以成觀，反鑒以求宗。鑒明則塵累不止，而儀像可睹；觀深則悟徹入微，而名實俱玄。將尋其要，必先於此。然後非有非無之談，方可得而言。（〈大智論抄序〉）〔註 176〕

一切諸法，皆緣聚而「有」、「生」，緣散而「無」、「滅」，皆不實在，亦無「原」、「主」（本體）使之實在，如玄學「本無」之所持論。故曰：「雖聚散而非我，寓群形於大夢，實處有而同無。」（〈明報應論〉）〔註 177〕又曰：「無性之性，謂之法性。法性無性，因緣以之生。」（〈大智論抄序〉）〔註 178〕既不實在（所謂「名實俱玄」），則無可「欲」之處，情欲自息。所謂「非有非無之談」，乃指鳩摩羅什所倡言之「實相」義。（詳見本文第四章第二節）慧遠以爲鳩摩羅什之說，尚不能「反鑒」、「求宗」，實拘於「末有」，不能以「本無」爲先；

〔註 173〕東晉時，般若學者有所謂「六家七宗」，其中「本無異宗」，主倡者爲竺法琛、竺法汰，主張「本無者，未有色法，先有於無，故從無出有，即無在有先，有在無後，故稱本無。」（吉藏《中觀論疏》，頁 29。）則似屬「格義」，和道安不同。關於「六家七宗」之理論，請詳參湯用彤：《漢魏兩晉南北朝佛教史》，頁 238～77。

〔註 174〕《出三藏記集》，卷七，頁 262。

〔註 175〕《出三藏記集》，卷六，頁 253。

〔註 176〕《出三藏記集》，卷十，頁 389～90。

〔註 177〕《弘明集》，卷五，頁 33。

〔註 178〕《出三藏記集》，卷十，頁 390。

故云如此。

慧遠更進一步指出：非但外物無可欲之處，就是生命本身亦無可欲之處。慧遠曰：

> 有情於化，感物而動，動必以情，故其生不絕。生不絕，則其化彌廣而形彌積，情彌滯而累彌深。其爲患也，焉可勝言哉。是故經稱泥洹不變，以化盡爲宅；三界流動，以罪苦爲場。化盡則因緣永息，流動則受苦無窮。……是故反本求宗者，不以生累其神；超落塵封者，不以情累其生。不以情累其生，則生可滅；不以生累其神，則神可冥。冥神絕境，故謂之泥洹。泥洹之名，豈虛搆也哉。（〈沙門不敬王者論・求宗不順化〉）〔註179〕

慧遠主「神不滅」，其理由在於：由化生情，由情生化，輾轉相生，「其生不絕」，「化彌廣」、「情彌滯」，六道輪迴，「受苦無窮」。由此，而說「神不滅」。反本求宗，唯在不循情欲化生之途，所謂「求宗不順化」，而逆求不變之法性，法性即無性，一切諸法，本性空寂，則情欲無所附著，情欲化生之途可止，「生可滅」、「神可冥」，「因緣永息」，永離輪迴之苦，是爲「泥洹」。從慧遠之反求泥洹，或誓生淨土，皆可看出「反情欲」之鮮明立場，對於形成其佛學「本無」觀念之深遠影響。

第三節　「本無」境在文學上的開展

一、由玄學而來的「本無」境之情感

（一）睥睨之情

玄學「本無」以「無」爲本，以「有」爲末，即以「遵行名教」爲非，以「反抗名教」爲是。然而，詩人以此反觀自身，在現實生活中，何往而無名教？欲不遵行名教，實不可得。故玄學中的「本無」觀念，適足以加深詩人的孤獨、彷徨之情。牟宗三描述此種心境曰：

> 這是一個無掛搭之生命，只想掛搭於原始之洪荒與蒼茫之宇宙。不但俗世之一切禮法不能掛搭，即任何「教」之系統與「學」之系統亦不能掛搭。此即所謂四不著邊。依此，不但與禮法有永恒之衝突，

〔註179〕《弘明集》，卷五，頁30。

> 而且與一切禮法教法為普遍之衝突。此即所謂「逸氣」，所謂「天地之棄才」。亦即魏晉時名士文人之獨特風格。他只想衝向那原始之洪荒與蒼茫之宇宙。但蒼茫之宇宙與原始之洪荒是不能掛搭的。此是悲劇生命之無掛搭的掛搭。〔註 180〕

思想家本是冷靜超然，故「本無」派玄學家之嚮往宇宙洪荒、悲慨無所掛搭，則已從冷靜觀照中，反視自己，情感油然而生，遂由哲人的心靈，轉為詩人的心靈。玄學家阮籍、嵇康等，同時亦為詩人，不為無故。茲舉其詩數首為例。阮籍〈詠懷詩・其一〉曰：

> 夜中不能寐，起坐彈鳴琴。
> 薄帷鑒明月，清風吹我襟。
> 孤鴻號外野，朔鳥鳴北林。
> 徘徊將何見？憂思獨傷心。〔註 181〕

首句、二句言詩人心中憂悶，藉音樂以排解。三、四句言藉著音樂的和聲，達到本體的境界、宇宙的和諧。明月普照宇宙，是何等遼闊！清風掠過大地，是何等自由！本體的境界亦猶是。五、六句，詩人的心靈返回到現實中的自我，不見容於世俗的名教社會，猶如「孤鴻」、「朔鳥」之孤獨、倉皇。七句，「徘徊將何見」，言將無所見，感到未來無望。末句，「憂思獨傷心」，非為一事一物而傷心，而是為整個時代而傷心。詩人心中悲慨之深沈，非一般生活中之不如意所可比擬；唯有從玄學的心靈中，才能蘊育出如此的「情感」。〈詠懷詩〉八十二首，以此詩為首，殆有開宗明義之意。

此外，類似的詩句不少，如〈詠懷詩・其十四〉曰：「多言焉所告，繁辭將訴誰？」〔註 182〕〈其十六〉曰：「羈旅無儔匹，俯仰懷哀傷。」〔註 183〕〈其十七〉曰：「獨坐空堂上，誰可與歡者？」〔註 184〕〈其三十三〉曰：「終身履薄冰，誰知我心焦？」〔註 185〕〈其三十四〉曰：「願耕東皋陽，誰與守其真？」〔註 186〕〈其六十三〉曰：「多慮令志散，寂寞使心憂。」〔註 187〕嵇康〈答二

〔註 180〕氏著：《才性與玄理》，頁 292。
〔註 181〕郭光：《阮籍集校注》，頁 126。
〔註 182〕郭光：《阮籍集校注》，頁 144。
〔註 183〕郭光：《阮籍集校注》，頁 146。
〔註 184〕郭光：《阮籍集校注》，頁 148。
〔註 185〕郭光：《阮籍集校注》，頁 172。
〔註 186〕郭光：《阮籍集校注》，頁 173。
〔註 187〕郭光：《阮籍集校注》，頁 205。

郭詩〉曰：「羲農邈已遠，拊膺獨咨嗟。」〔註 188〕〈酒會詩・其六〉曰：「心之憂矣，孰識玄機？」〔註 189〕〈五言詩〉曰：「眞人不屢存，高唱誰當和？」〔註 190〕皆寫詩人的孤獨感。阮籍〈詠懷詩・其五〉曰：「北臨太行道，失路將如何？」〔註 191〕〈其二十〉曰：「楊朱泣路歧，墨子悲染絲。」〔註 192〕〈其四十一〉曰：「逼此良可惑，令我久躊躇。」〔註 193〕則寫詩人心中的彷徨。

既以「遵行名教」爲非，則詩人於名教社會之世俗，便覺其可厭復可悲。世俗之見識鄙陋，而我須與世俗共同生活，故可厭。世俗常事與願違，而我亦世俗之一，從世俗身上，可看到自己，故可悲。阮籍〈詠懷詩・其四十六〉曰：

鷽鳩飛桑榆，海鳥運天池。
豈不識宏大？羽翼不相宜。
招搖安可翔？不若棲樹枝。
下集蓬艾間，上游園圃籬。
但爾亦自足，用子爲追隨。〔註 194〕

「鷽鳩」喻世俗之見識淺陋。「海鳥」指大鵬鳥，喻己之胸懷高遠。〔註 195〕三、四句，寫世俗對己之批評。〔註 196〕五、六、七、八句，寫世俗之自甘於鄙陋。九、十句，「爾」指世俗，「子」指鷽鳩，道出主旨，言世俗皆以鷽鳩爲追隨效法的榜樣。合全詩而觀之，詩人不齒之情顯露無遺。

此外，阮籍〈詠懷詩・其二十一〉曰：「豈與鶉鴳游，連翩戲中庭？」〔註 197〕〈其二十八〉曰：「豈效路上童，攜手共遨游？」〔註 198〕〈其四十

〔註 188〕戴明揚：《嵇康集校注》，頁 63。
〔註 189〕戴明揚：《嵇康集校注》，頁 75。
〔註 190〕戴明揚：《嵇康集校注》，頁 80。
〔註 191〕郭光：《阮籍集校注》，頁 131。
〔註 192〕郭光：《阮籍集校注》，頁 152。
〔註 193〕郭光：《阮籍集校注》，頁 181。
〔註 194〕郭光：《阮籍集校注》，頁 187。
〔註 195〕《莊子・逍遙遊》曰：「鵬之背，不知其幾千里也；怒而飛，其翼若垂天之雲。是鳥也，海運則將徙於南冥。南冥者，天池也。……蜩與學鳩笑之曰：『我決起而飛，搶榆枋，時則不至而控於地而已矣，奚以之九萬里而南爲？』……之二蟲又何知！」又，阮籍〈大人先生傳〉亦曰：「陽烏游於塵外，而鷦鷯戲於蓬芠；小大固不相及！」郭光：《阮籍集校注》，頁 97。
〔註 196〕阮籍〈答伏義書〉曰：「弘修淵邈者，非近力所能究矣；靈變神化者，非局器所能察矣。何吾子之區區，而吾眞之務求乎？」（郭光：《阮籍集校注》，頁 47。）則是對此類批評的反駁。
〔註 197〕郭光：《阮籍集校注》，頁 154。

三〉曰:「豈與鄉曲士,攜手共言誓?」〔註199〕〈其四十八〉曰:「鳴鳩嬉庭樹,焦明游浮雲。焉見孤翔鳥,翩翩無匹群?」〔註200〕〈其六十七〉曰:「委曲周旋儀,姿態愁我腸。」〔註201〕嵇康〈兄秀才公穆入軍贈詩〉曰:「流俗難悟,逐物不還。」〔註202〕〈幽憤詩〉曰:「世務紛紜,祇攪予情。」〔註203〕〈述志詩・其一〉曰:「多念世間人,夙駕咸驅馳。」〔註204〕〈其二〉曰:「斥鷃擅蒿林,仰笑神鳳飛。坎井蝤蛭宅,神龜安所歸?」〔註205〕〈答二郭詩〉曰:「去去從所志,敢謝道不俱。」〔註206〕〈五言詩〉曰:「俗人不可親,松喬是可鄰。」〔註207〕皆流露出對於世俗之鄙視。

阮籍〈詠懷詩・其二十〉曰:

楊朱泣路歧,墨子悲染絲。
揖讓長離別,飄颻難與期。
豈徒燕婉情,存亡誠有之。
蕭索人所悲,禍釁不可辭。
趙女媚中山,謙柔愈見欺。
嗟嗟塗上士,何用自保持?〔註208〕

歧路可以南、可以北,染絲可以黃、可以黑,皆不可期必,世事難料,禍福無常,亦猶是;此楊朱、墨子之所以悲泣。兩情燕婉之際,誓言永不分離,轉眼間,卻「揖讓長離別」;此亦是「不可必」。〔註209〕非但人情不可必,生命之存亡、禍福,亦不可必。趙女諂媚中山君,極盡謙柔,本欲取信,反遭人疑;亦是不可必。世俗奔競於名利之途,所謂「塗上士」,受到名教觀念的驅迫,恆欲必利而無害,必榮而無辱,而以一時之得沾沾自矜持,見識之短

〔註198〕郭光:《阮籍集校注》,頁164。
〔註199〕郭光:《阮籍集校注》,頁184。
〔註200〕郭光:《阮籍集校注》,頁189。
〔註201〕郭光:《阮籍集校注》,頁210。
〔註202〕戴明揚:《嵇康集校注》,頁19。
〔註203〕戴明揚:《嵇康集校注》,頁32。
〔註204〕戴明揚:《嵇康集校注》,頁36~7。
〔註205〕戴明揚:《嵇康集校注》,頁37~8。
〔註206〕戴明揚:《嵇康集校注》,頁65。
〔註207〕戴明揚:《嵇康集校注》,頁80。
〔註208〕郭光:《阮籍集校注》,頁152。
〔註209〕阮籍〈詠懷詩・其二〉曰:「猗靡情歡愛,千載不相忘。……如何金石交,一旦更離傷?」言人情之惑,有如此者。可參照。郭光:《阮籍集校注》,頁127。

淺，實無異於「褌中之蝨」之自以爲得；良可嗟歎。

此外，阮籍〈詠懷詩・其九〉曰：「素質游商聲，凄愴傷我心。」〔註 210〕〈其十一〉曰：「朱華振芬芳，高蔡相追尋。一爲黃雀哀，淚下誰能禁？」〔註 211〕〈其十三〉曰：「李公悲東門，蘇子狹三河。求仁自得仁，豈復嘆咨嗟！」〔註 212〕〈其十八〉曰：「豈知窮達士，一死不再生？」〔註 213〕〈其二十五〉曰：「勢路有窮達，咨嗟安可長？」〔註 214〕〈其四十〉曰：「晷度有昭回，哀哉人命微！」〔註 215〕〈其六十六〉曰：「悼彼桑林子，涕下自交流。」〔註 216〕嵇康〈五言詩〉曰：「哀哉世間人，何足久託身？」〔註 217〕皆對世俗之以身爲殉，感到可悲。

（二）慕道之心

既以世俗爲非，遂有「避世」之情。既以「本無」爲是，遂生「慕道」之心。阮籍〈詠懷詩・其四十五〉曰：

> 幽蘭不可佩，朱草爲誰榮？
> 修竹隱山陰，射干臨增城。
> 葛藟延幽谷，綿綿瓜瓞生。
> 樂極消靈神，哀深傷人情。
> 竟知憂無益，豈若歸太清？〔註 218〕

前六句寫幽深之仙境，遠於世患，故得以發榮衍生。〔註 219〕末四句寫世俗奔競於名利之場，利害相摩，哀樂交集，《莊子・外物》所謂：「有甚憂兩陷而無所逃」，適足以害生傷神，毫無益處，不如歸往「太清」。「太清」，即「本無」，亦即「道」。

〔註 210〕郭光：《阮籍集校注》，頁 136。
〔註 211〕郭光：《阮籍集校注》，頁 139。
〔註 212〕郭光：《阮籍集校注》，頁 143。
〔註 213〕郭光：《阮籍集校注》，頁 149。
〔註 214〕郭光：《阮籍集校注》，頁 160。
〔註 215〕郭光：《阮籍集校注》，頁 179。
〔註 216〕郭光：《阮籍集校注》，頁 208。
〔註 217〕戴明揚：《嵇康集校注》，頁 80。
〔註 218〕郭光：《阮籍集校注》，頁 186。
〔註 219〕阮籍〈詠懷詩・其二十六〉曰：「荊棘被原野，群鳥飛翩翩。鸞鷖特棲宿，性命有自然。建木誰能近？射干復嬋娟。不見林中葛，延蔓相勾連？」可以參照。郭光：《阮籍集校注》，頁 161。

此外，阮籍〈詠懷詩・其六〉曰：「布衣可終身，寵祿豈足賴？」〔註 220〕〈其十〉曰：「獨有延年術，可用慰我心。」〔註 221〕〈其十五〉曰：「乃悟羨門子，噭噭令自嗤。」〔註 222〕〈其十八〉曰：「瞻仰景山松，可以慰吾情。」〔註 223〕〈其二十二〉曰：「王子好簫管，世世相追尋。誰言不可見，青鳥明我心。」〔註 224〕〈其二十三〉曰：「豈安通靈台？游漾去高翔。」〔註 225〕〈其二十四〉曰：「三芝延瀛洲，遠游可長生。」〔註 226〕〈其二十八〉曰：「豈若遺耳目，升遐去殷憂？」〔註 227〕〈其三十二〉曰：「願登太華山，上與松子游。」〔註 228〕〈其三十六〉曰：「時路烏足爭？太極可翺翔。」〔註 229〕〈其四十〉曰：「焉得淩霄翼，飄颻登雲湄？」〔註 230〕〈其四十一〉曰：「列仙停修齡，養志在沖虛。」〔註 231〕〈其四十三〉曰：「抗身青雲中，網羅孰能制？」〔註 232〕〈其七十〉曰：「灰心寄枯宅，曷顧人間姿？」〔註 233〕〈其七十二〉曰：「更希毀珠玉，可用登遨游。」〔註 234〕〈其七十三〉曰：「一去長離絕，千歲復相望。」〔註 235〕〈其七十四〉曰：「道眞信可娛，清潔存精神。」〔註 236〕〈其八十一〉曰：「豈若遺世物，登明遂飄颻？」〔註 237〕嵇康〈兄秀才公穆入軍贈詩・其一〉曰：「逍遙遊太清。」〔註 238〕〈其八〉曰：「思欲登仙，以濟不朽。」〔註 239〕〈其十五〉曰：「遊心太玄。」〔註 240〕〈其十七〉曰：「乘風

〔註 220〕郭光：《阮籍集校注》，頁 132。
〔註 221〕郭光：《阮籍集校注》，頁 138。
〔註 222〕郭光：《阮籍集校注》，頁 145。
〔註 223〕郭光：《阮籍集校注》，頁 149。
〔註 224〕郭光：《阮籍集校注》，頁 155。
〔註 225〕郭光：《阮籍集校注》，頁 156。
〔註 226〕郭光：《阮籍集校注》，頁 157。
〔註 227〕郭光：《阮籍集校注》，頁 164。
〔註 228〕郭光：《阮籍集校注》，頁 171。
〔註 229〕郭光：《阮籍集校注》，頁 174。
〔註 230〕郭光：《阮籍集校注》，頁 179。
〔註 231〕郭光：《阮籍集校注》，頁 181。
〔註 232〕郭光：《阮籍集校注》，頁 184。
〔註 233〕郭光：《阮籍集校注》，頁 215。
〔註 234〕郭光：《阮籍集校注》，頁 217。
〔註 235〕郭光：《阮籍集校注》，頁 218。
〔註 236〕郭光：《阮籍集校注》，頁 219。
〔註 237〕郭光：《阮籍集校注》，頁 228。
〔註 238〕戴明揚：《嵇康集校注》，頁 5。
〔註 239〕戴明揚：《嵇康集校注》，頁 9。

高遊，遠登靈丘。」〔註 241〕〈其十八〉曰：「含道獨往，棄智遺身。」〔註 242〕〈其十九〉曰：「安能服御，勞形苦心？」〔註 243〕〈述志詩．其一〉曰：「浮遊太清中。」〔註 244〕〈其二〉曰：「巖穴多隱逸，輕舉求吾師。」〔註 245〕〈遊仙詩〉曰：「長與俗人別，誰能睹其蹤。」〔註 246〕〈答二郭詩．其二〉曰：「遺物棄鄙累，逍遙遊太和。」〔註 247〕〈其三〉曰：「至人存諸己，隱璞樂玄虛。」〔註 248〕〈與阮德如〉曰：「未若捐外累，肆志養浩然。」〔註 249〕〈雜詩〉曰：「流詠太素，俯讚玄虛。」〔註 250〕〈五言詩．其三〉曰：「徘徊戲靈岳，彈琴詠太眞。」〔註 251〕皆流露出熱烈渴望「避世」、「體道」之情感。而此情感乃是受到玄學「本無」觀念的激發。

二、由玄學而來的「本無」境之意象

（一）淺陋的世俗

詩人受到玄學「本無」觀念之激發，而有渴望「避世」、「體道」的情感，此情感次第及於他物，使物「皆著我之色彩」，遂成爲「意象」。

如前引阮籍〈詠懷詩．其一〉有曰：「孤鴻號外野，朔鳥鳴北林。」此本是自然現象，並不能感動人，但詩人心中充滿孤獨感，「以情觀之」，則「孤鴻」、「朔鳥」與自己，即已混同，故「孤鴻」、「朔鳥」之遭遇，可使詩人因感同身受而傷心。經由「情感」的轉化，此景物不再是自然現象，而成爲文學中的「意象」。

又如前引阮籍〈詠懷詩．其四十六〉之「鷽鳩」、〈其二十一〉之「鶉鴳」、嵇康〈述志詩．其二〉之「斥鷃」，皆因詩人心中對於世俗的鄙視之情，而在

〔註 240〕戴明揚：《嵇康集校注》，頁 16。
〔註 241〕戴明揚：《嵇康集校注》，頁 18。
〔註 242〕戴明揚：《嵇康集校注》，頁 19。
〔註 243〕戴明揚：《嵇康集校注》，頁 20。
〔註 244〕戴明揚：《嵇康集校注》，頁 36。
〔註 245〕戴明揚：《嵇康集校注》，頁 38。
〔註 246〕戴明揚：《嵇康集校注》，頁 40。
〔註 247〕戴明揚：《嵇康集校注》，頁 63。
〔註 248〕戴明揚：《嵇康集校注》，頁 65。
〔註 249〕戴明揚：《嵇康集校注》，頁 66。
〔註 250〕戴明揚：《嵇康集校注》，頁 77。
〔註 251〕戴明揚：《嵇康集校注》，頁 80。

詩人眼中和世俗混同，成爲世俗短視淺薄之「象徵」。

鳥之畏羅網，亦使詩人感同身受，故「羅網」在詩人心中即成爲名教社會的象徵。如阮籍〈詠懷詩‧其四十三〉曰：「抗身青雲中，網羅孰能制？」〈其七十〉曰：「苟非嬰網羅，何必萬里畿？」嵇康〈兄秀才公穆入軍贈詩‧其一〉曰：「何意世多艱，虞人來我疑。雲網塞四區，高羅正參差。奮迅勢不便，六翮無所施。隱姿就長纓，卒爲時所羈。」〈幽憤詩〉曰：「嗈嗈鳴雁，奮翼北遊。順時而動，得意忘憂。嗟我憤歎，曾莫能儔。」〔註 252〕〈述志詩‧其一〉曰：「焦鵬振六翮，羅者安所羈？」〈答二郭詩‧其三〉曰：「鸞鳳避罻羅，遠託崑崙墟。」皆流露出詩人對於名教社會的厭惡之情。

此外，劉伶〈酒德頌〉曰：

> 有大人先生，以天地爲一朝，萬期爲須臾，日月爲扃牖，八荒爲庭衢。行無轍跡，居無室廬，幕天席地，縱意所如。止則操卮執觚，動則挈榼提壺。唯酒是務，焉知其餘。
>
> 有貴介公子，搢紳處士，聞吾風聲，議其所以。乃奮袂攘襟，怒目切齒，陳說禮法，是非鋒起。
>
> 先生於是方捧甖承槽，銜杯漱醪，奮髯踑踞，枕麴藉糟。無思無慮，其樂陶陶。兀然而醉，豁然而醒。靜聽不聞雷霆之聲，熟視不睹泰山之形，不覺寒暑之切肌、利欲之感情。俯觀萬物擾擾焉，如江漢之載浮萍；二豪侍側焉，如蜾蠃之與螟蛉。〔註 253〕

在厭惡禮教的情感作用下，「縱意所如」、「唯酒是務」、任誕狂放、蔑視禮法的大人先生，成爲詩人所讚賞的意象。而禮俗之士之見識狹窄、大驚小怪，也成爲詩人所揶揄的意象。

在玄學「本無」觀念中，名教社會中的「名」、「利」，皆是「有」，皆不可恃。詩人以此觀之，遂於世俗之以「名」、「利」爲「是」，而奔競不已，感到可悲。阮籍〈詠懷詩‧其十二〉曰：

> 昔日繁華子，安陵與龍陽。
>
> 夭夭桃李花，灼灼有輝光。
>
> 悅懌若九春，磬折似秋霜。
>
> 流盼發姿媚，言笑吐芬芳。

〔註 252〕戴明揚：《嵇康集校注》，頁 31。

〔註 253〕《文選》，卷四十七，頁 2099。

攜手等歡愛，宿昔同衾裳。

願爲雙飛鳥，比翼共翱翔。

丹青著明誓，永世不相忘。〔註 254〕

安陵君爲戰國時楚恭王的男寵。〔註 255〕龍陽君爲戰國時魏王的男寵。〔註 256〕兩者和君王極盡歡愛，故要約立誓，欲永世不忘。知歡愛不可必而欲必之，故要約立誓；然而，要約立誓豈能有益？此是惑之大者。世俗受到名教觀念的驅迫、而執著於「名」、「利」之愚痴，皆是如此。故曰：「豈徒燕婉情？存亡誠有之。」（〈詠懷詩・其二十〉）於是，世俗之愚痴，遂成爲詩人心中的「意象」。此外，如阮籍〈詠懷詩・其二〉曰：「猗靡情歡愛，千載不相忘。」〈其三〉曰：「一身且不保，何況戀妻子？」〈其十一〉曰：「朱華振芬芳，高蔡相追尋；一爲黃雀哀，淚下誰能禁？」〔註 257〕〈其十三〉曰：「李公悲東門，蘇子狹三河。」〈其十八〉曰：「豈知窮達士，一死不再生？視彼桃李花，誰能久熒熒？」〔註 258〕〈其二十〉曰：「趙女媚中山，謙柔愈見欺。」〈其二十七〉曰：「願爲三春游，朝陽忽蹉跎。」〈其五十九〉曰：「朝生衢路旁，夕瘗橫術隅。」〈其七十二〉曰：「高名令志惑，重利使心憂。親昵懷反側，骨肉還相

〔註 254〕郭光：《阮籍集校注》，頁 141。

〔註 255〕劉向：《說苑》（台北：世界書局，民 51 年）卷十三載：「安陵纏以顏色美壯，得幸於楚共王。江乙往見安陵纏曰：『……吾聞之：以財事人者，財盡而交疏；以色事人者，華落而愛衰。今子之華有時而落，子何以長幸無解於王乎？』……其年，共王獵江渚之野，野火之起若雲蜺。……有狂兕從南方來，正觸王左驂，……使善射者射之，一發，兕死車下。王大喜拊手而笑，顧謂安陵纏曰：『吾萬歲之後，子將誰與斯樂？』安陵纏乃逡巡而卻，泣下沾衿，抱王曰：『萬歲之後，臣將從爲殉，安知樂此者誰？』於是共王乃封安陵纏車下三百户。故曰：『江乙善謀，安陵纏知時。』」頁 113～4。

〔註 256〕《戰國策・魏策》載：「魏王與龍陽君共船而釣，龍陽君得十餘魚而涕下。王曰：『有所不安乎？如是何不相告也？』對曰：『臣無敢不安也。』王曰：『然則何爲涕出？』……對曰：『臣之始得魚也，臣甚喜，後得又益大，今臣直欲棄臣前之所得矣。今以臣之兇惡而得爲王拂枕席，今臣爵至人君，走人於庭，避人於塗，四海之內，美人亦甚多矣，聞臣之得幸於王也，必搴裳而趨大王，臣亦猶曩臣之前所得魚也，臣亦將棄矣，臣安得無涕出乎？』魏王……於是布令於四境之內曰：有敢言美人者族。」鮑彪：《戰國策校注》，台北：臺灣商務印書館，四部叢刊冊十四，卷七，頁 204。

〔註 257〕高蔡、黃雀者，以身殉利、自以爲得計者；喻世俗之以身殉利，甚可悲。郭光：《阮籍集校注》，頁 139。

〔註 258〕言儒士所執著之名利、榮華，皆如桃李花，不久即凋謝，不值得執著。郭光：《阮籍集校注》，頁 149。

仇。」〔註259〕皆是世俗在詩人心中所形成的可悲形象。

（二）高蹈的遊仙

由於渴望「避世」、「體道」的情感，「遊仙」遂成爲詩人歌詠的「意象」。阮籍〈詠懷詩・其七十三〉曰：

橫術有奇士，黃駿服其箱。
朝起瀛洲野，日夕宿明光。
再撫四海外，羽翼自飛揚。
去置世上事，豈足愁我腸。
一去長離絕，千歲復相望。〔註260〕

詩人歌詠「遊仙」之形象，乃出於詩人心中渴望「避世」、「體道」的情感。遊仙之輕舉高翔，俯仰之間，再撫四海之外，視千歲如一朝，豈能爲世俗所羈？透過詩人的情感，「遊仙」和「本無」之「道」，即已混同，而成爲詩人心中的「意象」。此外，如〈其十〉曰：「獨有延年術，可用慰我心。」〈其十五〉曰：「乃悟羨門子，噭噭令自嗤。」〈其二十二〉曰：「王子好簫管，世世相追尋。」〈其二十三〉曰：「豈安通靈台？游漾去高翔。」〈其二十四〉曰：「三芝延瀛洲，遠游可長生。」〈其三十二〉曰：「願登太華山，上與松子游。」〈其四十一〉曰：「列仙停修齡，養志在沖虛。」〈其七十二〉曰：「更希毀珠玉，可用登遨游。」〈其八十一〉曰：「豈若遺世物，登明遂飄颻？」嵇康〈兄秀才公穆入軍贈詩・其一〉曰：「逍遙遊太清。」〈其八〉曰：「思欲登仙，以濟不朽。」〈其十七〉曰：「乘風高遊，遠登靈丘。」〈其十八〉曰：「長寄靈岳，怡志養神。」〈述志詩・其一〉曰：「比翼翔雲漢，飲露餐瓊枝。」〈其二〉曰：「巖穴多隱逸，輕舉求吾師。」〈遊仙詩〉曰：「長與俗人別，誰能睹其蹤。」〈重作四言詩・其六〉曰：「思與王喬，乘雲遊八極。」〔註261〕〈其七〉曰：「逍遙天衢，千載長生。」〔註262〕〈答二郭詩・其二〉曰：「豈若翔區外，餐瓊漱朝霞。」〈四言詩〉曰：「羽化華岳，超遊清霄。」〔註263〕〈五言詩・其

〔註259〕言世俗執著名利，割裂道德自然，故致斯弊：親友猜忌，骨肉敵對。此亦王弼批評名教所謂：「父子兄弟，懷情失直，孝不任誠，慈不任實。」（〈老子指略〉）之意。郭光：《阮籍集校注》，頁217。

〔註260〕郭光：《阮籍集校注》，頁218。

〔註261〕戴明揚：《嵇康集校注》，頁50。

〔註262〕戴明揚：《嵇康集校注》，頁52。

〔註263〕戴明揚：《嵇康集校注》，頁79。

三〉曰：「輕舉翔區外，濯翼扶桑津。」這眾多的遊仙意象，皆流露出詩人心中渴望「避世」、「體道」的情感。而遊仙詩的發展，經漢末、建安，至阮籍、嵇康，遂達到空前的高峰。

其後，歌詠遊仙之詩偶有繼作，如傅玄〈雲中白子高行〉曰：「齊駕飛龍驂赤螭，逍遙五岳間，東西馳，長與天地並，復何爲！復何爲！」〔註264〕成公綏〈仙詩〉曰：「那得赤松子，從學度世道。西入華陰山，求得神芝草。」〔註265〕張華〈遊仙詩〉曰：「蕭史登鳳音，王后吹鳴竽。」、「列坐王母堂，豔餐瓊瑤華。湘妃詠涉江，漢女奏陽阿。」、「雲娥薦瓊石，神妃侍衣裳。」〔註266〕何劭〈遊仙詩〉曰：「羨昔王子喬，友道發伊洛。迢遞陵峻岳，連翩御飛鶴。抗跡遺萬里，豈戀生民樂？」〔註267〕陸機〈前緩聲歌〉曰：「宓妃興洛浦，王韓起太華。北徵瑤臺女，南要湘川娥。」〔註268〕今存西晉遊仙詩僅上述寥寥數首，而其中張華〈遊仙詩〉和陸機〈前緩聲歌〉，僅是引用傳說仙人作爲典故，想像仙界之景象，並無企嚮羽化長生之渴望，更無遺世獨立之感慨，是否可歸類爲「遊仙詩」，尚有可疑。陸機並曾寫過許多反「遊仙」的詩歌（詳第四章）。大致上，遊仙詩並非西晉詩壇的主流，無論在數量上、或深度上，皆較阮籍、嵇康時衰退甚多。直到西晉末、東晉初，郭璞始「變創其體」（《詩品・序》）作〈遊仙詩〉（今存十九首），庾闡亦作〈遊仙詩〉（今存十首），才使遊仙詩部份地得到復興。（詳第五章）至於何以遊仙詩從魏代的極盛，到西晉時卻迅速銷聲匿跡，筆者以爲和當時思想界發生的大變動有關。此一大變動，即是：玄學的發展由「本無」轉向「崇有」。（詳第四章）

三、由佛學而來的「本無」境之情感

（一）厭世之情

佛家「本無」既以「三界罪苦」爲非，而以「泥洹絕境」爲是，則當其反視自身之淪落世間，難免覺得可悲，而有企嚮「出世」之情。

東晉時，慧遠在廬山聚徒，除念佛講道外，和僧徒時共吟詠。今存有廬

〔註264〕逯欽立輯：《先秦漢魏晉南北朝詩》，頁564。
〔註265〕逯欽立輯：《先秦漢魏晉南北朝詩》，頁584～5。
〔註266〕逯欽立輯：《先秦漢魏晉南北朝詩》，頁621。
〔註267〕《文選》卷二十一，頁1017～8。
〔註268〕《文選》卷二十八，頁1314。

山諸沙彌所作之〈觀化決疑詩〉曰：

謀始創大業，問道叩玄篇。
妙唱發幽蒙，觀化悟自然。
觀化化已及，尋化無間然。
生皆由化化，化化更相纏。
宛轉隨化流，漂流入化淵。
五道化爲海，孰爲知化仙？
萬化同歸盡，離化化乃玄。
悲哉化中客，焉識化表年！〔註 269〕

作者觀世俗之隨因緣流轉，沈沒於大化之淵海，甚爲可悲，故曰：「悲哉化中客」。於是作者興起「離化」（即「出世」）之情。悲哀「化中客」，企嚮「離化」、「化表」，此等情感皆是受到佛學「本無」觀念的激發。

至南朝宋，詩人鮑照作〈佛影頌〉曰：

形生麤怪，神照潭寂。
驗幽以明，考心者跡。
六塵煩苦，五道綿劇。
乃炳舟梁，爰悟淪溺。〔註 270〕

亦是悲哀世俗情欲世界之「煩苦」、「綿劇」、「淪溺」，而企嚮渡到彼岸。鮑照詩中不乏厭世之情，如云：「爭先萬里塗，各事百年身。……容華坐消歇，端爲誰苦辛？」（〈行藥至城東橋〉）、〔註 271〕「役生良自休，大患安足保？」（〈在江陵歎年傷老〉）、〔註 272〕「終古自多恨，幽悲共淪鑠。」（〈秋夜之二〉）。〔註 273〕

鮑照之後，此種厭世之情，仍繼續在齊、梁間詩人江淹詩中延續。江淹〈傷愛子賦〉云：

惟人生之在世，恒歡寡而戚饒。
雖十紀之空名，豈百齡之能要？
迅朱光之映夜，甚白露之凝朝。〔註 274〕

〔註 269〕逯欽立輯：《先秦漢魏晉南北朝詩》，頁 1087。
〔註 270〕嚴可均輯：《全宋文》，卷四十七，頁 6。
〔註 271〕《文選》，卷二十二，頁 1056。
〔註 272〕黃節：《鮑參軍詩註》，台北：藝文印書館，民 67 年，頁 239。
〔註 273〕黃節：《鮑參軍詩註》，頁 250。
〔註 274〕《廣弘明集》，卷二十九，《大正藏》52 冊，頁 342 中。

佛家「本無」以六道輪迴爲苦，故增添詩人厭世之情，遂流洩於詩中。此類詩歌，在南朝詩歌中，可算是別樹一格。雖不是很普遍，卻有其特色，不應忽略。

（二）西極之念

既已厭惡「三界罪苦」，則又對遠離一切「情欲」、「罪苦」之「西極」、「淨土」，發生無限嚮往之情感。如慧遠〈廬山東林雜詩〉曰：

崇岩吐清氣，幽岫棲神跡。
希聲奏群籟，響出山溜滴。
有客獨冥遊，徑然忘所適。
揮手撫雲門，靈關安足闢？
流心叩玄扃，感至理弗隔。
孰是騰九霄，不奮衝天翮？
妙同趣自均，一悟超三益。〔註275〕

詩人欲登「崇岩」，「撫雲門」，「騰九霄」，則其渴望超脫塵世之情感，甚爲強烈。不過，此和玄學「本無」境界不同，詩人並不嚮往遊仙之肉體長生，也不祈求仙丹靈藥，正好相反，唯在「一悟」：一切諸法，本性皆空；脫離一切肉體情欲，即可「因緣永息」，永離大化之淵海，達到泥洹絕境。

又如慧遠〈佛影銘〉曰：

銘之圖之，曷營曷求？
神之聽之，鑒爾所修。
庶茲塵軌，映彼玄流。
漱情靈沼，飲和至柔。
照虛應簡，智落乃周。
深懷冥託，宵想神遊。
畢命一對，長謝百憂。〔註276〕

銘中，詩人渴望「漱情靈沼」，亦即洗盡情欲，而對佛之「曷營曷求」，亦即無營無求，超絕情欲，充滿嚮往之情。

慧遠弟子王齊之〈念佛三昧詩〉曰：

慨自一生，夙乏慧識。
託崇淵人，庶籍冥力。

〔註275〕逯欽立輯：《先秦漢魏晉南北朝詩》，頁1085。
〔註276〕《廣弘明集》，卷十五，頁198。

> 思轉毫功，在深不測。
>
> 至哉之念，注心西極。〔註 277〕

詩中，詩人從佛學「本無」觀念中，反視自己一生，沈淪化海，遂生無限感慨，既而流露出對於「西極」（即西方淨土）的渴慕情感。佛學「本無」觀念越清楚，則此等渴慕「西極」之情感越強烈。

此種渴慕「西極」的情感，在江淹詩中得到延續。江淹〈傷愛子賦〉云：

> 信釋氏之靈果，歸三世之遠致。
>
> 願同昇於淨剎，與塵習兮永棄。〔註 278〕

〈吳中禮石佛〉詩云：

> 軒騎久已訣，親愛不留遲。
>
> 憂傷漫漫情，靈意終不緇。
>
> 誓尋青蓮果，永入梵庭期。〔註 279〕

「淨剎」，指「清淨之佛國」。〔註 280〕「梵庭」殆同「梵剎」，亦指「佛土佛國」之意。〔註 281〕

四、由佛學而來的「本無」境之意象

（一）孤　絕

詩人渴慕「冥神絕境」的情感，使詩人在登臨山水時，將山水的奇險、雄偉，和「冥神絕境」的超絕塵垢相混同，於是，「山水」便成爲詩人心中的「意象」。

東晉安帝隆安四年（西元 400 年）仲春，慧遠和徒眾三十餘人，遊覽廬山南邊之石門山，悵然感慨，遂共賦詩。今存有廬山諸道人所作之〈遊石門詩〉，其序曰：

> 雖林壑幽邃，而開塗競進。雖乘危履石，並以所悅爲安。既至，則援木尋葛，歷險窮崖，猿臂相引，僅乃造極。於是擁勝倚巖，詳觀其下。始知七嶺之美，蘊奇於此。雙闕對峙其前，重巖映帶其後，

〔註 277〕《廣弘明集》，卷三十，《大正藏》52 冊，頁 351。

〔註 278〕《廣弘明集》，卷二十九，《大正藏》52 冊，頁 342 下。

〔註 279〕俞紹初、張亞新：《江淹集校注》，鄭州：中州古籍出版社，1994，頁 48。

〔註 280〕丁福保：《佛學大辭典》，台北：慈濟文化中心，民 76 年，頁 1981 上。

〔註 281〕丁福保：《佛學大辭典》，頁 1866 下。

巒阜周迴以爲障，崇巖四營而開宇。其中則有石臺石池，宮館之象，觸類之形，致可樂也。清泉分流而合注，淥淵鏡淨於天池，文石發彩，煥若披面，檉松芳草，蔚然光目。其爲神麗，亦已備矣。

斯日也，衆情奔悅，矚覽無厭。遊觀未久，而天氣屢變。霄霧塵集，則萬象隱形。流光迴照，則衆山倒影。開闔之際，狀有靈焉，而不可測也。乃其將登，則翔禽拂翮，鳴猿厲響；歸雲迴駕，想羽人之來儀；哀聲相和，若玄音之有寄。雖彷彿猶聞，而神以之暢；雖樂不期歡，而欣以永日。當其沖豫自得，信有味焉，而未易言也。退而尋之，夫崖谷之間，會物無主，應不以情，而開興引人，致深若此；豈不以虛明朗其照，閑邃篤其情耶？並三復斯詠，猶昧然未盡。

俄而，太陽告夕，所存已往，乃悟幽人之玄覽，達恆物之大情，其爲神趣，豈山水而已哉！於是徘徊崇嶺，流目四矚，九江如帶，丘阜成垤。因此而推，形有巨細，智亦宜然。乃喟然嘆：宇宙雖遐，古今一契；靈鷲邈矣，荒途日隔；不有哲人，風跡誰存？應深悟遠，慨焉長懷，各欣一遇之同歡，感良辰之難再，情發於中，遂共詠之云爾。〔註282〕

此篇序文可謂山水文學正式成立的第一篇宣言。其中，形勢之奇麗，氣象之萬千，格局之高邈，涵意之深邃，南朝宋以後的山水文學皆不能超過。描寫山水而能成爲文學，要在能使山水成爲「意象」。山水之能成爲「意象」，而不止是客觀外在的景物，要在詩人心中渴慕「冥神絕境」的情感。首段寫詩人「乘危履石」，歷盡艱險，卻毫不以爲苦，反而「以所悅爲安」，則其嚮往「造極」的情感是何等強烈。「造極」有何可樂？萬物並作，陳於腳下，我皆平等視之，「恢詭憰怪，道通爲一」（《莊子・齊物論》）於此得到領會。二段所謂「沖豫自得」、「應不以情」，皆指此種「無好無惡」的心境。不過，此尚止是玄學「本無」的境界，以佛家觀之，未爲究竟，故曰：「猶昧然未盡」。末段，夕陽西沈，萬物皆歸於盡，所謂「所存已往」，遂了悟萬物皆因緣流轉，本性空寂，此即所謂「達恆物之大情」，所謂「神趣」。「山水」因此「神趣」的作用，始成爲詩人心中的意象。其詩曰：

超興非有本，理感興自生。

忽聞石門遊，奇唱發幽情。

〔註282〕逯欽立輯：《先秦漢魏晉南北朝詩》，頁1086。

褰裳思雲駕，望崖想曾城。

馳步乘長岩，不覺質有輕。

矯首登靈闕，眇若凌太清。

端坐運虛論，轉彼玄中經。

神仙同物化，未若兩俱冥。〔註283〕

其中，「思雲駕」、「想曾城」、「登靈闕」、「凌太清」等語，乃玄學「本無」的境界；畫龍點睛乃在末二句：「神仙同物化，未若兩俱冥。」「兩」指神仙和物。以佛家觀之，神仙亦是因緣流轉，故同萬物終歸於化盡。若能了悟於此，則於兩者皆可情欲永息，所謂「兩俱冥」，即達於冥神絕境。故不求神仙，不求靈藥，唯在「一悟」。

其時慧遠徒眾奉和之詩，今尚存數首，如云：

理神固超絕，涉麤罕不群。孰至消煙外，曉然與物分？（劉程之〈奉和慧遠遊廬山詩〉）〔註284〕

超遊罕神遇，妙善自玄同。徹彼虛明域，曖然塵有封。眾阜平寥廓，一岫獨凌空。（王喬之〈奉和慧遠遊廬山詩〉）〔註285〕

覿嶺混太象，望崖莫由檢。器遠蘊其天，超步不階漸。朅來越重垠，一舉拔塵染。（張野〈奉和慧遠遊廬山詩〉）〔註286〕

所謂「與物分」，所謂「獨凌空」，所謂「拔塵染」，皆是在極力讚嘆、描述廬山「超越」、「孤絕」之意象。在六朝文學中，樹立了山水文學中的「孤絕」之境界，寄托著詩人們嚮往「冥神絕境」的深切情感。亦是由於詩人們心中充滿此種熱切嚮住「冥神絕境」之情，廬山始能呈現其「孤絕」之美，於詩人們的眼中。

此外，慧遠弟子宗炳作〈畫山水序〉，亦曰：

聖人含道應物，賢者澄懷味象，至於山水，質有而趣靈。是以軒轅、堯、孔、廣成、大隗、許由、孤竹之流，必有崆峒、具茨、藐姑、箕、首、大蒙之遊焉，又稱仁智之樂焉。夫聖人以神發道，而賢者通山水，以形媚道，而仁者樂，不亦幾乎？

〔註283〕逯欽立輯：《先秦漢魏晉南北朝詩》，頁1086。
〔註284〕逯欽立輯：《先秦漢魏晉南北朝詩》，頁937。
〔註285〕逯欽立輯：《先秦漢魏晉南北朝詩》，頁938。
〔註286〕逯欽立輯：《先秦漢魏晉南北朝詩》，頁938。

余眷戀廬、衡，契闊荊、巫，不知老之將至。愧不能凝氣怡身，傷跕石門之流，於是畫象布色，構茲雲嶺。……於是閒居理氣，拂觴鳴琴，披圖幽對，坐究四荒，不違天勵之藂，獨應無人之野，峰岫嶢嶷，雲林森渺。聖賢映於絕代，萬趣融其神思。余復何爲哉，暢神而已。神之所暢，孰有先焉！〔註 287〕

此篇序爲第一篇探討山水畫的畫論。宗炳晚年臥病，不能遊山，即將所曾遊履之名山，皆圖之於室，臥以遊之，謂之「臥遊」。〔註 288〕從此篇序中，也可看出其愛好山水的程度。作者通過山水而「以形媚道」，故作者眞正愛好者爲「道」（即佛學「本無」之理），不在山水本身。猶如〈遊石門詩序〉所謂：「其爲神趣，豈山水而已哉！」經由作者渴慕冥神絕境的情感作用，「山水」遂成爲作者「澄懷味象」的對象，亦即成爲作者心中的「意象」。

（二）寂 滅

由於詩人以諸法皆空，終歸寂滅，故世間事物之消滅，均能引起詩人的無限感慨，而成爲詩人所歌詠的意象。如南朝宋詩人顏延之〈還至梁城作〉云：

故國多喬木，空城凝寒雲。
丘壟塡郛郭，銘志滅無文。
木石扃幽闥，黍苗延高墳。
惟彼雍門子，吁嗟孟嘗君。
愚賤同堙滅，尊貴誰獨聞？
曷爲久遊客，憂念坐自殷？〔註 289〕

丘壟、高墳之悽涼景象，令詩人感到世間榮華終歸寂滅，寄托著詩人對「諸法皆空」的深沈感慨。而世俗之沈溺其中，久遊不返，自致憂念，亦寄托著詩人對「三界皆苦」〔註 290〕之悲歎。

又如鮑照〈蕪城賦〉曰：

若夫藻扃黼帳，歌堂舞閣之基，璇淵碧樹，弋林釣渚之館，吳蔡齊

〔註 287〕嚴可均輯：《全宋文》，卷二十，頁 8～9。

〔註 288〕見《宋書・宗炳傳》，卷九十三，頁 2279。

〔註 289〕《文選》卷二十七，頁 1255～6。

〔註 290〕顏延之另有詩〈始安郡還都與張湘州登巴陵城樓作〉曰：「萬古陳往還，百代勞起伏。」感慨六道輪迴均是勞苦。亦有此意。《文選》卷二十七，頁 1257。

> 秦之聲，魚龍爵馬之玩，皆薰歇燼滅，光沉響絕。東都妙姬，南國麗人，蕙心紈質，玉貌絳唇，莫不埋魂幽石，委骨窮塵；豈憶同輿之愉樂，離宮之苦辛哉！……歌曰：邊風急兮城上寒，井逕滅兮丘隴殘。千齡兮萬代，共盡兮何言！〔註 291〕

詩人悲哀因緣流轉，本性空寂，一切歸於「共盡」；亦猶廬山諸沙彌之悲慨「萬化同歸盡」。在此悲哀的情感作用下，廣陵故城的荒蕪景象，遂成爲詩人心中的「意象」。

詩人既深感輪迴之苦，故人世間一切缺憾、苦難，均能引起詩人無限感慨，而成爲詩人再三詠歎之「意象」。如江淹〈恨賦〉云：

> 試望平原，蔓草縈骨，拱木斂魂。人生到此，天道寧論！……
> 已矣哉！春草暮兮秋風驚，秋風罷兮春草生。綺羅畢兮池館盡，琴瑟滅兮丘壟平。自古皆有死，莫不飲恨而吞聲。〔註 292〕

其〈別賦〉云：

> 是以別方不定，別理千名。有別必怨，有怨必盈。使人意奪神駭，心折骨驚。……誰能摹暫離之狀，寫永訣之情者乎？〔註 293〕

此二賦遍數古往今來之慘事、憾事，寄寓著詩人「三界皆苦」的深沈感慨，殆受到鮑照〈蕪城賦〉之影響。

第四節　小　結

綜上所述，可知文化的發展有其一體性，〔註 294〕從漢末建安，以迄魏晉，無論是在文學上，或是在思想上，所呈現的時代精神，是一致的；〔註 295〕因

〔註 291〕《文選》卷十一，頁 506。

〔註 292〕《文選》，卷十六，頁 744～7。

〔註 293〕《文選》，卷十六，頁 756。

〔註 294〕錢穆言：「文化是一個綜合全體，……有它一完整的總體之存在。」詳參氏著：《文化學大義》，頁 3～6。

〔註 295〕湯用彤云：「新時代之形成即在其哲學、道德、政治、文學藝術各方面均有同方向之新表現，並因此種各方面之新表現而劃爲另一時代。研求此一新時代欲明瞭其特點，自必詳悉其文化各方面之新動向，而尤須考察此各方面之相互關係也。」詳參氏著：〈魏晉玄學和文學理論〉，《中國哲學史研究》1980 年第 1 期，頁 38。李澤厚也說：「這個時代（魏晉）是一個突破數百年的統治意識重新尋找和建立理論思維的發展歷程。……哲學上的何晏、王弼，文藝上的三曹、嵇阮，書法上的鍾、衛、二王，等等，便是體現這個飛躍，在

此，所蘊含的心靈境界，亦是一致的。儘管玄學和佛學間存有不少差異，但兩者在精神上，大體可以相通，〔註 296〕事實上，從格義的發展，可以看出早期士人多未察覺兩者有何不同。〔註 297〕

而思想和文學的發展，亦非兩條平行線，乃是在發展中不斷滲透彼此、融合彼此。漢末建安的詩歌，促進了正始年間何晏、王弼等人的玄學「本無」觀念，而何晏、王弼等人的玄學「本無」觀念又反過來影響阮籍、嵇康等人的詩文。阮籍、嵇康等人的詩文，促進了道安、慧遠等人的佛學「本無」觀念，而道安、慧遠等人的佛學「本無」觀念又反過來影響慧遠、鮑照、江淹等人的詩文。時代心靈既可「遊心」於外，以觀照「本無」之理，亦可「物化」於內，以感喟「出世」之情。而兩者是一體的兩面，無法分割。對於「本無」之理的觀照越清晰，則對於「出世」之情的感喟越深沈；而對於「出世」之情的感喟越深沈，則對於「本無」之理的觀照也越清晰。兩者皆作用於一心，亦皆在一心中得到統一。在一心中，「空間」的關係和「時間」的綿延，都不單獨存在。至此，「本無」境始告完整。

意識形態各部門內開創眞善美新時期的顯赫代表。」詳參氏著：《美的歷程》，頁 86～7。

〔註 296〕湯用彤曰：「夫《般若》理趣，同符《老》、《莊》。而名僧風格，酷肖清流，宜佛教玄風，大振於華夏也。」詳參氏著：《漢魏兩晉南北朝佛教史》，上冊，頁 153。牟宗三也說：「魏晉玄理玄智可爲中國吸收佛教而先契其般若一義之橋樑，此不獨是歷史的機緣，暫作比附，而且就其爲共法而言，儘管教義下的無與證空的般若各有其教義下的專屬意義之不同，然而其運用表現底形態本質上是相同的。」詳參氏著：《才性與玄理‧三版自序》，頁 1。均指出玄理和佛理間，確有相通之處。而在歷史的發展上，佛學亦因著玄學的盛行，而廣爲士人所接受。

〔註 297〕湯用彤曰：「大凡外國學術初來時其理論尚晦，本土人士僅能作枝節之比附。……佛學初行中國亦然。其先比附，故有竺法雅之格義。」詳參氏著：《魏晉玄學論稿》，頁 40。方立天也說：「由於《道行》、《放光》、《光贊》諸本般若經的文義並不十分暢達，而魏晉又盛行有無（空）之辯的玄學，以致佛教學者往往以玄學的觀點去理解和闡釋《般若經》的思想。」詳參氏著：《佛教哲學》，頁 31。均指出兩晉之際的早期佛學家，尚未能完全把握佛經義理，以致用佛理比附玄理。

第四章　「崇有」型的心靈境界

第一節　「崇有」一詞的含意

「崇有」之「有」，亦出自《老子》。「無」既指無形無名的本體，「有」則指與「無」相反的一切有形有名的現象。玄學「本無」以爲無形無名的本體是一切有形有名現象的根本之理論，到了西晉以後，受到許多的質疑和批判。這些質疑和批判，可以總括稱爲玄學「崇有」。不同於玄學「本無」之貴「無」，「崇有」則崇「有」，以爲「無不能生有」、「有塊然自生」，亦即離開有形有名的現象，就沒有所謂無形無名的本體。「崇有」一詞，雖是由裴頠所提出，但眞正闡發其內涵，建立一套玄學理論體系的，則是向秀和郭象。如同玄學「本無」之形成一種人生態度，玄學「崇有」的涵意亦無比豐富，涵蓋了宇宙、政治、社會、人生各層面，故也形成一種人生態度。

到了佛學盛行，「無」的意涵有所轉變，「無」被用來指一切諸法的本質。於是，「有」的意涵亦隨著轉變，「有」被用來指一切諸法的現象，亦稱爲「色」。隨著玄學「本無」觀念之受到人們的質疑和批判，佛學「本無」之以一切諸法本質是「空」的觀念，也受到人們的質疑和批判。這些質疑和批判，也可以總括稱爲佛學「崇有」。不同於佛學「本無」之重視「無」或「空」，佛學「崇有」則重視「色」或「相」，以爲一切諸法的現象是「有」，但是如果離開諸法現象，也就沒有所謂「空」的本質。佛學「崇有」主要有二派：一爲支遁之「即色」，以爲「色不自色，雖色而空」；一爲鳩摩羅什和僧肇之「實相」，以爲「色之非色，色即爲空」。兩者在觀念上，實有許多相似之處。如同佛學「本無」之形成一種人生態度，佛學「崇有」亦有無比豐富的涵意，涵蓋了宇宙、政治、社會、人生各層面，故也形成一種人生態度。

第二節　「崇有」境在思想上的開展

一、玄學所持的「崇有」之立場

（一）禮教之士的反撲

玄學中「本無」一派，無論是正始名士，還是竹林名士，其挑戰名教、反抗名教的言論和行爲，雖然得到不少人的認同，而贏來極高的名聲，但幾乎在同時，也激怒了保守的衛教之士，而招來猛烈的攻擊。如魏明帝曹叡下詔禁「浮華」，罷退名士何晏、夏侯玄等。〔註1〕後來，保守派的司馬懿父子更發動政變，將何晏等名士殺害。司馬懿之子司馬昭，和衛教之士何曾、鍾會等，亦以嵇康有害風教，藉故將其殺害。〔註2〕

此外，伏義曾作書責備阮籍，曰：

> 夫名利者，總人之綱（網），集衢之門也。出此有爲，於義未聞。吾子若欲逆取順守，及時行志，則當矜而莫疑，以逮民望。若欲娛情養神，不厚於俗，則當浩然恣意，惟樂是治。今觀其規時，則行己無立德之身，報門無慕業之客。察其樂，則食無方丈之肴，室無傾城之色。徒泄泄以疑世爲奇，縱體爲逸，執此不回，既以怪矣。……王道雖寬，無縱逸之流。苟無其分，則爲（危）身害教，賊怨布天下。以此備之，殆恐攻害，其至無日，安坐難保。〔註3〕

書中，對於名教的價值體系──「名」、「利」，極力維護，以爲捨名利而談其他，皆是不切實際，故曰：「出此有爲，於義未聞。」且對於阮籍等反抗禮教之行爲非常不滿，甚至恫嚇將會性命難保。

嵇康之兄嵇喜，也以詩責備嵇康，曰：

> 君子體變通，否泰非常理。

〔註1〕參《三國志》卷三〈明帝紀〉、卷九〈諸夏侯曹傳〉、卷二十八〈王毋丘諸葛鄧鍾傳〉。

〔註2〕詳參呂凱著：〈嵇叔夜與山源絕交書〉。《第二屆魏晉南北朝文學與思想學術研討會論文集》，台北：文津出版社，民82年。

〔註3〕嚴可均輯：《全三國文》，卷五十三，頁1～2。

當流則義行，時遊則鵲起。
達者鑒通塞，盛衰爲表裏。
列仙徇生命，松喬安足齒？
縱軀任世度，至人不私己。〔註4〕

又曰：

達人與物化，世俗安可論？
都邑可優游，何必棲山原？
孔父策良駟，不云世路難。
出處因時資，潛躍無常端。
保心守道居，視變安能遷？〔註5〕

詩中，極力宣揚「體變通」、「因時資」的道理，其意亦在順應世俗社會的名教價值，故以「出仕」（所謂「縱驅任世度」）爲是，反對嵇康等之「求仙」（所謂「列仙徇生命，松喬安足齒？」）、「避世」（所謂「都邑可優游，何必棲山原？」），並責備嵇康等只知執守「本無」之道，而不能變通（所謂「保心守道居，視變安能遷？」）。嵇喜本是禮俗之士，〔註6〕從此二首詩中，可見一斑。

伏義、嵇喜等世俗之鄙論固不足道，但司馬氏父子、何曾、鍾會等禮教之士，掌握了政治權勢，他們對何晏、阮籍、嵇康等的橫加迫害，則對士人心理產生了很大的衝擊。

《晉書‧阮籍傳》曰：

籍本有濟世志，屬魏晉之際，天下多故，名士少有全者，籍由是不與世事，遂酣飲爲常。文帝初欲爲武帝求婚於籍，籍醉六十日，不得言而止。鍾會數以時事問之，欲因其可否而致之罪，皆以酣醉獲免。〔註7〕

其時，衛教之士誅除不守禮教者，故於士人間形成恐怖氣氛，深怕一言不慎，即惹來殺身之禍。阮籍藉酣醉以求獲免，可謂用心良苦。另一名士嵇康，則

〔註 4〕〈秀才答〉其二，戴明揚：《嵇康集校注》，頁 22～3。
〔註 5〕〈秀才答〉其三，戴明揚：《嵇康集校注》，頁 23。
〔註 6〕《晉書‧阮籍傳》載：「籍又能爲青白眼，見禮俗之士，以白眼對之。及嵇喜來弔，籍作白眼，喜不懌而退。喜弟康聞之，乃齎酒挾琴造焉，籍大悅，乃見青眼。由是禮法之士疾之若仇。」《晉書》，卷四十九，頁 1361。
〔註 7〕《晉書》，卷四十九，頁 1360。

沒有如此幸運。雖然嵇康也謹言慎行，不與世事，〔註 8〕但衛教之士仍不放過。嵇康於獄中作〈幽憤詩〉曰：「欲寡其過，謗議沸騰。性不傷物，頻致怨憎。」又曰：「雖曰義直，神辱志沮。澡身滄浪，豈云能補？」〔註 9〕對於自己無辜遇害，心中充滿幽憤、無奈。嵇康將刑東市，太學生三千人請以爲師，司馬昭弗許。臨刑，嵇康顧視日影，索琴而彈，聲調絕倫。海內之士，莫不痛之。〔註 10〕如此慘事，對士人心理必產生甚大之衝擊。

（二）玄學家的反思

嵇康之友向秀，亦爲傑出的玄學家，在嵇康遇害之後，行經嵇康舊廬，悵然感慨，作〈思舊賦〉，曰：

> 余與嵇康、呂安居止接近，其人並有不羈之才，然嵇志遠而疎，呂心曠而放，其後各以事見法。嵇博綜技藝，於絲竹特妙。臨當就命，顧視日影，索琴而彈之。余逝將西邁，經其舊廬。于時日薄虞淵，寒冰淒然。鄰人有吹笛者，發聲寥亮。追思曩昔遊宴之好，感音而歎，故作賦云：
>
> 將命適於遠京兮，遂旋反而北徂。濟黃河以汎舟兮，經山陽之舊居。
> 瞻曠野之蕭條兮，息余駕乎城隅。踐二子之遺跡兮，歷窮巷之空廬。
> 歎黍離之愍周兮，悲麥秀於殷墟。惟古昔以懷今兮，心徘徊以躊躇。
> 棟宇存而弗毀兮，形神逝其焉如？昔李斯之受罪兮，歎黃犬而長吟。
> 悼嵇生之永辭兮，顧日影而彈琴。託運遇於領會兮，寄餘命於寸陰。
> 聽鳴笛之慷慨兮，妙聲絕而復尋。停駕言其將邁兮，遂援翰而寫心。
>
> 〔註 11〕

賦中睹物思人，哀悼嵇康、呂安之遇害，充滿感傷的情調，末尾忽然中止，似乎欲言又止，有所顧忌，更增添全賦抑鬱的色彩。值得注意者，向秀固然對於嵇、呂之遇害深表同情，但對於嵇、呂之行爲則未表贊同。向秀以爲嵇、呂之所以見法，乃因嵇「疎」（疎略）而呂「放」（狂放），頗有惋惜之意。又將嵇康臨刑之欲彈琴，和李斯臨刑之欲牽黃犬相比，則以嵇康爲悔不當初。故嵇、呂之遇害，固然使向秀有甚深之哀悼、惋惜，但此哀悼、惋惜之感，適足以使向

〔註 8〕《晉書・嵇康傳》載：「康性慎言行。」《晉書》，卷四十九，頁 1372。
〔註 9〕戴明揚：《嵇康集校注》，頁 29、頁 31。
〔註 10〕參《晉書・嵇康傳》，卷四十九，頁 1374。
〔註 11〕《文選》，卷十六，頁 720～2。

秀以嵇、呂爲戒，亦即不贊同玄學「本無」之看法。《晉書・向秀傳》載：

康既被誅，秀應本郡計入洛。文帝問曰：「聞有箕山之志，何以在此？」秀曰：「以爲巢許狷介之士，未達堯心，豈足多慕？」帝甚悅。〔註12〕

或謂向秀爲形勢所逼，不得不如此作答，不過，從其〈難嵇康養生論〉及《莊子注》中，不難看出向秀之答，未嘗不是由衷之言。

由是，對於「本無」派玄學家招致禍釁的惋惜和警惕，遂成爲「崇有」派玄學家所持的「立場」。「本無」派玄學家所持的立場爲「反名教」，「崇有」派玄學家則反對此種立場，此即爲「崇有」派玄學家所持的立場。《世說新語・德行》二十四條載：

王（澄）平子、胡毋（輔之）彥國諸人，皆以任放爲達，或有裸體者。樂廣笑曰：「名教中自有樂地，何爲乃爾也！」〔註13〕

王澄、胡毋輔之諸人，皆祖述阮籍。〔註14〕姑且不論彼等是否眞得阮籍之意，〔註15〕樂廣之批評，顯然連彼等所祖述的阮籍也包括在內，而樂廣不贊同「本無」派玄學家「反名教」的立場，於此可以窺知。此種「立場」的轉變，爲玄學發展上的一大轉折，亦即使玄學由「本無」，轉向「崇有」。

二、玄學中的「崇有」之觀念

（一）裴頠的〈崇有論〉

由於士人不贊同「反名教」的立場，使得玄學「本無」的觀念，到了晉代，遭到許多玄學家的批判。這些批判是透過「崇有」的理論提出的。《晉書・王衍傳》載：

〔註12〕《晉書》，卷四十九，頁1374～5。

〔註13〕余嘉錫：《世説新語箋疏》，頁24。

〔註14〕王隱《晉書》曰：「魏末阮籍，嗜酒荒放，露頭散髮，裸袒箕踞。其後貴游子弟阮瞻、王澄、謝鯤、胡毋輔之之徒，皆祖述於籍，謂得大道之本。故去巾幘，脱衣服，露醜惡，同禽獸。甚者名之爲通，次者名之爲達也。」見劉孝標注引，余嘉錫：《世説新語箋疏》，頁24。

〔註15〕戴逵《竹林七賢論》曰：「籍之抑渾，蓋以渾未識己之所以爲達也。後咸兄子簡，亦以曠達自居。父喪，行遇大雪，寒凍，遂詣浚儀令，令爲它賓設黍臛，簡食之，以致清議，廢頓幾三十年。是時竹林諸賢之風雖高，而禮教尚峻，迨元康中，遂至放蕩越禮。樂廣譏之曰：『名教中自有樂地，何至於此？』樂令之言有旨哉！謂彼非玄心，徒利其縱恣而已。」見《世説新語・任誕》十三條劉孝標注引，余嘉錫：《世説新語箋疏》，頁24，頁735。

> 魏正始中，何晏、王弼等祖述《老》、《莊》，立論以爲：「天地萬物皆以無爲本。……」衍甚重之。惟裴頠以爲非，著論以譏之。〔註16〕

又，《晉書．裴頠傳》載：

> 頠深患時俗放蕩，不尊儒術，何晏、阮籍素有高名於世，口談浮虛，不遵禮法，尸祿耽寵，仕不事事；至王衍之徒，聲譽太盛，位高勢重，不以物務自嬰，遂相放效，風教陵遲，乃著崇有之論以釋其蔽。〔註17〕

王衍宣揚玄學「本無」的思想，遭到裴頠強力的批判。而裴頠之所以批判玄學「本無」的思想，乃因深患「時俗放蕩」、「不遵禮法」，亦即不滿「本無」派玄學家「反名教」的立場。裴頠〈崇有論〉〔註18〕曰：

> 若乃淫抗陵肆，則危害萌矣。故欲衍則速患，情佚則怨博，擅恣則興攻，專利則延寇，可謂以厚生而失生者也。悠悠之徒，駭乎若茲之釁，而尋艱爭所緣，察夫偏質有弊，而睹簡損之善，遂闡貴無之議，而建賤有之論。賤有則必外形，外形則必遺制，遺制則必忽防，忽防則必忘禮。禮制弗存，則無以爲政矣。

裴頠此論嚴重威脅「本無」思想，使玄學的發展產生重大的改變。〔註19〕裴頠之批判，非浮泛之談，而是深入「本無」派玄學家持論的立場，加以批判。裴頠指出：「本無」派玄學家（即「悠悠之徒」）之所以主張「貴無」，乃因深駭「偏質」（即一切有形、有名、有限之物，亦即「有」）之弊，此弊即是伴隨著「貴賤」、「失得」之分別、差異而有情欲，伴隨著情欲而有世間紛爭、殺伐之禍釁，「本無」派玄學家深駭茲釁，故「賤有」而「貴無」，其感受未嘗不眞切，所謂「有以而然」。不過，裴頠進一步指出：「本無」派玄學家因深駭「有」之弊而賤「有」，乃是因噎廢食，所謂「盈欲可損而未可絕『有』也，過用可節而未可謂『無』貴也。」裴頠以爲情欲只要節之以禮，即可無弊，無須禁絕，故主張「君人必愼所教，班其政刑」。由是，裴頠遂不贊同「本

〔註16〕《晉書》，卷四十三，頁1236。

〔註17〕《晉書》，卷三十五，頁1044。

〔註18〕《晉書》，卷三十五，頁1044～7。

〔註19〕《晉書．裴頠傳》載：「王衍之徒攻難交至，並莫能屈。」《晉書》，卷三十五，頁1046。又，《世說新語．文學》十一條載：「中朝時，有懷道之流，有詣王（衍）夷甫咨疑者。值王昨已語多，小極，不復相酬答，乃謂客曰：『身今少惡，裴（頠）逸民亦近在此，君可往問。』」注引《晉諸公贊》曰：「裴頠談理，與王夷甫不相推下。」余嘉錫：《世說新語箋疏》，頁201。

無」派玄學家的立場。從而裴頠對於「有」、「無」間之「關係」，也有截然不同的看法。其論又曰：

> 夫至無者無以能生，故始生者自生也。自生而必體有，則有遺而生虧矣。生以有爲已（己）分，則虛無是有之所謂遺者也。故養既化之有，非無用之所能全也；理既有之眾，非無爲之所能循也。心非事也，而制事必由於心，然不可以制事以非事，謂心爲無也。匠非器也，而制器必須於匠，然不可以制器以非器，謂匠非有也。……由此而觀，濟有者皆有也，虛無奚益於已有之群生哉！

姑且不論裴頠說「本無」派玄學家所謂的「無」指「虛無」、「空無」是否恰當，其論旨在於：萬有之外，並沒有一個本體——「無」來生萬有，所謂「始生者自生也」，離開萬有，即無所謂本體，所謂「自生而必體有」。吾人皆已是「有」者，所謂「既化之有」、「既有之眾」、「已有之群生」，自不必措思於「有」外之「無」，所謂「虛無是有之所謂遺者也」。名教雖是「有」，然爲濟「有」之所需，自不可廢。由是，「崇有」派玄學家對於名教，遂能予以肯定。

（二）郭象的《莊子注》

其後，將「崇有」理論推向高峰的玄學家，爲郭象。郭象的主要著作爲《莊子注》，相傳乃竊自向秀。《世說新語‧文學》十七條載：

> 初，注《莊子》者數十家，莫能究其旨要。向秀於舊注外爲解義，妙析奇致，大暢玄風。唯〈秋水〉、〈至樂〉二篇未竟而秀卒。秀子幼，義遂零落，然猶有別本。郭象者，爲人薄行，有儁才。見秀義不傳於世，遂竊以爲己注。乃自注〈秋水〉、〈至樂〉二篇，又易〈馬蹄〉一篇，其餘眾篇，或定點文句而已。後秀義別本出，故今有向郭二《莊》，其義一也。〔註20〕

此則頗有可疑。劉孝標注引《文士傳》曰：「象作《莊子注》，最有清辭遒旨。」未言郭象竊向《注》之事。〔註21〕劉義慶時，尚可見到向秀《莊子注》，因此，

〔註20〕余嘉錫：《世說新語箋疏》，頁206。

〔註21〕又劉孝標注引《秀別傳》曰：「後秀將注《莊子》，先以告康、安，康、安咸曰：『此書詎復須注？徒棄人作樂耳！』及成，以示二子，康曰：『爾故復勝不？』（按：此應爲秀問，『康』字當屬下。）安乃驚曰：『莊周不死矣！』」見余嘉錫：《世說新語箋疏》，頁206。然則，向秀《莊子注》在嵇康見誅前即已完成，非劉義慶所謂「〈秋水〉、〈至樂〉二篇未竟而秀卒」。不過，也有可能向秀在康、安見誅後，於其《莊子注》仍有所刪定，未竟而卒。

由其說可以考見向、郭二《注》之異同。劉氏謂:「向、郭二《莊》,其義一也。」可知二《注》在基本義理上,是一致的。二《注》的差異僅是:郭注多了〈秋水〉、〈至樂〉二篇,〈馬蹄〉一篇不同,其餘眾篇的文句稍有出入而已。〔註22〕由此觀之,郭《注》在義理上深受向《注》之影響,殆可確定。不過,《列子注》屢直引郭《注》而不及向《注》,馮友蘭以爲:「這可能是因爲向秀在這一篇沒有注;也可能因爲在這一篇向秀《注》不及郭象《注》。」〔註23〕以郭象之儁才,對於向《注》義理,自可融會貫通而「述而廣之」,〔註24〕有所發展。今之郭《注》,實由向秀發其端,由郭象進一步發展而成。

郭象也不贊同「本無」派玄學家「反名教」的立場,故於名教多所維護。《莊子・齊物論》「其遞相爲君臣乎」,郭注云:

> 夫時之所賢者爲君,才不應世者爲臣。若天之自高,地之自卑,首自在上,足自居下,豈有遞哉!雖無錯於當而必自當也。〔註25〕

又,《莊子・在宥》「卑而不可不因者民也」,郭注云:

> 夫民物之所以卑而賤者,不能因任故也。是以任賤者貴,因卑者尊,此必然之符。〔註26〕

「尊卑」、「貴賤」爲名教所重,「本無」派玄學家視爲「人爲」予以反對,郭象卻視爲「自然」予以肯定。〔註27〕《莊子・逍遙遊》「是其塵垢粃糠將猶陶鑄堯舜者也」,郭注云:

〔註22〕向秀《注》之佚文,依王叔岷先生之搜輯,共一三八條,其中向有注郭無注者四十八條,向郭注全異者三十條,向郭注相近者三十二條,向郭注相同者二十八條。見氏著:〈《莊子》向郭注異同考〉,《莊學管窺》,台北:藝文印書館,民67,頁113～30。王氏之比較,主要針對文句之同異。呂凱則將《列子注》所引向《注》二十八條列表比較,兼及義理上的同異,其中,向有注郭無注者四條,義同文異者八條,文同義同而文字略有增減者四條,義同文異而略有增減者七條。詳見氏著:《魏晉玄學析評》,台北:世紀書局,民69年,頁215～21。

〔註23〕氏著:《中國哲學史新編》,北京:人民出版社,1992年,冊四,頁129～30・

〔註24〕見《晉書・向秀傳》,卷四十九,頁1374。

〔註25〕《莊子集釋》(王孝魚點校),台北:國家出版社,民71年,頁58～9。

〔註26〕《莊子集釋》(王孝魚點校),頁398。

〔註27〕裴頠〈崇有論〉曰:「夫品而爲族,則所稟者偏,偏無自足,故憑乎外資。是以生而可尋,所謂理也。理之所體,所謂有也。有之所須,所謂資也。資有攸合,所謂宜也。擇乎厥宜,所謂情也。……眾理並而無害,故貴賤形焉。失得由乎所接,故吉凶兆焉。」亦是以名教中「貴賤」、「失得」之分別爲「自然」。《晉書》,卷三十五,頁1044。

堯舜者，世事之名耳；爲名者，非名也。故夫堯舜者，豈直堯舜而已哉？必有神人之實焉。今所稱堯舜者，徒名其塵垢粃糠耳。〔註 28〕

又《莊子・逍遙遊》「堯往見四子藐姑射之山」，郭注云：

天下雖宗堯，而堯未嘗有天下也，故窅然喪之，而嘗遊心於絕冥之境，雖寄坐萬物之上而未始不逍遙也。四子者蓋寄言，以明堯之不一於堯耳。夫堯實冥矣，其跡則堯也。〔註 29〕

此二處郭注的解釋皆不合文意，強爲曲說。〔註 30〕莊子明明說神人和堯舜爲二種人，郭注卻一定要說是一種人。堯舜爲名教體制內的理想人格，神人則是脫離名教體制、且對名教體制嗤之以鼻者。〔註 31〕郭注卻以爲理想人格不應脫離名教體制之外，故強將「神人」納入名教體制內，則其不贊同「本無」派「反名教」的立場，甚爲明顯。故郭注對於「避世」之隱士，不表認同。《莊子・逍遙遊》「天下既已治也」，郭注云：

夫治之由乎不治，爲之出乎無爲也，取於堯而足，豈借之許由哉！若謂拱默乎山林之中而後得稱無爲者，此莊老之談所以見棄於當塗。當塗者自必於有爲之域而不反者，斯之由也。……若獨亢然立乎高山之頂，非夫人有情於自守，守一家之偏尚，何得專此！此故俗中之一物，而爲堯之外臣耳。〔註 32〕

「謂拱默乎山林之中而後得稱無爲者」殆指「本無」派玄學家。阮籍、嵇康之流，其說與當局者相違，嵇康且因此被殺（所謂「見棄於當塗」），亦使當局者自限於「有爲」之域，而不能通達老莊「無爲」之大道，斯皆彼等之罪。於此可見，郭象對玄學「本無」之說深感不滿。「避世」的隱士，爲「本無」派玄學家所嚮往、仰慕，而郭注卻視爲「俗物」，則二者所持的立場，顯有不同。〔註 33〕郭象是藉批評許由，以駁斥玄學「本無」之偏尚於「無」，棄俗對

〔註 28〕《莊子集釋》（王孝魚點校），頁 33。

〔註 29〕《莊子集釋》（王孝魚點校），頁 34。

〔註 30〕勞思光云：「此是誤解文句，不知『其塵垢粃糠』中之『其』字，承上而言，竟以爲指堯舜之塵垢粃糠，令人失笑；蓋此處之語法顯明，『其』字決無如此解釋之理也。」氏著：《中國哲學史》，台北：三民書局，民 76 年，冊二，頁 175。

〔註 31〕阮籍〈大人先生傳〉中，大人先生曰：「汝君子之處區內，亦何異夫虱之處褌中乎？」郭光：《阮籍集校注》，頁 97。

〔註 32〕《莊子集釋》（王孝魚點校），頁 24。

〔註 33〕石崇承郭注之說，其〈許巢論〉亦云：「巢、許則元凱之儔，大位已充，則宜

物，反成「有」矣。然而，郭象所言之「有」、「無」另有其義，和玄學「本無」不同。

郭注持此立場，以觀「有」、「無」間的「關係」，所得到的看法，遂和「本無」派玄學家大不相同。《莊子・齊物論》「而使其自己也」，〔註 34〕郭注云：

夫天籟者，豈復別有一物哉？即眾竅比竹之屬，接乎有生之類，會而共成一天耳。無既無矣，則不能生有；有之未生，又不能爲生。然則生生者誰哉？塊然而自生耳。自生耳，非我生也。我既不能生物，物亦不能生我，則我自然矣。自己而然，則謂之天然。天然耳，非爲也，故以天言之。（以天言之）所以明其然也，豈蒼蒼之謂哉！而或者謂天籟役物使從己也。夫天且不能自有，況能有物哉？故天者，萬物之總名也，莫適爲天，誰主役物乎？故物各自生而無所出焉，此天道也。〔註 35〕

「本無」派玄學家的基本觀念爲：「有生於無」、「無能生有」；此觀念遭到「崇有」派玄學家的嚴厲批判，而批判所依據的理論，即是「自生」說。郭注反對在「有」之外另有一「虛無」的本體來生「有」，故曰：「無既無矣，則不能生有。」無生之者，故「有」之生，乃「塊然自生」。所謂「塊然」，是形容萬物的自生都是個別的、獨自的，如同土塊一塊一塊然；亦即本體乃在萬有之中，離開萬有，即無所謂本體，所謂「天者，萬物之總名也」。換言之，萬有都是這唯一的（所謂「獨」）本體，故曰：「物各自生而無所出焉」。一物不能生另一物，因爲「有之未生，又不能爲生」、「天且不能自有，況能有物哉？」因果關係中，一物生另一物，以郭注觀之，並非究竟。《莊子・齊物論》

敦廉讓以勵俗，崇無爲以化世。」亦以許由、巢父爲堯之外臣。元凱者，指八元八凱，舜舉之於堯，皆以政教稱美，而爲堯之賢臣。嚴可均輯：《全晉文》，卷三十三，頁 13。

〔註 34〕《莊子・齊物論》原作「夫吹萬不同，而使其自已也，咸其自取，怒者其誰邪！」嵇康〈聲無哀樂論〉引作「自已」，言哀樂之情皆出於人之成心所執，本屬無謂，故曰「咸其自取，怒者其誰邪！」，夫道本無所執，無好無惡，應而不藏，故使其自止，聖人有躁靜無哀樂者，以此。《文選注・謝靈運從宋公戲馬臺集送孔令詩》引司馬云：「已，止也，使各得其性而止。」則亦作「自已」。然而，郭象《注》卻作「自己」，曰：「自己而然」，其意以爲：無有一「無」生萬物，所謂「怒者其誰邪」，萬物皆自生，故曰「自己」、「咸其自取」。此二說之差異，在於：「自已」則「無」，「自己」則「有」；前者偏於「無」，後者偏於「有」。於此亦可見郭象持論和玄學「本無」之差異。

〔註 35〕《莊子集釋》（王孝魚點校），頁 50。

「惡識所以不然」，郭注云：

> 若責其所待而尋其所由，則尋責無極，卒至於無待，而獨化之理明矣。……世或謂罔兩待影，影待形，形待造物者。請問：夫造物者，有耶？無耶？無也，則胡能造物哉？有也，則不足以物眾形。故明眾形之自物而後始可與言造物耳。是以涉有物之域，雖復罔兩，未有不獨化於玄冥者也。故造物者無主，而物各自造，物各自造而無所待焉，此天地之正也。故彼我相因，形影俱生，雖復玄合，而非待也。〔註36〕

若以一物待另一物始生，則其所待之物，又待何物而生？如此追究下去，可至無窮，所謂「尋責無極」。故追根究柢，不可能有一最先生之物，來生他物，萬物皆是無待，皆是自生。萬物之自生，即是本體的「塊然自生」，所謂「獨化」。〔註37〕物各自造，故「有」之上，並沒有一超越的「無」作爲主宰，故曰：「莫適爲天，誰主役物乎？」換言之，萬物都是這唯一的主宰。「本無」派玄學家想尋求萬物之上的主宰，郭象卻在萬物之中找到。

於是，「本無」派玄學家所謂的「無欲」、「無爲」、「無待」、「無累」、「逍遙」等觀念，郭注都有不同的解釋。《莊子・逍遙遊》「水淺而舟大也」，郭注云：

> 鵬之所以高飛者，翼大故耳。夫質小者所資不待大，則質大者所用不得小矣。故理有至分，物有定極，各足稱事，其濟一也。若乃失乎忘生之主而營生於至當之外，事不任力，動不稱情，則雖垂天之翼不能無窮，決起之飛不能無困矣。〔註38〕

又《莊子・逍遙遊》「奚以之九萬里而南爲？」郭注云：

> 苟足於其性，則雖大鵬無以自貴於小鳥，小鳥無羨於天池，而榮願有餘矣。故小大雖殊，逍遙一也。〔註39〕

蜩、鳩小鳥，騰躍不出蓬蒿之間，被「本無」派玄學家視爲鄙陋的禮俗之士

〔註36〕《莊子集釋》（王孝魚點校），頁111～2。

〔註37〕《莊子・知北遊》「無始無終」郭注云：「非唯無不得化而爲有也，有亦不得化而爲無矣。是以，夫有之爲物，雖千變萬化，而不得一爲無也。不得一爲無，故自古無未有之時而常存也。」，《莊子集釋》（王孝魚點校），頁763。又，《莊子・至樂》「皆入於機」郭注云：「此言一氣而萬形，有變化而無死生也。」《莊子集釋》（王孝魚點校），頁629。萬物渾然一氣，亙古長存，有變化而無死生；言「自生」，只是爲表明「無生之者」而已。

〔註38〕《莊子集釋》（王孝魚點校），頁7。

〔註39〕《莊子集釋》（王孝魚點校），頁9。

的象徵，至爲不齒。〔註 40〕郭注卻爲蜩、鳩抱屈。「本無」派教人求「大」，「崇有」派則教人安「小」；二派立論顯然不同。「本無」派玄學家欲超脫一切「形」、「名」的分別、限定之外、之上，以求「無欲」、「無爲」、「無待」、「無累」、「逍遙」之道；郭注則以爲「無欲」、「無爲」、「無待」、「無累」、「逍遙」之道，就在「形」、「名」的分別、限定之內、之中，離開「形」、「名」的分別、限定，即無所謂「逍遙」之道可言。《莊子・逍遙遊》「八千歲爲秋」，郭注云：

> 夫年知不相及，若此之懸也，比於眾人之所悲，亦可悲矣。而眾人未嘗悲此者，以其性各有極也。苟知其極，則毫分不可相跂，天下又何所悲乎哉！夫物未嘗以大欲小，而必以小羨大，故舉小大之殊各有定分，非羨欲所及，則羨欲之累可以絕矣。夫悲生於累，累絕則悲去，悲去而性命不安者，未之有也。〔註 41〕

萬物皆是「有」者，故皆「有形」、「有名」，亦即皆有分別、限定，所謂「性分」、「命定」。〔註 42〕物之生，非我所生，亦非物所生，皆出於「自然」（或「塊然自生」）。故「性分」、「命定」，非我所能變，亦非物所能變。既明白「性分」、「命定」不可變，所謂「毫分不可相跂」，則小不必羨大，大亦不必羨小，貧不必羨富，富亦不必羨貧，賤不必羨貴，貴亦不必羨賤，各安其分，各當其命，其他一切的分別、限定亦然，故曰：「羨欲之累可以絕矣」。既能「無欲」、「無累」、「無爲」、「無待」，即可以得「逍遙」，所謂「累絕則悲去，悲去而性命不安者，未之有也」。故「逍遙」之道，非擺脫一切「形」、「名」的分別、限定，如「本無」派玄學家之所爲，而是要在「形」、「名」的分別、限定中，得到「逍遙」，離開「形」、「名」的分別、限定，亦無「逍遙」可得。〔註 43〕換言之，非必「拱默山林」才是「逍遙」，苟當其分，則「寄居廟堂」

〔註 40〕參阮籍〈詠懷詩・其四十六〉、嵇康〈述志詩・其二〉。

〔註 41〕《莊子集釋》（王孝魚點校），頁 13。

〔註 42〕裴頠〈崇有論〉亦曰：「方以族異，庶類之品也。形象有分，有生之體也。」亦是主張萬物各有其「性分」之意。又曰：「志無盈求，事無過用。」則是主張「安於性分」之意。由此可見，郭象之思想，和裴頠之思想，頗多相同之處。

〔註 43〕《莊子・齊物論》「六合之外聖人存而不論」，郭注云：「夫六合之外，謂萬物性分之表耳。夫物之性表，雖有理存焉，而非性分之內，則未嘗以感聖人也，故聖人未嘗論之。若論之，則是引萬物使學其所不能也。故不論其外，而八畛同於自得也。」《莊子集釋》（王孝魚點校），頁 85。

無異於「拱默山林」。〔註44〕

因此，在「本無」派玄學家看來，只有超越萬物的至人、眞人、神人……才可得「逍遙」；在郭象看來，一切世俗、民物皆可得「逍遙」。《莊子・逍遙遊》「彼且惡乎待哉」，郭注云：

> 大鵬之能高，斥鴳之能下，椿木之能長，朝菌之能短，凡此皆自然之所能，非爲之所能也。不爲而自能，所以爲正也。故乘天地之正者，即順萬物之性也；御六氣之辯（變）者，即是遊變化之塗也。如斯以往，則何往而有窮哉！所遇斯乘，又將惡乎待哉！此乃至德之人玄同彼我者之逍遙也。苟有待焉，則雖列子之輕妙，猶不能以無風而行，故必得其所待，然後逍遙耳，而況大鵬乎！夫唯與物冥而循大變者，爲能無待而常通。豈獨自通而已哉？又順有待者，使不失其所待，所待不失，則同於大通矣。故有待無待，吾所不能齊也；至於各安其性，天機自張，受而不知，則吾所不能殊也。夫無待猶不足以殊有待，況有待者之巨細乎？〔註45〕

在「本無」派的說法中，至人、眞人、神人、聖人……並不限定指君王，且通常並不指君王；但在郭注中則一律皆指「聖王」。〔註46〕其意以爲：民物有待，「偏無自足」，聖王則無待，「所遇斯乘」；民物各有所安，聖王則無所不安；民物有對，聖王則無對；民物有心，聖王則無心；民物有爲，聖王則無爲；民物自是而相非，聖王則無是無非。〔註47〕民物皆須依待於聖王，才能

〔註44〕《莊子・逍遙遊》「綽約若處子」，郭注云：「夫聖人雖在廟堂之上，然其心無異於山林之中。」《莊子集釋》（王孝魚點校），頁28。

〔註45〕《莊子集釋》（王孝魚點校），頁20。

〔註46〕《莊子・逍遙遊》「吾將爲賓乎」，郭注云：「夫自任者對物，而順物者與物無對，故堯無對於天下，而許由與稷契爲匹夫矣。何以言其然邪？夫與物冥者，故群物之所不能離也。是以無心玄應，唯感之從，汎若不繫之舟，東西之非己也，故無行而不與百姓共者，亦無往而不爲天下之君矣。以此爲君，若天之自高，實君之德也。」《莊子集釋》（王孝魚點校），頁24。可知，「與物冥」爲「聖君」之德，不屬於「匹夫」。

〔註47〕《莊子・秋水》「聖人之勇也」，郭注云：「情各有所安。聖人則無所不安。」《莊子集釋》（王孝魚點校），頁596～7。《莊子・齊物論》「誰獨且無師乎」，郭注云：「夫心之足以制一身之用者，謂之成心。人自師其成心，則人各自有師矣。人各自有師，故付之而自當。」《莊子集釋》（王孝魚點校），頁61。《莊子・天道》「不自爲也」郭注云：「上之無爲則用下，下之無爲則自用也。」《莊子集釋》（王孝魚點校），頁466。《莊子・齊物論》「萬物一馬也」，郭注云：「彼是相對，而聖人兩順之。故無心者與物冥，而未嘗有對於天下也。……夫自

「不失所待」。〔註 48〕但民物所依待於聖王者，乃聖王之「無為」，亦即「順萬物之性」；故實非聖王所造，而是民物各自造。民物之性，自要依待於聖王；聖王之性，自要被民物所依待；猶如大鵬之性，自要高飛；斥鴳之性，自要下騰；皆是「自然」，皆是「天機自張」。故推極而言，聖王固無待，民物亦無待，所謂「無待猶不足以殊有待」；聖王固逍遙，民物亦逍遙，所謂「小大雖殊，逍遙一也」。故民物不必羨聖王，〔註 49〕聖王不必羨民物，所謂「毫分不可相跂」；民物安於為民物，聖王安於為聖王，所謂「各安其性」、「同於大通」。其他一切的分別亦然，所謂「況有待者之巨細乎？」

由是觀之，「崇有」派玄學家重視「性分」、「命定」的觀念，教人要「安於分內」，當是在名教體制下所必需的一種自處哲學。

（三）張湛的《列子注》

降及東晉，張湛注《列子》，〔註 50〕深受郭注的影響，盛發「性分」、「命定」之義。《列子・力命》張湛解題曰：

> 命者，必然之期、素定之分也。雖此事未驗，而此理已然。若以壽夭存於御養、窮達係於智力，此惑於天理也。〔註 51〕

同篇「天道自運」，張注云：

> 無際無分，是自然之極。自會自運，豈有役之（者）哉？〔註 52〕

同篇「自喪也」，張注云：

是而非彼，彼我之常情也。……均於相非，則天下無是；同於自是，則天下無非。……今是非無主，紛然淆亂，明此區區者各信其偏見而同於一致耳。仰觀俯察，莫不皆然。是以至人知天地一指也，萬物一馬也，故浩然大寧，而天地萬物各當其分，同於自得，而無是無非也。」《莊子集釋》（王孝魚點校），頁 69。可知，郭注視民物之「自師成心」、「自用」、「各信其偏見」為「自然」，為「性分」，不可廢，亦不應廢，但當順之，「付之自當」而已。而這些均是玄學「本無」所反對者。

〔註 48〕《莊子・逍遙遊》「吾以是狂而不信也」，郭注云：「其神凝，則不凝者自得矣。」《莊子集釋》（王孝魚點校），頁 30。神凝者，聖王不逐物之謂。聖王無心順物，則不凝之民物始得各遂其性。

〔註 49〕《莊子・駢拇》「又惡取君子小人於其間哉」，郭注云：「夫生奚為殘，性奚為易哉？皆由乎尚無為之迹也。」《莊子集釋》（王孝魚點校），頁 326。效聖人，則有名教之弊。

〔註 50〕張湛的時代，約在晉成帝咸和五年（西元 330 年），至安帝隆安五年（西元 401 年）。參容肇祖：《魏晉的自然主義》，收入《魏晉玄學》，頁 66。

〔註 51〕《列子注》，頁 83。

〔註 52〕《列子注》，頁 88。

> 自全者，非用心之所能；自敗者，非行失之所致也。〔註 53〕

「命定」、「性分」的觀念，都來自於「自生」理論。其意以爲：「無」不能生「有」，「有」之未生，又不能爲生，故是「忽然自爾」、「塊然自生」。故我之生，非我所能生，亦非物所能生，非我所能變，亦非物所能變，所謂「豈有役之（者）哉？」是爲「命定」、「性分」。故窮達、成敗、壽夭……一切人事，皆非我所爲，亦非我所能爲，然則，誰是爲之者？皆是「自運自會」，皆是「自然」，而無爲之者。故亦無能改變之者。由是觀之，「本無」派玄學家之欲養生以延壽，皆不爲張湛所取。故性命之外，非所措思。《列子・天瑞》「失其所矣」，張注云：

> 夫虛靜之理，非心慮之表、形骸之外，求而得之；即我之性，內安諸己，則自然眞全矣。〔註 54〕

此殆針對「本無」派玄學家欲「絕心慮」、「外形骸」而發，以爲「逍遙」應即性命之內而求之。故「崇有」派玄學家之所謂「虛靜」、「無爲」，非謂「枯槁自守」，而是「有爲」於性命之內，「無爲」於性命之外。《列子・楊朱》張湛解題曰：

> 夫生者，一氣之暫聚，一物之暫靈。暫聚者終散，暫靈者歸虛。而好逸惡勞，物之常性。故當生之所樂者，厚味、美服、好色、音聲而已耳。而復不能肆性情之所安，耳目之所娛，以仁義爲關鍵，用禮教爲矜帶，自枯槁於當年，求餘名於後世者，是不達乎生生之趣也。〔註 55〕

性分以外之事，固不可欣羨；〔註 56〕而性分以內之事，亦不可廢除。生非我有，命非我制，故唯有眼前暫有之生，爲分內之事。同篇「且趣當生奚遑死後」，張注云：

> 此譏計後者之惑也。夫不謀其前，不慮其後，無戀當今者，德之至

〔註 53〕《列子注》，頁 92。

〔註 54〕《列子注》，頁 14。

〔註 55〕《列子注》，頁 95。

〔註 56〕張湛之意，非教人縱欲。《列子・天瑞》「仞而有之皆惑也」，張注云：「夫天地委形，非我有也。飭愛色貌，矜伐智能，已爲惑矣。至於甚者，橫仞外物以爲己有，乃標名氏以自異，倚親族以自固，整章服以耀物，藉名位以動眾，封殖財貨，樹立權黨，終身欣玩，莫由自悟。故老子曰：『吾所以有大患，爲吾有身。』」《列子注》，頁 18。知「命定」，則無矜伐；知「性分」，則無欣羨。故過「分」之欲，皆所必棄。

也。〔註 57〕

故人當即眼前暫有之生，即性分之內，而求生趣，及時行樂。此即是「物各自造」、「忽然自爾」。故「生非我有」、「命非我制」，和「物各自造」、「忽然自爾」，二者看似相反，其實一理。表面上看，容易誤以爲「及時行樂」之說乃在反對名教，其實是在維護名教。《列子・力命》「朕豈能識之哉」，張注云：

> 此篇（〈力命〉）明萬物皆有命，則智力無施；〈楊朱篇〉言人皆肆情，則制不由命；義例不一，似相違反。然治亂推移，愛惡相攻，情僞萬端，故要時競其弊，孰知所以？是以，聖人兩存而不辨，將以大扶名教。而致弊之由，不可都塞：或有恃詐力以于（干）時命者，則楚子問鼎於周，無知亂適於齊；或有矯天眞以殉名者，則夷齊守餓西山，仲由被醢於衛。故列子叩其二端，使萬物自求其中。苟得其中，則智動者不以權力亂其素分，矜名者不以矯抑虧其形生。發言之旨，其在於斯。嗚呼，覽者可不察哉！〔註 58〕

智動者縱欲，矜名者禁欲，二者皆不能即性分之內而安之，故皆不得其中，皆爲張湛所反對。人人即性分之內而安之，則貴賤、貧富、智愚……皆各安其分，各當其命，則何患名教不能維持？此其所以爲「大扶名教」之故。

三、佛學所持的「崇有」之立場

（一）文士對佛家的批評

佛學在魏晉之際，逐漸流行於士人之間。初期，佛學是依附於玄學，而得以傳佈，佛學家並未察覺佛學之「本無」和玄學之「本無」有何不同，於是即以玄理詮釋佛理，遂有「格義」的產生。降及東晉，玄學「本無」理論遭到「崇有」派玄學家的嚴厲批判，於是，被士人視爲等同於玄學「本無」的佛學，亦遭到波及。〔註 59〕

沙門竺法頵遠還西山，張翼贈詩三首以嘲之。其一曰：

> 鬱鬱華陽嶽，絕雲抗飛峰。

〔註 57〕《列子注》，頁 97。

〔註 58〕《列子注》，頁 84。

〔註 59〕如孫綽〈道賢論〉以帛遠（法祖）匹嵇康，論云：「帛祖釁起於管蕃，中散禍作於鍾會，二賢並以俊邁之氣，昧其圖身之慮，栖心事外，經（輕）世招患，殆不異也。」見《高僧傳・帛遠傳》，卷一，頁 27。視「栖心事外」之佛家，同於「本無」派之玄學家，而一併有所批評。

峭壁溜靈泉，秀嶺森青松。
懸巖廓崢嶸，幽谷正寥籠。
丹崖棲奇逸，碧室禪六通。
泊寂清神氣，綿眇矯妙蹤。
止觀著無無，還淨滯空空。
外物豈大悲？獨往非玄同。
不見舍利弗，受屈維摩公？〔註60〕

另二首略謂：「廢聰無通照，遺形不洞滅。……遙謝晞（希）玄疇，何爲自矜潔？」、「苟能夷沖心，所憩靡不淨。萬物可逍遙，何必棲形影？」大意和第一首相同，故不贅。佛家之「外物」、「遺世」、「獨往」，和「本無」派玄學家頗有類似，故亦遭到士人之批判，以爲執著「無」、「空」，枯寂自守，非眞能通達大道。故借舍利弗受屈於維摩詰之事，〔註61〕以嘲諷之。此外，張翼另有詩〈答康僧淵〉，曰：「眾妙常所晞（希），維摩余所賞。苟未善體權，與子同彷彿。」〔註62〕維摩詰爲在家之居士，隨俗順化，善體權變，反對一切「外物」、「遺世」、「獨往」之事，故爲作者所欣賞，並借以嘲諷崇尚「遺世」之僧侶。康僧淵晚年入豫章山，〔註63〕故張翼作此詩嘲之。

支遁投跡剡山時，時論頗有譏評，以爲支遁「才堪經贊，而潔己拔俗，有違兼濟之道」。〔註64〕又，《世說新語・輕詆》二十五條載：

王北中郎（坦之）不爲林公所知，乃箸（著）〈沙門不得爲高士論〉。大略云：「高士必在縱心調暢，沙門雖云俗外，反更束於教，非情性自得之謂也。」〔註65〕

佛教甚重戒律，其目的在使人禁欲，而「禁欲」正爲「崇有」派玄學家所最反對者，故王坦之以爲沙門非高士。所謂「縱心調暢」、「情性自得」，皆「崇有」派玄學家之慣常用語。

孫綽〈喻道論〉載時人對佛家的批評，云：

〔註60〕〈贈沙門竺法頵〉，逯欽立輯：《先秦漢魏晉南北朝詩》，頁893。

〔註61〕《維摩詰經・弟子品》載舍利弗常宴坐（坐禪）樹下，而維摩詰難曰：「不必是坐爲宴坐也。……不於內意有所住，亦不於外作二觀，是爲宴坐。」反對枯寂坐禪之事。《維摩詰經》卷上，《大正藏》冊14，頁521下。

〔註62〕逯欽立輯：《先秦漢魏晉南北朝詩》，頁894。

〔註63〕《高僧傳・康僧淵傳》，卷四，頁151。

〔註64〕《高僧傳・支遁傳》，卷四，頁161。

〔註65〕余嘉錫：《世說新語箋疏》，頁845。

> 或難曰：周孔之教，以孝爲首。……而沙門之道，委離所生，棄親即疏，刓剔鬚髮，殘其天貌，生廢色養，終絕血食，骨肉之親，等之行路，背理傷情，莫此之甚。……此大乖於世教。〔註 66〕

則批評沙門出家將違背名教。此亦可見，佛家「本無」和名教（「世教」）間，有嚴重之衝突。

（二）佛家之轉變

在眾多士人之譏評下，佛家中遂有不同於「本無」派「禁絕情欲」、「棄離世俗」之作法者。《高僧傳・竺法潛傳》載：

> 潛嘗於簡文處，遇沛國劉惔，惔嘲之曰：「道士何以遊朱門？」潛曰：「君自睹其朱門，貧道見爲蓬户。」〔註 67〕

佛家「本無」主遺世外物，而竺法潛未表認同，故不以交遊權門爲非。《世說新語・言語》六十三條載：

> 支道林常養數匹馬。或言道人畜馬不韻，支曰：「貧道重其神駿。」〔註 68〕

世俗養馬，爲耳目之玩；以佛家「本無」之「絕欲去情」觀之，必以爲不可。而支遁行之不改，則其不同於佛家「本無」的作法，甚爲明顯。又支遁所交遊之名流，如謝安、王羲之、許詢、王坦之……皆主「崇有」，彼等「出則漁弋山水，入則談說屬文」，〔註 69〕以風流瀟灑自許，絕非佛家「本無」「枯寂自守」之徒。謝安爲吳興太守時，曾作書與支遁曰：

> 思君日積，計辰傾遲。知欲還剡自治，甚以悵然。人生如寄耳，頃得風流之事，殆爲都盡。終日慼慼，觸事惆悵，唯遲君來，以晤言消之，一日當千載耳。此多山縣，閑靜，差可養疾，事不異剡，而醫藥不同，必思此緣，副其積想也。〔註 70〕

觀此書可知，支遁和謝安皆崇尚「性情自得」，故志氣甚爲相投。

又，《高僧傳・鳩摩羅什傳》載：

> 姚主常謂什曰：「大師聰明超悟，天下莫二，若一旦後世，何可使法

〔註 66〕《弘明集》，卷三，頁 17。

〔註 67〕《高僧傳》，卷四，頁 156～7。

〔註 68〕余嘉錫：《世說新語箋疏》，頁 122。

〔註 69〕《世說新語・雅量》二十八條注引《中興書》，余嘉錫：《世說新語箋疏》，頁 369。

〔註 70〕《高僧傳・支遁傳》，卷四，頁 160。

種無嗣？」遂以妓女十人，逼令受之。自爾以來，不住僧坊，別立廨舍，供給豐盈。每至講說，常先自說譬喻：如臭泥中生蓮花，但採蓮花，勿取臭泥也。〔註 71〕

鳩摩羅什之未守戒律，雖是出於姚興之逼迫，然觀其所喻，若無臭泥，何來蓮花？〔註 72〕且其甚重《維摩詰經》，特為之作注，則其不同於佛家「本無」之作法，甚為明顯。

四、佛學中的「崇有」之觀念

（一）支遁的「即色」義

佛學「崇有」所持的立場，和玄學「崇有」甚為類似；前者維護「情欲」，而後者維護「名教」。而「名教」和「情欲」，實難以分開，「名教」以「名」、「利」勸誘人遵行禮法，則人於「名」、「利」自有「情欲」。故反「名教」者，常兼反「情欲」。而維護「名教」者，又往往兼維護「情欲」。雖然，佛學「崇有」所持的立場，和玄學「崇有」終究有別。玄學「崇有」之主旨，本在維護「名教」，故教人「各當其分」、「各適其性」，如此即可逍遙，「情欲」在「名教」的約束下，自不會構成問題。但以佛學「崇有」觀之，此於「情欲」問題之處理，實為不夠徹底。

《高僧傳・支遁傳》載：

遁嘗在白馬寺與劉系之等談《莊子・逍遙篇》，云：「各適性以為逍遙。」遁曰：「不然，夫桀跖以殘害為性，若適性為得者，彼亦逍遙矣。」於是退而注〈逍遙篇〉。群儒舊學，莫不歎服。〔註 73〕

「崇有」派玄學家以「適性」為逍遙，則於「適性」之事物不能忘情，順此情欲，則於「適性」而悖禮犯教之事，亦必為之。可見，「崇有」派玄學家教人「各安其分」，非眞能徹底解決「情欲」問題。故支遁注〈逍遙篇〉，不取向秀、郭象之義。《世說新語・文學》三十二條載：

《莊子・逍遙篇》，舊是難處，諸名賢所可鑽味，而不能拔理於郭、向之外。支道林在白馬寺中，將馮太常共語，因及〈逍遙〉。支卓然

〔註 71〕《高僧傳》，卷二，頁 53。

〔註 72〕鳩摩羅什《大乘大義章》卷上云：「蓮華雖淨，必因泥生。」《大正藏》冊 45，頁 128。

〔註 73〕《高僧傳》，卷四，頁 160。

標新理於二家之表，立異義於眾賢之外，皆是諸名賢尋之所不得。後遂用支理。〔註 74〕

劉孝標注引支遁〈逍遙論〉曰：

夫逍遙者，明至人之心也。莊生建言大道，而寄指鵬、鷃。鵬以營生之路曠，故失適於體外；鷃以在近而笑遠，有矜伐於心內。至人乘天正而高興，遊無窮於放浪；物物而不物於物，則遙然不我得，玄感不爲，不疾而速，則逍然靡不適。此所以爲逍遙也。若夫有欲，當其所足，足於所足，快然有似天眞。猶饑者一飽，渴者一盈，豈忘烝嘗於糗糧，絕觴爵於醪醴哉？苟非至足，豈所以逍遙乎？〔註 75〕

饑者一飽，渴者一飲，皆能適性，然於所以適性之事物豈能忘情？順此情欲，則必不能安其分，故亦不能逍遙。「情欲」並不以一時一地之「足」爲「足」。佛家之「崇有」，即於此處和玄學之「崇有」分道揚鑣。

於是，支道林造〈即色論〉，〔註 76〕盛發「即色」之義。《世說新語・文學》三十五條載：

支道林造〈即色論〉，〈論〉成，示王（坦之）中郎。中郎都無言。支曰：「默而識之乎？」王曰：「既無文殊（菩薩），誰能見賞？」〔註 77〕

王坦之持玄學「崇有」之理論，批判佛家「本無」，以爲「沙門不得爲高士」，故支遁作〈即色論〉以答之，其論既異於佛家「本無」，復異於玄學「崇有」，故使王坦之啞口無言。劉孝標注引《支道林集・妙觀章》云：

夫色之性也，不自有色。色不自有，雖色而空。故曰色即爲空，色復異空。〔註 78〕

「色」指一切有形有色之物，亦可稱「有」，或「法」，或「現象」。「色不自有」，類似玄學「崇有」所謂「生非我有」。但支義和玄學「崇有」不同者，在於：玄學「崇有」雖以生爲暫有，然於此暫有之生，固不否認其爲「有」，既以爲「有」，則對之仍有所執著；支義則以爲色皆因緣和合，故不自有，既不自有，則爲非「有」，所謂「雖色而空」，既以「色」爲非「有」，譬諸幻夢，則對之無所執著。然而，支義復和佛家「本無」不同，佛家「本無」因色不

〔註 74〕余嘉錫：《世說新語箋疏》，頁 220。

〔註 75〕余嘉錫：《世說新語箋疏》，頁 220～1。

〔註 76〕《高僧傳・支遁傳》作〈即色遊玄論〉。《高僧傳》，卷四，頁 161。

〔註 77〕余嘉錫：《世說新語箋疏》，頁 223。

〔註 78〕余嘉錫：《世說新語箋疏》，頁 223。

自有，故以色爲非有，即以「色」爲「空」（空無一物）；支義則以爲：「色」外無「空」，「空」即在「色」中，離開「色」亦別無「空無一物」之「空」，故曰：「色即爲空，色復異空」。支遁〈大小品對比要抄序〉云：

> 若存無以求寂，希智以忘心，智不足以盡無，寂不足以冥神。何則？故有「存」於所存，有「無」於所無。存乎存者，非其存也；希乎無者，非其無也。何則？徒知無之爲無，莫知所以無；知存之爲存，莫知所以存。希無以忘無，故非無之所無；寄存以忘存，故非存之所存。莫若無其所以無，忘其所以存。忘其所以存，則無存於所存；遺其所以無，則忘無於所無。忘無故妙存，妙存故盡無，盡無則忘玄，忘玄故無心。然後二跡無寄，「無」、「有」冥盡。〔註 79〕

「存無以求寂」者，指佛家「本無」之徒，欲立一「空無」，以去除情欲而求「寂滅」，實爲枯寂自守，不合大化神妙之道，故曰：「寂不足以冥神」。「希智以忘心」者，指玄學「崇有」之徒，希求權變之智，僥倖於一時，以忘去欣羡之心，然未解「色無自性」，欲以「適性」爲「逍遙」，實仍貪戀表象，未能認識「無」的本質，故曰：「智不足以盡無」。至於「即色」，則「希無以忘無」、「寄存以忘存」：明「色即爲空」，於色自無欣羡之心，故無心於無而「欲」自無，所謂「忘無」；明「色即爲空」，空即在色中，無須另立一「空」，而「空」自立，故無心於存而「空」自存，所謂「忘存」。

郗超爲支遁之信徒，於支遁之說甚爲敬服，與親友書曰：「林法師神理所通，玄拔獨悟，實數百年來，紹明大法，令眞理不絕，一人而已。」〔註 80〕郗超所著〈奉法要〉中，有一段似可發明「即色」之義，其云：

> 夫空者，忘懷之稱，非府宅之謂也。無誠無矣，存無則滯封；有誠有矣，兩忘則玄解。然則，有無由乎方寸，而無係於外物；器象雖陳於事用，感絕則理冥。豈有滅有而後無、階（偕）損以至盡哉？
>
> 〔註 81〕

以爲「空」、「無」即在「色」、「有」之中，不能滅「有」而求「無」。此殆針對佛家之「本無」而發。

孫綽亦甚崇敬支遁，其〈喻道論〉云：「支道林者，識清體順，而不對於物。

〔註 79〕《出三藏記集》，卷八，頁 299。
〔註 80〕《高僧傳・支遁傳》，卷四，頁 161。
〔註 81〕《弘明集》卷十三，頁 89。

玄道沖濟，與神情同任。此遠流之所以歸宗，悠悠者所以未悟也。」〔註82〕又其〈道賢論〉以支遁比向秀，論云：「支遁、向秀，雅尚《莊》、《老》，二子異時，風好玄同矣。」〔註83〕可看出支遁義和向秀義，有密切之關係。從孫綽〈喻道論〉，亦可發明支遁「即色」義。其論云：

> 周、孔即佛，佛即周、孔。蓋外內名之耳。故在皇爲皇，在王爲王。佛者梵語，晉訓覺也。覺之爲義，悟物之謂也。猶孟軻以聖人爲先覺，其旨一也。應世軌物，蓋亦隨時。周、孔救極弊，佛教明其本耳。共爲首尾，其致不殊。〔註84〕

此頗類似郭注「跡冥」論，謂堯即神人，神人即堯；只不過以佛替代神人。此說意在將「佛理」和「名教」齊一而觀，而和佛學「本無」之欲廢棄世教不同。於是，佛之悟物，亦等同於聖王之治民。其論又云：

> 道成號佛。……於是，遊步三界之表，恣化無窮之境，迴天舞地，飛山結流，存亡倏忽，神變綿邈，意之所指，無往不通，大範群邪，遷之正路，眾魔小道，靡不遵服。于斯時也，天清地潤，品物咸亨，蠢蠕之生，浸毓靈液，枯槁之類，改瘁爲榮。〔註85〕

此處之「佛」，實頗類似郭注之所謂「至人」（聖王）。玄學「崇有」以爲，民物皆依待於至人之「無」（「無爲」、「無待」……），使不失所待，天機自張，始得逍遙；佛學「崇有」則認爲，民物皆依待於佛之「無」（「悟空」、「證空」……），教導眾生，使不入邪淫（所謂「大範群邪，遷之正路」），始得逍遙。然而，民物之化生，爲「有」；佛之悟物，爲「無」；不可遽謂民物爲「無」。佛之悟物，固仍有「恣化無窮」、「品物咸亨」之事，非如佛學「本無」之欲中止化生之途。故此論對名教多所維護，如謂：「聖人知人情之固於殺，不可一朝而息。」、「佛有十二部經，其四部專以勸孝爲事。」等。〔註86〕

（二）鳩摩羅什及僧肇之「實相」義

鳩摩羅什著《實相論》，〔註87〕宣揚「實相」義。今《實相論》已不存，惟從羅什答慧遠之《大乘大義章》及其弟子僧肇《注維摩詰經》所引羅什注，

〔註82〕《高僧傳・支遁傳》，卷四，頁163。
〔註83〕《高僧傳・支遁傳》，卷四，頁163。
〔註84〕《弘明集》，卷三，頁17。
〔註85〕《弘明集》，卷三，頁17。
〔註86〕《弘明集》，卷三，頁16～7。
〔註87〕《高僧傳・鳩摩羅什傳》，卷二，頁53。

尚可窺知一二，其云：

> 一切有爲法，要須和合能有所成。(《大乘大義章》)〔註88〕

又云：

> 不得說言若天若人若在若滅。何以故？因緣故，名爲人；因緣散，自然而息；無有一定實滅者。(《大乘大義章》)〔註89〕

又云：

> 如幻化色，雖是不實事，而能誑惑人目。世間色像，亦復如是。(《大乘大義章》)〔註90〕

又云：

> 本言「空」欲以遣「有」，非「有」去而存「空」。若「有」去存「空」，非「空」之謂也。(僧肇《注維摩詰經》引)〔註91〕

可知，羅什之「實相」義，和支遁之「即色」義頗爲類似。羅什以爲諸法皆因緣和合，非有自性，畢竟空寂；此即「色不自有」、「色即爲空」之意。然而，諸法有如幻化，雖非眞實，卻能惑人，則不可謂其爲「無」；此即「色復異空」之意。羅什反對「去有以存空」，此亦「寄存以忘存」之意。

鳩摩羅什門下弟子眾多，其中，以僧肇最得羅什之眞傳。《高僧傳．僧肇傳》載：

> 羅什至姑臧，肇自遠從之，什嗟賞無極。及什適長安，肇亦隨返。姚興命肇與僧叡等，入逍遙園，助詳定經論。肇以去聖久遠，文義多雜，先舊所解，時有乖謬，及見什諮稟，所悟更多。因出《大品》之後，肇便著〈波若無知論〉，凡二千餘言，竟以呈什，什讀之稱善。乃謂肇曰：「吾解不謝子，辭當相挹。」〔註92〕

僧肇隨侍羅什十餘年，深受羅什之啓悟，亦甚得羅什之意，故羅什嘗稱讚爲：「解空第一」。〔註93〕僧肇所作《肇論》、《注維摩詰經》等，皆在闡明「實相」之旨。僧肇云：

> 本無、實相、法性、性空、緣會，一義耳。何則？一切諸法，緣會而

〔註88〕《大正藏》，冊四十五，卷上，頁127。
〔註89〕《大正藏》，冊四十五，卷上，頁124。
〔註90〕《大正藏》，冊四十五，卷上，頁133。
〔註91〕《大正藏》，冊三十八，卷三，頁354。
〔註92〕《高僧傳》卷六，頁249。
〔註93〕慧達〈肇論序〉引，《大正藏》45冊，頁150下。

> 生，緣會而生，則未生無有，緣離則滅。如其眞有，有則無滅。以此而推，故知雖今現有，有而性常自空。性常自空，故謂之性空。性空故，故曰法性。法性如是，故曰實相。(《肇論・宗本義》)〔註94〕

此段開宗明義，揭示「實相」之旨，並以「實相」融貫「本無」、「性空」、「緣會」諸說。然僧肇所述羅什「實相」義，於當時係一新義，與「心無」、「本無」、「即色」等舊說，其間頗有「差之毫釐，謬之千里」之處，故僧肇於此不得不有所辯駁。其駁「心無」義云：

> 心無者，無心於萬物，萬物未嘗無。此得在於神靜，失在於物虛。(〈不眞空論〉)〔註95〕

「心無」義爲支愍度所創立，〔註96〕其義以爲：

> 種智之體，豁如太虛，虛而能知，無而能應。居宗至極，其唯無乎？〔註97〕

「心無」義教人內止其心，不執著於外色（所謂「無心於萬物」），而後能有眞知（所謂「虛而能知，無而能應」），故能使人「神靜」。此頗類似玄學家所謂「滌除玄覽」、「心齋坐忘」、「無爲而無不爲」，殆屬「格義」。然而，此說仍以外物爲「有」（所謂「萬物未嘗無」）；以僧肇觀之，未爲至理。故僧肇云：

> 尋夫不有不無者，豈謂滌除萬物，杜塞視聽，寂寥虛豁，然後爲眞諦者乎？（〈不眞空論〉）〔註98〕

「不有不無者」，即僧肇所謂「實相」。既以外物爲「有」，則「心無」乃是將「有」摒棄於心外（所謂「滌除萬物，杜塞視聽」），必有不周。

僧肇又駁斥「本無」義云：

> 本無者，情尚於無多，觸言以賓無。故非有，有即無；非無，無亦無。(〈不眞空論〉)〔註99〕

「本無」義情多貴尚於「無」，而名者實之賓，故所言皆趨向於「無」，以爲：有形有名之諸法非實（所謂「非有，有即無」），且別無「無形無名」之本體

〔註94〕《大正藏》45冊，頁150下。

〔註95〕《大正藏》45冊，頁152上。

〔註96〕詳參陳寅恪：〈支愍度學說考〉，《陳寅恪先生論文集》，台北：三人行出版社，民63年。

〔註97〕《世說新語・假譎》第十一條劉孝標注，頁859。

〔註98〕《大正藏》45冊，頁152中。

〔註99〕《大正藏》45冊，頁152上。

（所謂「非無，無亦無」）。此唯知「無」耳，未爲達理。故僧肇云：

> 尋夫立文之本旨者，直以「非有」非眞有，「非無」非眞無耳，何必「非有」無此有，「非無」無彼無？此直好無之談，豈謂順通事實、即物之情哉？（〈不眞空論〉）〔註 100〕

經文上所言「非有」不即是「無」（空），「非無」亦非是「無」（空），只是非眞有、非眞無耳。僧肇反對道安等「本無」宗之貴尚「寂滅」之「無」，故斥爲「好無之談」，〔註 101〕又曰：「即萬物之自虛，不假虛而虛物也。」（〈不眞空論〉）、〔註 102〕「無相即爲相，捨有而之無，譬猶逃峰而赴壑，俱不免於患矣。」（〈般若無知論〉）、〔註 103〕「更無『無用』之寂，而主於用也。」（〈般若無知論〉）〔註 104〕佛家「本無」之唱「無」，本爲去情欲之患，然既有好「無」之情，欲假「虛」（無）以虛物，則仍爲「有」（有所執），實未高於世俗之執「有」，二者「俱不免於患矣」。

僧肇又駁斥「即色」義，云：

> 即色者，明色不自色，故雖色而非色也。夫言色者，但當色即色，豈待色色而後爲色哉？此直語色不自色，未領色之非色也。（〈不眞空論〉）〔註 105〕

支遁「即色」義謂「色不自色，雖色而空」，則其所領悟僅在於「色不自色」，仍以爲眞有色待因緣而生（所謂「待色色而後爲色」），仍存「假有」，不知「無物從緣而生」〔註 106〕（所謂「色之非色」）。僧肇云：

> 夫有若眞有，有自常有，豈待緣而後有哉？譬彼眞無，無自常無，豈待緣而後無也？若有不自有，待緣而後有者，故知有非眞有。有非眞有，雖有不可謂之有矣。不無者，夫無則湛然不動，可謂之無。

〔註 100〕《大正藏》45 冊，頁 152 上。

〔註 101〕此頗取支遁、郗超等駁斥佛家「本無」宗之說。支遁以「本無」宗爲「存無以求寂」（〈大小品對比要抄序〉，《出三藏記集》，卷八，頁 299）。郗超〈奉法要〉駁斥佛家「本無」曰：「存無則滯封。」（《弘明集》卷十三，頁 89）另，和郭象之駁斥玄學「本無」曰：「若獨亢然立乎高山之頂，非夫人有情於自守，守一家之偏尚，何得專此！」（《莊子注‧逍遙遊》）亦有異曲同工之妙。

〔註 102〕《大正藏》45 冊，頁 153 上。

〔註 103〕《大正藏》45 冊，頁 154 中。

〔註 104〕《大正藏》45 冊，頁 154 下。

〔註 105〕《大正藏》45 冊，頁 152 上。

〔註 106〕〈般若無知論〉，《大正藏》45 冊，頁 154 上。

萬物若無，則不應起，起則非無；以明緣起故不無也。(〈不眞空論〉)〔註 107〕

所謂「生」，是指從「無」到「有」；所謂「滅」，是指從「有」到「無」。然而，「有」若眞有，則不曾爲「無」，自不必待緣而後有；「無」若眞無，則不曾爲「有」，亦不必待緣而後無。〔註 108〕換言之，不可謂眞有色待緣而有、待緣而無，故曰：「動靜未始異」、〔註 109〕「往物既不來，今物何所往？」、〔註 110〕「不滅不來」。〔註 111〕今一切諸法待緣而起滅，故知「有」非眞有，「無」非眞無，如夢幻泡影，此方爲「實相」。故曰：「非無幻化人，幻化人，非眞人也。」(〈不眞空論〉)〔註 112〕

僧肇論「色之非色」之理據，雖與支遁不同；然僧肇主「色即爲空」、「色外無空」，則和支遁無異。故二者之旨趣頗爲近似，甚至和玄學「崇有」反對「無能生有」之旨，亦頗有雷同。茲舉二點爲例：

1. 論「至人之逍遙」：

僧肇云：

至人通神心於無窮，窮所不能滯，極耳目於視聽，聲色所不能制者，豈不以其即萬物之自虛，故物不能累其神明者也。是以聖人乘眞心而理順，則無滯而不通，審一氣以觀化，故所遇而順適。(〈不眞空論〉)〔註 113〕

此段描述至人之逍遙，和郭象、支遁之描述極類似。〔註 114〕所謂「所遇而順

〔註 107〕《大正藏》45 冊，頁 152 下。

〔註 108〕此頗取玄學「崇有」之說。如《莊子・知北遊》「無始無終」郭注云：「非唯無不得化而爲有也，有亦不得化而爲無矣。是以，夫有之爲物，雖千變萬化，而不得一爲無也。不得一爲無，故自古無未有之時而常存也。」《莊子集釋》(王孝魚點校)，頁 763。

〔註 109〕〈物不遷論〉，《大正藏》45 冊，頁 151 上。

〔註 110〕〈物不遷論〉，《大正藏》45 冊，頁 151 上～中。

〔註 111〕〈物不遷論〉，《大正藏》45 冊，頁 151 下。

〔註 112〕《大正藏》45 冊，頁 152 下。

〔註 113〕《大正藏》45 冊，頁 152 上。

〔註 114〕郭象云：「乘天地之正者，即順萬物之性也；御六氣之辯(變)者，即是遊變化之塗也。如斯以往，則何往而有窮哉！所遇斯乘，又將惡乎待哉！此乃至德之人玄同彼我者之逍遙也。」(《莊子・逍遙遊》注，《莊子集釋》，頁 20) 支遁云：「至人乘天正而高興，遊無窮於放浪；物物而不物於物，則遙然不我得，玄感不爲，不疾而速，則逍然靡不適。此所以爲逍遙也。」(〈逍遙論〉，《世說新語・文學》三十二條劉孝標注，余嘉錫：《世說新語箋疏》，頁 220

適」，即郭象所謂「所遇斯乘」、支遁所謂「逍然靡不適」。彼皆以至人之逍遙不離萬物，故曰：「非離眞而立處，立處即眞也。然則道遠乎哉？觸事而眞。聖遠乎哉？體之即神。」（〈不眞空論〉）、〔註 115〕「智雖事外，未始無事；神雖世表，終日域中。」（〈般若無知論〉）、〔註 116〕「和光塵勞，周旋五趣。」（〈般若無知論〉）、〔註 117〕「至人終日應會，與物推移，乘運撫化。」（〈答劉遺民書〉）〔註 118〕至人無待，又使萬物不失所待。至人使萬物不失所待之法，爲「即萬物之自虛」。僧肇云：

> 聖人之於物也，即萬物之自虛，豈待宰割以求通哉？（〈不眞空論〉）〔註 119〕

又云：

> 萬機頓赴而不撓其神，千難殊對而不干其慮。動若行雲，止猶谷神，豈有心於彼此，情係於動靜者乎？既無心於動靜，亦無象於去來。去來不以象，故無器而不形；動靜不以心，故無感而不應。……紜紜自彼，於我何爲？所以智周萬物而不勞，形充八極而無患。（〈涅槃無名論〉）〔註 120〕

又云：

> 夫至人空洞無象，而萬物無非我造；會萬物以成已（己）者，其唯聖人乎？（〈涅槃無名論〉）〔註 121〕

「即萬物之自虛」，猶如郭象所謂「順萬物之性」、「明眾形之自物而後始可與言造物耳」，〔註 122〕支遁所謂「無物於物，故能齊於物」、〔註 123〕「至人於物，遂通而已」。〔註 124〕至人之造萬物，乃是「空洞」其懷，以不造爲造，任萬物之自造（自虛），而非「宰割」萬物，〔註 125〕故可「智周萬物而不勞」。

～1）

〔註 115〕《大正藏》45 冊，頁 153 上。

〔註 116〕《大正藏》45 冊，頁 153 中。

〔註 117〕《大正藏》45 冊，頁 154 中。

〔註 118〕《大正藏》45 冊，頁 156 下。

〔註 119〕《大正藏》45 冊，頁 152 中。

〔註 120〕《大正藏》45 冊，頁 158 下～159 上。

〔註 121〕《大正藏》45 冊，頁 161 上。

〔註 122〕《莊子・齊物論》注，《莊子集釋》（王孝魚點校），頁 111。

〔註 123〕〈大小品對比要抄序〉，《出三藏記集》，卷八，頁 298。

〔註 124〕〈大小品對比要抄序〉，《出三藏記集》，卷八，頁 301。

〔註 125〕元康疏云：「明聖人見萬物之性自空耳……即色是空，不須宰割破壞，然後方

2. 論「性分」：

僧肇云：

> 夫至虛無生者，蓋是般若玄鑑之妙趣，有物之宗極者也。自非聖明特達，何能契神於有無之間哉？（〈不眞空論〉）〔註 126〕

又云：

> 如人斬木，去尺無尺，去寸無寸，脩短在於尺寸，不在無也。夫以群生萬端，識根不一，智鑒有淺深，德行有厚薄，所以俱之彼岸，而升降不同。彼岸豈異？異自我耳！（〈涅槃無名論〉）〔註 127〕

此言至人「聖明特達」，其性不與民物同。郭象云：「俱食五穀而獨爲神人，明神人者非五穀所爲，而特稟自然之妙氣。」（《莊子・逍遙遊》注）〔註 128〕支遁謂釋迦文佛：「吸中和之誕化，稟白淨之浩然。」（〈釋迦文佛像讚〉）〔註 129〕均有此意。

不唯至人和民物性殊，民物之間，稟性亦各不相同。僧肇云：

> 若古不至今，今亦不至古，事各性住於一世，有何物而可去來？（〈物不遷論〉）〔註 130〕

又云：

> 即僞即眞，故性莫之易。性莫之易，故雖無而有。（〈不眞空論〉）〔註 131〕

又云：

> 豈曰續鳧截鶴，夷嶽盈壑，然後無異哉？誠以不異於異，故雖異而不異也。（〈般若無知論〉）〔註 132〕

此言「性不可易」、「命不可變」，故各安其一世之性命，不求其去來，立處即眞也（所謂「即僞即眞」）。郭象所謂「毫分不可相跂」（《莊子・逍遙遊》注）、〔註 133〕支遁所謂「神悟遲速，莫不緣分」（〈大小品對比要抄序〉）〔註 134〕皆

乃通於空也。」《肇論疏》，《大正藏》45 冊，頁 172 下。

〔註 126〕《大正藏》45 冊，頁 152 上。

〔註 127〕《大正藏》45 冊，頁 160 上。

〔註 128〕《莊子集釋》，頁 29。

〔註 129〕《廣弘明集》，《大正藏》冊 52，卷 15，頁 195 下。

〔註 130〕《大正藏》45 冊，頁 151 下。

〔註 131〕《大正藏》45 冊，頁 152 中。

〔註 132〕《大正藏》45 冊，頁 154 下。

〔註 133〕《莊子集釋》（王孝魚點校），頁 13。

有此義。其次，群生萬端，稟性俱殊，如何能齊？僧肇以爲：「不齊」正所以爲「齊」，「異」正所以爲「不異」（所謂「不異於異」）。郭象云：「有待無待，吾所不能齊也；至於各安其性，天機自張，受而不知，則吾所不能殊也。」（《莊子・逍遙遊》注）〔註 135〕支遁云：「齊萬物於空同。」（〈大小品對比要抄序〉）〔註 136〕均是此意。

綜上，僧肇之「實相」義，和郭象、支遁之論，實有相同之旨趣，皆在反對「本無」之偏重「無形」、「無名」、「無分」的本體或本質，而重視「有形」、「有名」、「有分」的現象或色相，以此而言，同爲「崇有」之境。（雖然，此種「偏重」只是比較而言，並不等於「偏廢」。）故僧肇之論一出，即引來劉遺民作書發難。〔註 137〕劉遺民爲慧遠之徒，而慧遠正是「本無」宗之巨匠。〔註 138〕

第三節　「崇有」境在文學上的開展

一、由玄學而來的「崇有」境之情感

（一）優遊蓬蒿

在玄學「崇有」的觀念中，萬物皆「偏無自足」、「憑乎外資」，故萬物皆爲「有待」；但同時，萬物又皆「各安其性」、「各當其分」，皆是「物各自造」、「天機自張」，故「有待」實是「無待」，在「有待」中可以實現「無待」（「逍遙」）。當詩人的心靈，從玄學「崇有」的觀念中，反視自己，則很容易就發現，現實中的自己亦是「偏無自足」、「憑乎外資」，現實環境充滿種種束縛、限制、危難，這難免令詩人感到沮喪、恐懼，但隨即轉念一想，只要「各安其性」、「各當其分」，何嘗不可足於所足，逍遙一世？於是，在詩人心中，遂產生「安分」、「自足」的情感。此類例子不少，茲舉數則加以說明。

張華〈鷦鷯賦〉歌頌鷦鷯：

〔註 134〕《出三藏記集》，卷八，頁 300。

〔註 135〕《莊子集釋》（王孝魚點校），頁 20。

〔註 136〕《出三藏記集》，卷八，頁 298。

〔註 137〕〈劉遺民書〉，《大正藏》冊 45，頁 154～5。

〔註 138〕慧遠亦曾和鳩摩羅什透過書信大事辯論（凡十八問十八答），即今之《大乘大義章》，《大正藏》冊 45，頁 122～43。

其居易容，其求易給，巢林不過一枝，每食不過數粒，棲無所滯，游無所盤，匪陋荊棘，匪榮　蘭，動翼而逸，投足而安，委命順理，與物無患。〔註 139〕

對於卑陋的現實環境，非但不以爲厭，且加以美化，歌頌著地位的卑微，洋溢著「知足」、「自得」之情。其賦又曰：

伊茲禽之無知，何處身之似智？不懷寶以賈害，不飾表以招累。靜守約而不矜，動因循以簡易。任自然以爲資，無誘慕於世僞。〔註 140〕

則歌頌鷦鷯處身之智慧。現實環境雖然充滿束縛、危難，但只要以「自然」爲資，即不覺束縛，只要無所欣羨、不被誘慕，即免遭危難，而可權且逍遙一世。〔註 141〕故詩人雖亦感喟現實環境之醜陋，卻絕無「本無」派詩人的「厭世」、「避世」之情，取而代之的，是在危難中，希求僥倖之情。其賦又曰：

將以上方不足，而下比有餘。普天壤以遐觀，吾又安知大小之所如？〔註 142〕

則言萬物秉性各殊，不必相跂，對於性分以外之事物，棄而不顧。其〈答何劭詩〉云：「洪鈞陶萬類，大塊稟群生。明闇信異姿，靜躁亦殊形。」〔註 143〕亦是此意。此賦雖是歌詠鷦鷯，然實爲張華自道。

潘岳〈秋興賦〉云：

僕，野人也。偃息不過茅屋茂林之下，談話不過農夫田父之客。攝官承乏，猥廁朝列，夙興晏寢，匪遑底寧。〔註 144〕

此亦鷦鷯「巢林不過一枝，每食不過數粒」之意，嚮往著「安於性分」的樂趣。此與「本無」派詩人之欲「避世」不同，「本無」派詩人之「避世」，乃因厭惡世俗之名教，而潘岳只是因仕途不遂，故以仕宦爲性分以外之事，不

〔註 139〕《文選》，卷十三，頁 618。

〔註 140〕《文選》，卷十三，頁 618。

〔註 141〕《晉書·張華傳》載：張華當闇主虐后之朝，卻能彌縫補闕，使海內晏然。《晉書》，卷三十六，頁 1072。又，《晉書·王導傳》載：劉隗用事，帝疏遠王導，而王導任眞推分，澹如也，有識者咸稱王導善處興廢。《晉書》，卷六十五，頁 1749。《世說新語·雅量》二十九條載：桓溫伏兵設饌，欲誅謝安、王坦之，坦之惶恐之狀形於色，而謝安神色不變，舉動從容，方作洛生詠，諷「浩浩洪流」，卒使桓溫解兵。余嘉錫：《世說新語箋疏》，頁 369。此三者皆是實現「逍遙於危難間」之典範。

〔註 142〕《文選》，卷十三，頁 619。

〔註 143〕《文選》，卷二十四，頁 1133。

〔註 144〕《文選》，卷十三，頁 586。

予欣羨，非眞欲「避世」。〔註 145〕其〈在懷縣作〉詩云：「器非廊廟姿，屢出固其宜。徒懷越鳥志，眷戀想南枝。」〔註 146〕亦是此意。

陸機深受張華之影響，其〈歎逝賦〉曰：

> 昔每聞長老追計平生同時親故，或凋落已盡，或僅有存者。余年方四十，而懿親戚屬，亡多存寡；昵交密友，亦不半在。或所曾共遊一塗，同宴一室，十年之外，索然已盡。以是思哀，哀可知矣！〔註 147〕

此賦感歎日月流邁，人世過往，生命短暫。此傷逝之情，在「本無」派詩人的詩歌中，並不罕見；但此情在「本無」派詩人的心中，恆轉化爲對長生之神仙的渴求，或對永恆的「本無」道體之思慕。玄學「崇有」既已指出：「無不能生有」、「萬物偏無自足」，故陸機心中的傷逝之情，也就和「本無」派詩人大不相同。其賦又曰：

> 嗟人生之短期，孰長年之能執？時飄忽其不再，老晼晚其將及。懟瓊蕊之無徵，恨朝霞之難挹。……人何世而弗新？世何人之能故？……亮造化之若茲，吾安取夫久長？〔註 148〕

既以「生非我有」之「造化」、「自然」爲是，則必以「無徵」、「難挹」之「神仙」、「靈藥」爲非。故詩人無取於「本無」派詩人的希求長生之情。其賦又曰：

> 寤大暮之同寐，何矜晚以怨早？指彼日之方除，豈茲情之足攪？感秋華於衰木，瘁零露於豐草。在殷憂而弗違，夫何云乎識道？將頤天地之大德，遺聖人之洪寶。解心累於末跡，聊優遊以娛老。〔註 149〕

「生非我有」，故長不必笑短，小不必羨大，晚死者不必矜誇，早夭者不必怨傷，故曰「何矜晚以怨早」。於是，詩人心中充滿「安分」、「自足」之情，不再爲「矜晚」、「怨早」之情所亂，故曰「豈茲情之足攪」。若存有「矜晚」、「怨早」之情，如「本無」派詩人之欣羨長生，則是未識「造化」、「自然」之道，故曰「夫何云乎識道」，不爲詩人所取。故「毫分不可以相跂」，小年不必欣羨大年，則「有待」之「累」自去，而可把握此暫有之生，聊且得一時之「無待」、「逍遙」，故曰「解心累於末跡，聊優遊以娛老」。「末跡」，指「小」（小

〔註 145〕《晉書・潘岳傳》載：「岳性輕躁，趨世利，與石崇等諂事賈謐。」《晉書》，卷五十五，頁 1504。

〔註 146〕《文選》，卷二十六，頁 1226。

〔註 147〕《文選》，卷十六，頁 724。

〔註 148〕《文選》，卷十六，頁 724～5。

〔註 149〕《文選》，卷十六，頁 727。

年)、「大」(大年)之辨。所謂「遺聖人之洪寶」,亦是指忘去「名位」上的「小」、「大」之辨,不以小羨大,各安其位,而非如「本無」派之欲辭官避世。事實上,陸機一生同張華一樣,皆優遊於仕途,〔註150〕從未辭官避世,亦可以爲證。

此外,陸機詩〈駕言出北闕行〉云:「求仙鮮克仙,太虛不可淩。良會慶美服,對酒晏同聲。」〔註151〕厭惡求仙的幻想,而崇尚及時行樂的生趣。〈君子行〉云:「天損未易辭,人益猶可歡。」〔註152〕對於世道險惡,皆安之若命,不介於懷,唯有把握眼前暫得之資,權且歡樂。〈君子有所思行〉云:「無以肉食資,取笑葵與藿。」〔註153〕言安於本分,小大不必相跂。〈齊謳行〉云:「天道有迭代,人道無久盈。鄙哉牛山歎,未及至人情。爽鳩苟已徂,吾子安得停?行行將復去,長存非所營。」〔註154〕則對於營求長生者,充滿鄙視之情。〈董桃行〉云:「長夜冥冥無期,何不驅馳及時?聊樂永日自怡,賫此遺情何之?」〔註155〕歌詠秉燭夜遊,及時行樂。〈日重光行〉云:「惟命有分可營。」〔註156〕欲營求於性命之內。〈順東西門行〉云:「感朝露,悲人生,逝者若斯安得停?……激朗笛,彈哀箏,取樂今日盡歡情。」、〔註157〕〈擬今日良宴會〉云:「人生無幾何,爲樂常苦晏。譬彼伺晨鳥,揚聲當及日。曷爲恒憂苦,守此貧與賤?」〔註158〕歌詠「求取世資」、「及時行樂」之歡。

(二)欣於所遇

西晉詩文中所出現的「優遊蓬蒿」之情,至東晉時,仍爲許多詩人所延續著,並沒有因爲西晉覆滅所造成的時局動盪而消失。劉勰《文心雕龍・時序》所謂「世極迍邅,而辭意夷泰」,鍾嶸《詩品・序》所謂「爰及江表,微波尚傳」,殆皆兼指此點。如王羲之〈蘭亭集序〉云:

> 夫人之相與俯仰一世,或取諸懷抱,悟言一室之內,或因寄所託,

〔註150〕《晉書・陸機傳》載陸機「好游權門」。《晉書》,卷五十四,頁1481。
〔註151〕郝立權:《陸士衡詩注》,台北:藝文印書館,民65年,卷一,頁23。
〔註152〕郝立權:《陸士衡詩注》,頁30。
〔註153〕郝立權:《陸士衡詩注》,頁41。
〔註154〕郝立權:《陸士衡詩注》,頁43。
〔註155〕郝立權:《陸士衡詩注》,頁65。
〔註156〕郝立權:《陸士衡詩注》,頁67。
〔註157〕郝立權:《陸士衡詩注》,頁70。
〔註158〕郝立權:《陸士衡詩注》,頁88。

放浪形骸之外。雖趣舍萬殊，靜躁不同，當其欣於所遇，暫得於己，快然自足，不知老之將至。及其所之既倦，情隨事遷，感慨係之矣。向之所欣，俛仰之間，已爲陳跡，猶不能不以之興懷。況修短隨化，終期於盡。古人云，死生亦大矣，豈不痛哉！

每覽昔人興感之由，若合一契，未嘗不臨文嗟悼，不能喻之於懷。固知一死生爲虛誕，齊彭殤爲妄作。後之視今，亦猶今之視昔，悲夫！〔註159〕

序中歌頌足於性分之快樂。萬物秉性雖有萬殊，所謂「趣舍萬殊，靜躁不同」，然各得所適，則同樣逍遙。此亦郭注所謂「小大雖殊，逍遙一也」之意。然而，「生非我有」，故眼前之逍遙是短暫的，所謂「暫得於己」，「終期於盡」。作者念及於此，不免哀痛：「死生亦大矣！」在玄學「本無」影響下的詩人於此，必轉化此哀痛之情，成爲對於超越有限生命的「無死無生」之道體的嚮往。〔註160〕作者既無取於玄學「本無」之觀念，而以爲：「有」之外，並沒有一個「虛無」的本體；則必然斥受玄學「本無」影響之詩人的嚮往爲幻想，甚爲厭惡，故曰「一死生爲虛誕，齊彭殤爲妄作」。故吾人不當脫離此有限的生命而有所幻想，如受玄學「本無」影響的詩人之所爲，正好相反，吾人當認清此生命之爲有限、有分，方能於此暫有之生，得暫有之逍遙，聊以卒歲。

王羲之所作〈蘭亭詩〉云：

悠悠大象運，輪轉無停際。
陶化非吾因，去來非吾制。
宗統竟安在？即順理自泰。
有心未能悟，適足纏利害。
未若任所遇，逍遙良辰會。〔註161〕

「陶化非吾因，去來非吾制。」即「生非我有」、「命非我制」之意。「宗統竟安在？」即「誰主役物乎？」之意。詩人有悟於此，故毫分不可以相跂，委順安處，欣於所遇，快然於暫得之逍遙。

其時與會者所作諸詩中，尚有不少類似的詩句，如：

〔註159〕《晉書・王羲之傳》，卷八十，頁2099。

〔註160〕如阮籍〈大人先生傳〉中，大人先生云：「今吾乃飄颻於天地之外，與造化爲友，朝餐湯谷，夕飲西海，將變化遷易，與道周始。」郭光：《阮籍集校注》，頁98。

〔註161〕逯欽立輯：《先秦漢魏晉南北朝詩》，頁895。

取樂在一朝，寄之齊千齡。(王羲之〈蘭亭詩〉)〔註 162〕

相與欣佳節，率爾同褰裳。(謝安〈蘭亭詩〉)〔註 163〕

時來誰不懷？寄散山林間。(曹茂之〈蘭亭詩〉)〔註 164〕

今我欣斯遊，慍情亦暫暢。(桓偉〈蘭亭詩〉)〔註 165〕

人亦有言，得意則歡。佳賓既臻，相與遊盤。(袁嶠之〈蘭亭詩〉)〔註 166〕

消散肆情志，酣暢豁滯憂。(王玄之〈蘭亭詩〉)〔註 167〕

駕言興時遊，逍遙映通津。(王凝之〈蘭亭詩〉)〔註 168〕

嘉會欣時遊，豁爾暢心神。(王肅之〈蘭亭詩〉)〔註 169〕

寄暢須臾歡。(虞説〈蘭亭詩〉)〔註 170〕

縱觴任所適。(謝繹〈蘭亭詩〉)〔註 171〕

狂吟任所適。(曹華〈蘭亭詩〉)〔註 172〕

皆是在現實的局限中，追求暫得之逍遙，任情適性，欣於所遇，而歌詠「及時行樂」、「快然自足」之歡樂。蘭亭宴集的詩人們，心中所充滿的此種「欣於所遇」之熱情，無疑是因著玄學「崇有」之「各以適性爲逍遙」的觀念所激發出來的。

晉宋之際的詩歌中，仍不乏此種「欣於所遇」、「及時行樂」之熱情。如云：

四運雖鱗次，理化各有準。獨有清秋日，能使高興盡。(殷仲文〈南州桓公九井作〉)〔註 173〕

有來豈不疾？良遊常蹉跎。逍遙越城肆，願言屢經過。……美人愆

〔註 162〕逯欽立輯：《先秦漢魏晉南北朝詩》，頁 896。
〔註 163〕逯欽立輯：《先秦漢魏晉南北朝詩》，頁 906。
〔註 164〕逯欽立輯：《先秦漢魏晉南北朝詩》，頁 909。
〔註 165〕逯欽立輯：《先秦漢魏晉南北朝詩》，頁 910。
〔註 166〕逯欽立輯：《先秦漢魏晉南北朝詩》，頁 911。
〔註 167〕逯欽立輯：《先秦漢魏晉南北朝詩》，頁 911。
〔註 168〕逯欽立輯：《先秦漢魏晉南北朝詩》，頁 912。
〔註 169〕逯欽立輯：《先秦漢魏晉南北朝詩》，頁 913。
〔註 170〕逯欽立輯：《先秦漢魏晉南北朝詩》，頁 916。
〔註 171〕逯欽立輯：《先秦漢魏晉南北朝詩》，頁 916。
〔註 172〕逯欽立輯：《先秦漢魏晉南北朝詩》，頁 917。
〔註 173〕《文選》卷二十二，頁 1032～3。

歲月，遲暮獨如何？（謝混〈遊西池〉）〔註174〕

未知古人心，且從性所翫。賓至可命觴，朋來當染翰。高臺驟登踐，清淺時陵亂。頹魄不再圓，傾羲無兩旦。金石終消毀，丹青暫彫煥。各勉玄髮歡，無貽白首歎。（謝惠連〈秋懷〉）〔註175〕

詩人們對於「生非我有」、「各有所待」之理，有深刻的感慨，從而體認良時佳會皆暫適於己，適於己性，即是逍遙，以小羨大，徒致蹉跎，於是，激發出心中「欣於所遇」、「及時行樂」之熱情。

二、由玄學而來的「崇有」境之意象

（一）有待者

在玄學「崇有」影響下的詩人心中，充滿對「安分」、「自足」之嚮往，於是，凡是具備「安分」、「自足」特質的事物，皆被視爲理想的化身，而成爲詩人心中的意象。

如前引張華〈鷦鷯賦〉中，歌詠鷦鷯「其居易容，其求易給」之形象。卑微的鷦鷯，卻帶給詩人無比的美感。

玄學「崇有」以爲「生非我有」，詩人以此反觀自身，於是興起感喟「此生非我有」的情感，並深深厭棄「神仙」、「長生」等無徵之談，故凡是消逝、遷化之事物，皆足以引起詩人的慨歎，而成爲詩人心中的意象。

如潘岳〈秋興賦〉云：

四時忽其代序兮，萬物紛以迴薄。
覽花蒔之時育兮，察盛衰之所託。
感冬索而春敷兮，嗟夏茂而秋落。
雖末士之榮悴兮，伊人情之美惡。〔註176〕

詩人觀察萬物均隨時序而盛衰，皆依託於自然之化，其生豈能自有？反觀自己，則自身之「榮悴」（生死）、情感之「美惡」（哀樂），亦然。於是，四時代序的景象，遂寄托著詩人的無限感慨。

陸機描述「逍逝」、「遷化」的意象亦甚多，如：

野每春其必華，草無朝而遺露。（〈歎逝賦〉）

〔註174〕《文選》卷二十二，頁1034～5。
〔註175〕《文選》卷二十三，頁1078～9。
〔註176〕《文選》卷十三，頁586。

感秋華於衰木，瘁零露於豐草。(同上)

豐隆豈久響？華光但西隤。日若似有竟，時逝恒若催。仰悲朗月運，坐觀璇蓋迴。(〈折楊柳〉)〔註 177〕

玉衡固已驂，羲和若飛凌。四運循環轉，寒暑自相承。冉冉年時暮，迢迢天路徵。招搖東北指，大火西南昇。悲風無絕響，玄雲互相仍。豐水憑川結，零露彌天凝。(〈梁甫吟〉)〔註 178〕

目感隨氣草，耳悲詠時禽。(〈悲哉行〉)〔註 179〕

四節逝不處，華繁難久鮮。淑氣與時殞，餘芳隨風捐。(〈塘上行〉)〔註 180〕

四時代序逝不追，寒風習習落葉飛。(〈燕歌行〉)〔註 181〕

零露彌天墜，蕙葉憑林衰。寒暑相因襲，時逝忽如頹。(〈擬東城一何高〉)〔註 182〕

逝物隨節改，時風肅且熠（習）。(〈遨遊出西城〉)〔註 183〕

種葵北園中，葵生鬱萋萋。朝榮東北傾，夕穎西南晞。(〈園葵〉)〔註 184〕

上至日月、星辰的運轉，下至草木、禽獸的遷化，皆成爲「生非我有」之自然的象徵，而寄托著詩人對「生非我有」的深沈感慨，故屢屢出現在詩歌中，成爲詩人心中的意象。

在玄學「崇有」的觀念中，萬物「偏無自足」，皆有所待；此亦使詩人感慨自身之有所待。於是，凡是有所待之事物，皆能引起詩人深刻的感觸，而成爲詩人心中的意象。

詩人描述「有所待」的意象不少，如潘岳詩〈河陽縣作〉云：

摠摠都邑人，擾擾俗化訛。

〔註 177〕郝立權：《陸士衡詩注》，頁 19。
〔註 178〕郝立權：《陸士衡詩注》，頁 21。
〔註 179〕郝立權：《陸士衡詩注》，頁 49。
〔註 180〕郝立權：《陸士衡詩注》，頁 60。
〔註 181〕郝立權：《陸士衡詩注》，頁 64。
〔註 182〕郝立權：《陸士衡詩注》，頁 95。
〔註 183〕郝立權：《陸士衡詩注》，頁 99。
〔註 184〕郝立權：《陸士衡詩注》，頁 107。

依水類浮萍，寄松似懸蘿。

朱博糾舒慢，楚風被琅邪。

曲蓬何以直？託身依叢麻。

黔黎竟何常？政成在民和。〔註185〕

在玄學「崇有」的觀念中，卑者依待於尊者，始得不失所待。故黔黎之有待於邑宰，亦猶浮萍之有待於水、懸蘿之有待於松、曲蓬之有待於叢麻。

又如陸機詩：

幽蘭盈通谷，長秀被高岑。女蘿亦有託，蔓草亦有尋。（〈悲哉行〉）〔註186〕

蘋以春暉，蘭以秋芳。……樂以會興，悲以別章。（〈短歌行〉）〔註187〕

江蘺生幽渚，微芳不足宣。被蒙風雲會，移居華池邊。發藻玉臺下，垂影滄浪泉。沾潤既已渥，結根奧且堅。……願君廣末光，照妾薄暮年。（〈塘上行〉）〔註188〕

王陽登，貢公歡。罕生既沒，國子歎嗟。（〈鞠歌行〉）〔註189〕

幸蒙高墉德，玄景蔭素蕤。豐條並春盛，落葉後秋衰。慶彼晚彫福，忘此孤生悲。（〈園葵〉）〔註190〕

拊枕循薄質，非君誰見榮？（〈爲陸思遠婦作〉）〔註191〕

無論是草木之待時，葛蘿之待木，江蘺之待華池，園葵之待高墉，妻妾之待夫，乃至詩人自己之待人拔擢，皆是「有所待」，在詩人心中皆已混同。

（二）自　然

在玄學「崇有」的觀念中，萬物雖各有所待，然推極而言，均是「天機自張」、「忽然自爾」，故各自以適性爲逍遙，卒歸於「無待」。詩人依此而觀，遂對「適性」、「逍遙」產生無限的嚮往。於是，凡是「得所待」、「適性」之事物，皆成爲詩人所熱烈歌詠的意象，寄托著詩人的無限嚮往。

〔註185〕《文選》，卷二十六，頁1223。
〔註186〕郝立權：《陸士衡詩注》，頁49。
〔註187〕郝立權：《陸士衡詩注》，頁53。
〔註188〕郝立權：《陸士衡詩注》，頁60。
〔註189〕郝立權：《陸士衡詩注》，頁63。
〔註190〕郝立權：《陸士衡詩注》，頁107。
〔註191〕郝立權：《陸士衡詩注》，頁124。

如張華〈太康六年三月三日後園會詩〉云：

暮春元日，陽氣清明。
祁祁甘雨，膏澤流盈。
習習祥風，啓滯導生。
禽鳥翔逸，卉木滋榮。
纖條被綠，翠華含英。〔註 192〕

卉木、禽鳥，欣得陽氣、甘雨、祥風，皆是得其所待而適性逍遙。此幅自然之美景，帶給詩人無限的美感，因「適性」、「逍遙」，正爲詩人心中所深深嚮往。

又如陸機詩：

遲遲暮春日，天氣柔且嘉。元吉隆初巳，濯穢遊黃河。龍舟浮鷁首，羽旗垂藻葩。乘風宣飛景，逍遙戲中波。(〈櫂歌行〉)〔註 193〕

和風飛清響，鮮雲垂薄陰。蕙草饒淑氣，時鳥多好音。翩翩鳴鳩羽，喈喈倉庚吟。幽蘭盈通谷，長秀被高岑。(〈悲哉行〉)〔註 194〕

朝雲升應龍，攀乘風遠遊。(〈鞠歌行〉)〔註 195〕

和風習習薄林，柔條布葉垂陰。鳴鳩拂羽相尋，倉庚喈喈弄音。(〈董桃行〉)〔註 196〕

葡萄四時芳醇，琉璃千鍾。舊賓夜飲，舞遲銷燭。朝醒弦促催人。
春風秋月恆好，驩醉日月言新。(〈飲酒樂〉)〔註 197〕

無論是草木、禽獸之逢春，或是欣逢佳節，出遊從容，或是舊賓歡聚，長夜共飲，皆是欣於所遇，得其所待，適性即爲逍遙，故使詩人感到無限的美感。

又如王羲之〈蘭亭詩〉云：

三春啓群品，寄暢在所因。
仰望碧天際，俯磐綠水濱。
寥朗無涯觀，寓目理自陳。
大矣造化功，萬殊莫不均。

〔註 192〕逯欽立輯：《先秦漢魏晉南北朝詩》，頁 616。
〔註 193〕郝立權：《陸士衡詩注》，頁 25。
〔註 194〕郝立權：《陸士衡詩注》，頁 49。
〔註 195〕郝立權：《陸士衡詩注》，頁 63。
〔註 196〕郝立權：《陸士衡詩注》，頁 65。
〔註 197〕郝立權：《陸士衡詩注》，頁 74。

群籟雖參差，適我無非新。〔註 198〕

萬物（「群品」）逢春，各得所待（「所因」）而適性、逍遙（「暢」）。草木、鳥獸，雖秉性萬殊，然各自適性逍遙則一（所謂「萬殊莫不均」）。此亦「小大雖殊，逍遙一也」之意。造化者，即是「自然」之稱。而所謂「自然」者，即是萬物之總名，物各自造，豈有役之者哉？物各自造，咸其自取，均是創新，故曰：「適我無非新。」在詩人眼中的自然景觀，處處是生趣，處處是新意，寄托著詩人對「適性」、「逍遙」的無限嚮往。

此外，蘭亭之會中，其餘詩人所作之詩，亦不乏描述萬物「各以適性爲逍遙」的意象，如：

相與欣佳節，率爾同褰裳。薄雲羅陽景，微風翼輕航。醇醪陶丹府，兀若遊羲唐。萬殊混一理，安復覺彭殤？（謝安〈蘭亭詩〉）〔註 199〕

司冥卷陰旗，句芒舒陽旌。靈液被九區，光風扇鮮榮。碧林輝英翠，紅葩擢新莖。翔禽撫翰游，騰鱗躍清泠。（謝萬〈蘭亭詩〉）〔註 200〕

時禽吟長澗，萬籟吹連峰。（孫統〈蘭亭詩〉）〔註 201〕

秀薄粲穎，疏松籠崖。遊羽扇霄，鱗躍清池。（王徽之〈蘭亭詩〉）〔註 202〕

鮮葩映林薄，游鱗戲清渠。（王彬之〈蘭亭詩〉）〔註 203〕

感興魚鳥，安居幽峙。（王豐之〈蘭亭詩〉）〔註 204〕

三春陶和氣，萬物齊一歡。（魏滂〈蘭亭詩〉）〔註 205〕

在蘭亭之會的詩人們眼中，發現了自然景物之美。欣逢佳節，和陽煦照，微風輕拂，無論是草木的滋榮，還是鳥魚的翔泳，皆充滿適性、逍遙之生趣，和詩人們的欣於所遇、縱觴肆志，齊一而觀，而成爲詩人們寄托內心灑脫情感的意象，亦皆使詩人們得到無限的美感。蘭亭之會的詩人們，可謂已大大提高了「自然詩」的境界。

〔註 198〕逯欽立輯：《先秦漢魏晉南北朝詩》，頁 895。
〔註 199〕逯欽立輯：《先秦漢魏晉南北朝詩》，頁 906。
〔註 200〕逯欽立輯：《先秦漢魏晉南北朝詩》，頁 907。
〔註 201〕逯欽立輯：《先秦漢魏晉南北朝詩》，頁 907。
〔註 202〕逯欽立輯：《先秦漢魏晉南北朝詩》，頁 914。
〔註 203〕逯欽立輯：《先秦漢魏晉南北朝詩》，頁 914。
〔註 204〕逯欽立輯：《先秦漢魏晉南北朝詩》，頁 915。
〔註 205〕逯欽立輯：《先秦漢魏晉南北朝詩》，頁 915。

（三）閨　怨

在玄學「崇有」的觀念中，萬物皆各有所待，得所待則逍遙，失所待則憂悲。然而，生非我有，雖得所待，亦爲暫得，倘不知把握，等閒蹉跎，一旦失之，終將徒留無限悔恨。詩人以此而觀，故對於蹉跎良時佳會之事，恆興起深沈之感慨，而熱切歌詠之。其中，尤以「閨怨」爲最。

西晉時，張華作〈情詩〉（今存五首），茲舉一首爲例。其一云：

北方有佳人，端坐鼓鳴琴。
終晨撫管弦，日夕不成音。
憂來結不解，我思存所欽。
君子尋時役，幽妾懷苦心。
初爲三載別，於今久滯淫。
昔邪生户牖，庭内自成林。
翔鳥鳴翠隅，草蟲相和吟。
心悲易感激，俛仰淚流衿。
願託晨風翼，束帶侍衣衾。〔註206〕

萬物皆須得其所待，始能逍遙；若失所待，則將憂悲。昔邪之滋榮，翔鳥之比翼，草蟲之和吟，皆是各得其所待；而閨中佳人卻失其所待之良人，故獨自心悲淚流。詩人於此深有所感，故閨中佳人之憂悲，成爲寄托著詩人心中情感的意象。於是，在詩人眼中，發現了佳人閨怨之美。

在張華之前，已有描寫閨怨的詩歌，如西漢班婕好有〈怨詩〉，〔註207〕東漢秦嘉妻徐淑有〈答秦嘉詩〉，〔註208〕樂府詩有〈飲馬長城窟行〉，〔註209〕〈古詩十九首〉有〈上山采蘼蕪〉等多首，〔註210〕徐幹有〈室思〉，〔註211〕曹植有〈雜詩〉，〔註212〕西晉傅玄有〈怨歌行〉、〈明月篇〉、〈西長安行〉等。〔註213〕然而，這些詩或者描寫棄婦之「色衰見棄」，以感慨人情之「重新忘故」，或者描寫貞婦之「終始如一」，以讚賞恩義之「篤厚可貴」。和在玄學「崇有」

〔註206〕穆克宏點校：《玉臺新詠箋注》，台北：明文書局，民77年，卷二，頁80。
〔註207〕穆克宏點校：《玉臺新詠箋注》，卷一，頁25～6。
〔註208〕穆克宏點校：《玉臺新詠箋注》，卷一，頁32。
〔註209〕穆克宏點校：《玉臺新詠箋注》，卷一，頁33～4。
〔註210〕穆克宏點校：《玉臺新詠箋注》，卷一，頁1～5。
〔註211〕穆克宏點校：《玉臺新詠箋注》，卷一，頁36～8。
〔註212〕穆克宏點校：《玉臺新詠箋注》，卷二，頁59～62。
〔註213〕穆克宏點校：《玉臺新詠箋注》，卷二，頁75～8。

影響下所寫成的「閨怨詩」，明顯不同。

南朝宋時，鮑照亦有描寫閨怨之作，如〈代京洛篇〉、〈擬樂府白頭吟〉、〈擬古〉等。〔註214〕然而，鮑詩之所謂「但懼秋塵起，盛愛逐衰蓬」、「古來皆歇薄，君意豈獨濃？」、「心賞猶難恃，貌恭豈易憑？」、「宿昔衣帶改，旦暮異容色」，乃是以怨婦之「色衰見棄」，寄托其對「世事無常」、「情欲痴惑」之感慨。也和在玄學「崇有」影響下所寫成的閨怨詩不同。

因此，在玄學「崇有」影響下所寫成的閨怨詩，是直到齊、梁之際，才發展成熟，大量出現。如沈約〈攜手曲〉云：

捨轡下彫輅，更衣奉玉床。
斜簪映秋水，開鏡比春妝。
所畏紅顏促，君恩不可長。
鵷冠且容裔，豈吝桂枝亡。〔註215〕

此詩寫女子憂心紅顏老去，恩寵將絕（所謂「所畏紅顏促，君恩不可長」），所願唯在及時行樂（所謂「鵷冠且容裔」），雖終將老去，亦不枉此生（所謂「豈吝桂枝亡」）。此亦玄學「崇有」追求暫得的逍遙之意。

又如王融〈古意之一〉云：

遊禽暮知反，行人獨不歸。
坐銷芳草氣，空度明月輝。
嚬容入朝鏡，思淚點春衣。
巫山彩雲沒，淇上綠條稀。
待君竟不至，秋雁雙雙飛。〔註216〕

美好的良辰（所謂「芳草氣」、「明月輝」），和女子的青春，皆是暫適於己，焉能常有？不能把握，徒令蹉跎（所謂「坐銷」、「空度」），人生之憾，莫過於此！

又如謝朓〈和王主簿怨情〉云：

掖庭聘絕國，長門失歡宴。
相逢詠蘼蕪，辭寵悲班扇。
花叢亂數蝶，風簾入雙燕。
徒使春帶賒，坐惜紅粧變。

〔註214〕穆克宏點校：《玉臺新詠箋注》，卷四，頁140～5。
〔註215〕穆克宏點校：《玉臺新詠箋注》，卷五，頁185～6。
〔註216〕穆克宏點校：《玉臺新詠箋注》，卷四，頁157。

生平一顧重，宿昔千金賤。

故人心尚爾，故心人不見。〔註217〕

此詩亦寫失寵之女子，失去所待，蹉跎青春，年華老去，(所謂「徒使春帶賒，坐惜紅粧變」) 心中無限憾恨。

又如蕭衍〈七夕〉云：

白露月下圓，秋風枝上鮮。

瑤臺生碧霧，瓊幕含紫煙。

妙會非綺節，佳期乃良年。

玉壺承夜急，蘭膏依曉煎。

昔時悲難越，今傷何易旋！

怨咽雙念斷，悽草（《藝文類聚》作「悼」）兩情懸。〔註218〕

此詩也是借用牛郎、織女分隔兩地的神話故事，以描寫女子獨守空閨，不得所待，深感良辰易逝（所謂「玉壺承夜急，蘭膏依曉煎。」），悲傷自己坐令蹉跎。

此外，齊、梁之際的詩人所作之閨怨詩不少，例如：

歲暮寒飆及，秋水落芙蕖。……賤妾終已矣，君子定焉如！（陸厥〈中山王孺子妾歌〉）〔註219〕

春草醉春煙，春閨人獨眠。積恨顏將老，相思心欲然。(范雲〈閨思〉)〔註220〕

綠鬢愁中改，紅顏啼裏滅。……應歸遂不歸，芳草空擲度。(吳均〈和蕭洗馬子顯古意〉)〔註221〕

積愁落芳鬢，長啼壞美目。……幾過度風霜，猶能保煢獨？（王僧孺〈春怨〉）〔註222〕

紅顏本暫時，君還詎相及！（費昶〈秋夜涼風起〉）〔註223〕

在玄學「崇有」之「萬物偏無自足，各有所待」的觀念下，女子色衰之懼、良時蹉跎之恨、閨中失待之悲，皆能引起齊梁詩人「生非我有」、「行樂及時」

〔註217〕《文選》卷三十，頁1417～8。

〔註218〕穆克宏點校：《玉臺新詠箋注》，卷七，頁272～3。

〔註219〕《文選》卷二十八，頁1341。

〔註220〕穆克宏點校：《玉臺新詠箋注》，卷五，頁221。

〔註221〕穆克宏點校：《玉臺新詠箋注》，卷五，頁228。

〔註222〕穆克宏點校：《玉臺新詠箋注》，卷五，頁237。

〔註223〕穆克宏點校：《玉臺新詠箋注》，卷六，頁252。

的深沈感慨，而成爲齊梁詩人所經常歌詠的意象。

三、由佛學而來的「崇有」境之情感

（一）安　化

在佛學「崇有」的觀念中，「色即爲空」，萬物之爲「空」，乃因萬物皆隨因緣流轉而爲「空」，故離開因緣流轉，亦別無所謂「空」。詩人依此而觀，於是，不再如佛家「本無」派之詩人般，嚮往中止因緣流轉之「冥神絕境」，正好相反，而是熱切地嚮往著因緣流轉，安於化、順於化。

支遁〈座右銘〉云：

人生一世，涓若露垂。我身非我，云云誰施？
達人懷德，知安必危。寂寥清舉，濯累禪池。
謹守明禁，雅翫玄規。綏心神道，抗志無爲。
寮朗三蔽，融冶六疵。空同五陰，豁虛四支。
非指喻指，絕而莫離。妙覺既陳，又玄其知。
婉轉平任，與物推移。過此以往，勿思勿議。〔註 224〕

人生一世，緣聚則生，緣散則死，譬如朝露，不能久存。所謂「我身非我」，即是「生非我有」之意。所謂「云云誰施」，即是「誰主役物」之意。既明萬物皆是因緣流轉，猶如幻化，則於萬物無所貪戀，非但小大不相跂羨，即於性分自身亦無所執著。若此者，豈有情欲之累？故曰：「寂寥清舉，濯累禪池。」則於因緣流轉，唯願順之，無所違逆，故曰：「綏心神道，抗志無爲。」但此復和佛家「本無」之「枯寂自守」不同：雖明「三蔽」、「六疵」、「五陰」、「四支」皆隨因緣流轉，而同爲「空」、「虛」；然而，若離開「三蔽」、「六疵」、「五陰」、「四支」等之因緣流轉，亦無「空」、「虛」可得。故曰：「非指喻指，絕而莫離。」〔註 225〕識「空」之知，不離於因緣流轉，故曰：「妙覺既陳，又玄其知。」唯

〔註 224〕《高僧傳・支遁傳》，卷四，頁 160～1。

〔註 225〕《莊子・齊物論》云：「以指喻指之非指，不若以非指喻指之非指也。」原謂：與其由「名言」、「共相」（「指」）以明「名言」、「共相」不是「道」（所欲「指」，或「物自身」），不如由「非名言共相」（「非指」）以明「名言」、「共相」不是「道」；亦即「得意忘言」之意。此處，支遁之意，則爲：「色」（「非指」）非「空」（「指」），然須由「色」以明「空」，若欲明「空」，則不能離「色」。又，鳩摩羅什〈十喻詩〉云：「一喻以喻空，空必待此喻。」逯欽立輯：《先秦漢魏晉南北朝詩》，頁 1084。亦是此意。

願隨因緣而流轉，無復他思，故曰：「婉轉平任，與物推移。」支遁作此〈座右銘〉，既以勉人，亦以自勵，表現出熱切的「安化」、「順化」之情。

支遁〈述懷詩〉其一云：

翔鸞鳴崑崿，逸志騰冥虛。
忽怳迴靈翰，息肩棲南嵎。
渥足戲流瀾，採練銜神蔬。
高吟漱芳醴，頡頏登神梧。
蕭蕭猗明翮，眇眇育清軀。
長想玄運夷，傾首俟靈符。
河清誠可期，戢翼令人劬。〔註 226〕

翔鸞孤傲避世，志在冥虛，爲「本無」派詩人所熱烈歌詠的意象；而支遁卻以爲：「本無」派詩人所嚮往的「仙境」、「淨土」（「河清」）誠然美好，然皆脫離現實，無法得到，而「避世」（「戢翼」）徒然使人勞苦而已，爲作者所不取，故曰：「河清誠可期，戢翼令人劬。」

支遁〈述懷詩〉其二云：

總角敦大道，弱冠弄雙玄。
逡巡釋長羅，高步尋帝先。
妙損階玄老，忘懷浪濠川。
達觀無不可，吹累（萬）皆自然。
窮理增靈薪，昭昭神火傳。
熙怡安沖漠，優游樂靜閑。
膏腴無爽味，婉孌非雅絃。
恢心委形度，亹亹隨化遷。〔註 227〕

此詩略述作者由儒入道，又由道入佛的心路歷程。作者亦曾尋找萬物之上的造物者（所謂「高步尋帝先」），後始悟物各自造，誰主役之（所謂「吹累（萬）皆自然」）？復悟「即色」之理：「形」雖隨因緣流轉而遷逝，「神」固薪火相傳而不絕（所謂「昭昭神火傳」）。於是，作者可「優游」於世間而得逍遙（所謂「優游樂靜閑」），於外物皆無過分之欲求（所謂「膏腴無爽味」），而委命順化（所謂「亹亹隨化遷」）。此處，作者絕不像佛家「本無」派之詩人，將

〔註 226〕逯欽立輯：《先秦漢魏晉南北朝詩》，頁 1082。
〔註 227〕逯欽立輯：《先秦漢魏晉南北朝詩》，頁 1082。

生化之途視爲「苦海」、「火宅」，亟思遠離；正好相反，作者視生化之途爲其優遊、逍遙之場，充滿嚮往之情。

此外，支遁類似的詩句不少，如：

跡隨因溜流，心與太虛冥。（〈四月八日讚佛詩〉）〔註228〕

眞人播神化，流渟良有因。（〈詠八日詩〉）〔註229〕

淵汪道行深，婉婉化理長。亹亹維摩虛，德音暢遊方。（〈五月長齋詩〉）〔註230〕

重玄在何許？採眞遊理間。（〈詠懷詩〉）〔註231〕

寄旅海漚鄉，委化同天壤。（〈詠大德詩〉）〔註232〕

逝虛乘有來，永爲有待馭。（〈詠禪思道人詩〉）〔註233〕

長嘯歸林嶺，瀟灑任陶鈞。（〈詠利城山居〉）〔註234〕

童眞領玄致，靈化實悠長。昔爲龍種覺，今則夢遊方。（〈文殊師利讚〉）〔註235〕

維摩體神性，陵化昭機庭。無可無不可，流浪入形名。（〈維摩詰讚〉）〔註236〕

爲勞由無勞，應感無所思。悠然不知樂，物通非我持。渾形同色欲，思也誰及之？（〈首立菩薩讚〉）〔註237〕

汲引興有待，冥歸無盡場。（〈月光童子讚〉）〔註238〕

支遁所謂「神化」、「靈化」，皆指因緣之流轉。支遁視己之隨化流轉，爲「無盡」之「遊」（逍遙），絕無悲戚、厭棄之意，反而熱切盼望「溜流」、「流渟」、「化理」、「遊理」、「委化」、「流浪」……。支遁寫下眾多歌詠大化流衍之詩

〔註228〕逯欽立輯：《先秦漢魏晉南北朝詩》，頁1077。
〔註229〕逯欽立輯：《先秦漢魏晉南北朝詩》，頁1078。
〔註230〕逯欽立輯：《先秦漢魏晉南北朝詩》，頁1078。
〔註231〕逯欽立輯：《先秦漢魏晉南北朝詩》，頁1080。
〔註232〕逯欽立輯：《先秦漢魏晉南北朝詩》，頁1083。
〔註233〕逯欽立輯：《先秦漢魏晉南北朝詩》，頁1083。
〔註234〕逯欽立輯：《先秦漢魏晉南北朝詩》，頁1084。
〔註235〕《廣弘明集》，卷十五，頁197。
〔註236〕《廣弘明集》，卷十五，頁197。
〔註237〕《廣弘明集》，卷十五，頁197。
〔註238〕《廣弘明集》，卷十五，頁197。

句，其熱切嚮往大化之情，顯露無遺。

（二）觀　空

鳩摩羅什和僧肇所倡言的般若實相之觀念，既以「色即爲空」、「色外無空」，於是，當反視自身之迷戀色相、或妄執空寂時，皆會生起厭惡之心，而激發出想要觀照色相之虛幻不實的熱情。

鳩摩羅什嘗作偈一章贈慧遠，云：

既已捨染樂，心得善攝不？
若得不馳散，深入實相不？
畢竟空相中，其心無所樂。
若悅禪智慧，是法性無照。
虛誑等無實，亦非停心處。
仁者所得法，幸願示其要。〔註239〕

慧遠以三界爲罪苦之場，而企求寂滅，誠能「捨染樂」、「不馳散」；然羅什以爲尚未能「心得善攝」、「深入實相」。所謂「實相」，即是「色即爲空」，非「去有存空」，此方是「畢竟空」。故羅什反對佛家「本無」之「追求禪寂」（「悅禪智慧」），以爲是不明「諸法實相」（「法性」）。萬象皆是「虛誑」而非「實」，雖映照於吾心，而本性空虛，不可執著；然則，空虛不離萬象，萬象不離空虛。從此偈中，可以感受到羅什欲映照萬象的期待之情。

般若實相的觀念，使詩人們渴望觀照色相之空，僧肇所謂「色之非色」，從而得到心靈的解脫。其中，最顯著者，爲梁朝宮體詩人們〔註240〕對於女性美（色相）的熱切觀照之情。

描繪女性美的詩歌，在梁朝之前，早已經屢見不鮮。但這類描繪女性美的詩歌，通常都有冠冕堂皇的政教寓意。如《詩經・關雎》中描寫對女子的愛慕，乃「樂得淑女，以配君子，愛在進賢，不淫其色。」（〈關雎序〉）屈原所寫之女性，「靈脩美人，以媲於君；宓妃佚女，以譬賢臣。」（王逸《楚辭

〔註239〕《高僧傳・慧遠傳》，卷六，頁217。

〔註240〕劉肅《大唐新語》卷三云：「（蕭綱）好作豔詩，境内化之，浸以成俗，謂之宮體。」（許德楠／李鼎霞點校：《大唐新語》，北京：中華書局，1984，頁42）《隋書・經籍志》云：「梁簡文之在東宮，亦好篇什，清辭巧製，止乎衽席之間，彫琢蔓藻，思極閨闈之内。後生好事，遞相放習，朝野紛紛，號爲宮體。流宕不已，訖于喪亡。陳氏因之，未能全變。」《隋書》卷三十五，頁1090。《南史・簡文本紀》云：「帝文傷於輕靡，時號宮體。」《南史》卷八，頁233。

章句》）宋玉作〈高唐〉、〈神女〉、〈登徒子好色〉諸賦，乃「風諫淫惑」（《文選李善注》）。司馬相如作〈美人賦〉，爲表明「不好色」。〔註 241〕曹植作〈美女篇〉，以喻賢臣。〔註 242〕張衡作〈定情賦〉，蔡邕作〈靜情賦〉，陶淵明作〈閑情賦〉，乃「將以抑流宕之邪心」（〈閑情賦序〉）。〔註 243〕換言之，這些詩歌並不直接以女性美爲歌詠的對象。相較之下，宮體詩則直接以女性美爲歌詠的對象，且並不寓含風諫的政教意義；爲此，歷來論者常斥責宮體詩淫穢、敗俗。〔註 244〕這樣的批評，尚有商榷之必要，因爲：一、宮體詩的重要創作者、提倡者蕭綱、蕭繹兄弟，其生活並不奢淫，在歷代君王中，甚至還可算是清心寡慾。〔註 245〕生活既不荒淫，則何來「荒淫生活的反映」？既不好聲色，又何來「變態心理的滿足」？二、宮體詩的描繪大多數並未流於淫穢。詩中鮮少流露作者的情感，作者觀照女性的態度是冷靜的，並不以肉慾爲歌詠的對象。〔註 246〕因此，單純地將宮體詩視爲色情文學，加以道德上的裁判，恐怕並非眞能體會宮體詩人的心境。

徐陵奉蕭綱之命，編集一部以描述女性爲主的詩歌總集《玉臺新詠》，其序云：「撰錄豔歌，凡爲十卷，曾無忝於雅頌，亦靡濫於風人，涇渭之間，若

〔註 241〕費振剛等輯校：《全漢賦》，北京：北京大學出版社，1993，頁 97。

〔註 242〕郭茂倩云：「美女者，以喻君子。言君子有美行，願得明君而事之。若不遇時，雖見徵求，終不屈也。」穆克宏點校：《玉臺新詠箋注》，卷二，頁 62。

〔註 243〕逯欽立校注：《陶淵明集》，台北：里仁書局，民 74 年，頁 153。

〔註 244〕如劉大杰云：「這些作品（宮體詩）的內容，正是他們那種荒淫生活的反映。自宋至隋的二百年間，君主臣僚，都是荒於酒色，流連聲伎，風俗的敗壞，生活的奢淫，是歷史上有名的。」詳參氏著：《中國文學發展史》，頁 298。王瑤云：「由直接寫酥軟和橫陳的女人而寫閨思和孌童，再寫女人所用的物品來代替人；先是接近肉體的如繡領履襪，再進而爲枕席臥具和一切用品，在這裏都可借著聯想作用來得到性感的滿足。」詳參氏著：《中古文學史論》，頁 273～4。

〔註 245〕《南史・簡文本紀》載：蕭綱「未嘗見喜慍色，尊嚴若神」、「性恭孝」，後遭侯景幽縶，其題壁辭有云：「有梁正士蘭陵蕭世讚，立身行道，終始若一。……」詳見《南史》卷八，頁 232～4。《梁書・元帝本紀》載：蕭繹「性不好聲色，頗有高名。」《梁書》卷五，頁 135～6。蕭繹《金樓子・自序》云：「侍姬應有二三百人，並賜將士」、「余不飲酒」。《金樓子》，台北：世界書局，民 64 年，卷六，頁 19 上。

〔註 246〕王力堅云：「（宮體）詩中極少有作者自我的情感流露與反映，於是，美女的艷情，就缺乏了交流、回應對象，也就在一定程度上削弱、避免了情欲的火花的直接觸發。」詳參氏著：《由山水到宮體——南朝的唯美詩風》，台北：臺灣商務印書館，民 86 年，頁 228。

斯而已。」〔註 247〕可知，豔歌所述雖接近荒淫，然二者之分際，宮體詩人確能把握住，不致混雜，猶如涇渭合流，而清者自清，濁者自濁。又《晉書·徐摛傳》云：

> 摛文體既別，春坊盡學之，「宮體」之號，自斯而起。高祖聞之怒，召摛加讓。及見，應對明敏，辭義可觀，高祖意釋。〔註 248〕

可見，宮體詩確和荒淫有別，故經徐摛說明後，梁武帝遂能意釋。而徐摛的生活亦不荒淫。〔註 249〕又蕭綱〈玄虛公子賦〉云：

> 有玄虛之公子，輕滅喧俗，保此大愚。居榮利而不染，豈聲色之能拘？迴還四始，出入三墳。心溶溶於玄境，意飄飄於白雲。追寂圃而逍遙，任文林而迭宕。忘情於物我之表，縱志於有無之上。不爲山而自高，不爲海而彌廣。〔註 250〕

賦中之玄虛公子，顯然爲蕭綱自況。由此觀之，可知蕭綱自視人格高曠，亦不屑沈溺於聲色之間；則其所優遊迭宕之宮體詩，當有聲色所不能拘者。其所謂「有無之上」，殆即鳩摩羅什和僧肇所謂「不有不無」之「實相」。〔註 251〕世間色相猶如幻化，虛誑不實，故非「有」；然能誑惑人目，故非「無」。宮體詩人遂於世間色相中，觀其虛誑不實之空寂，而得逍遙解脫之趣。

徐陵云：

> 無怡神於暇景，惟屬意於新詩。庶得代彼萱蘇，微蠲愁疾。……豈如鄧學《春秋》，儒者之功難習；竇傳黃老，金丹之術不成。固勝西蜀豪家，託情窮於魯殿；東儲甲觀，流詠止於洞簫。孌彼諸姬，聊同棄日。猗歟彤管，無或譏焉！（〈玉臺新詠序〉）〔註 252〕

無論是「鄧學《春秋》」，〔註 253〕或是「竇傳黃老」，〔註 254〕皆以虛誑爲實，不

〔註 247〕穆克宏點校：《玉臺新詠箋注》，頁 13。

〔註 248〕《晉書》卷三十，頁 447。

〔註 249〕《晉書·徐摛傳》載：徐摛爲新安太守，「爲治清靜，教民禮義，勸課農桑，期月之中，風俗便改」。《晉書》卷三十，頁 447。

〔註 250〕嚴可均：《全梁文》卷八，頁 4～5。

〔註 251〕僧肇〈涅槃無名論〉所謂：「獨曳於有無之表。」《大正藏》冊 45，頁 157 下。蕭綱〈十空詩〉亦云：「若悟假名淺，方知實相深。」逯欽立輯：《先秦漢魏晉南北朝詩》，頁 1938。

〔註 252〕穆克宏點校：《玉臺新詠箋注》，頁 12～3。

〔註 253〕《三國志·鄧艾傳》載：鄧艾平蜀後，引《春秋》之義：「大夫出疆，有可以安社稷，利國家，專之可也。」擅自留劉禪於蜀，終以此賈禍。詳見《三國志》卷二十八，頁 780。

明實相，故終罹憂苦。宮體詩人之所以勝於彼等，即在能於世間色相中，觀其虛誑不實之空寂，而得心靈之解脫（所謂「微蠲愁疾」）；而於世間色相無所執著，只是「聊同棄日」而已。故宮體詩人於世間色相常抱持一種遊戲的態度。

蕭綱〈答新渝侯和詩書〉云：

> 垂示三首，風雲吐於行間，珠玉生於字裏，跨躡曹左，含超潘陸。雙鬢向光，風流已絕。九梁插花，步搖爲古。高樓懷怨，結眉表色。長門下泣，破粉成痕。復有影裏細腰，令與眞類；鏡中好面，還將畫等。此皆性情卓絕，新致英奇。故知吹簫入秦，方識來鳳之巧；鳴瑟向趙，始睹駐雲之曲。手持口誦，喜荷交并也。〔註255〕

由此可知，世間色相，無論是「影裏細腰」，還是「鏡中好面」，在詩人眼中皆只像一幅圖畫，虛誑不實，本無自性，故詩人僅止於觀賞玩味其「新致英奇」，且從此「遊戲」中，得到心靈逸曠之趣，而毫無世俗「當眞」的慾望。故宮體詩中，有不少即直接以「戲」、「率爾」或「聊」爲題，如王僧孺有〈見貴者初迎盛姬聊爲之詠詩〉，蕭綱有〈戲作謝惠連體十三韻〉、〈戲贈麗人〉、〈執筆戲書〉、〈率爾成詠〉、〈三月三日率爾成詩〉等，蕭繹有〈戲作豔詩〉，劉孝綽有〈淇上戲蕩子婦示行事〉，劉孝威有〈郡縣遇見人織率爾寄婦〉，王訓有〈奉和率爾有詠〉，徐君倩有〈初春攜內人行戲〉，劉邈有〈見人織聊爲之詠〉，徐陵有〈走筆戲書應令〉，范靖婦有〈戲蕭娘〉諸詩。由於此種遊戲的態度，致使宮體詩中鮮有作者主觀情感之流露。

四、由佛學而來的「崇有」境之意象

（一）遷　流

由於詩人心中充滿「安化」、「順化」之情，於是，凡是「遷化」、「流轉」之事物，皆能寄托著詩人無限的嚮往之情，而使詩人感受到極大的美感，而成爲詩人所歌詠的意象。

如支遁〈八關齋詩〉其二云：

> 蕭索庭賓離，飄颻隨風適。
> 踟躕歧路嵎，揮手謝中析。

〔註254〕《漢書・外戚傳》載：「竇太后好黃帝、老子言，景帝及諸竇不得不讀《老子》，尊其術。」《漢書》卷九十七上，頁3945。

〔註255〕嚴可均：《全梁文》卷十一，頁2～3。

輕軒馳中田，習習陵電擊。
息心投佯步，零零振金策。
引領望征人，悵恨孤思積。
咄矣形非我，外物固已寂。
吟詠歸虛房，守眞玩幽賾。
雖非一往遊，且以閑自釋。〔註 256〕

友人隨風而逝，輕車奔馳而過，乃至作者漫步而遊，景象依次遞陳，都是「遷化」、「流轉」，都寄托著作者對「色即爲空」之眞理的嚮往，故嘆曰：「咄矣形非我，外物固已寂。」於是，作者便在「遷化」、「流轉」的景象中，得到閑靜、解脫（所謂「且以閑自釋」），而感到極大的美感。

支遁〈八關齋詩〉其三云：

廣漠排林篠，流飆灑隙牖。
從容遐想逸，採藥登崇阜。
崎嶇升千尋，蕭條臨萬畝。
望山樂榮松，瞻澤哀素柳。
解帶長陵岥，婆娑清川右。
泠風解煩懷，寒泉濯溫手。
寥寥神氣暢，欽若盤春藪。
達度冥三才，怳惚喪神偶。
遊觀同隱丘（几），愧無連化肘。〔註 257〕

飆風之飛掠、草木之蕭條、松樹之發榮、柳葉之飄落、清川之流動，皆是「遷化」、「流轉」的景象，皆寄托著作者對於「色即爲空」之理的嚮往（所謂「達度冥三才，怳惚喪神偶」），使作者於其中得到心靈的解放、逍遙（所謂「泠風解煩懷，寒泉濯溫手」）。詩中，充滿「安化」、「順化」之情（所謂「遊觀同隱几，愧無連化肘」）。〔註 258〕

〔註 256〕逯欽立輯：《先秦漢魏晉南北朝詩》，頁 1079～80。

〔註 257〕逯欽立輯：《先秦漢魏晉南北朝詩》，頁 1080。

〔註 258〕「隱几」典出《莊子・齊物論》，云：「南郭子綦隱机而坐，仰天而噓，荅焉若喪其耦。……曰：『夫吹萬不同，而使其自已也，咸其自取，怒者其誰邪？』」「連化肘」典出《莊子・至樂》，云：「支離叔與滑介叔觀於冥伯之丘，崑崙之虛，黃帝之所休。俄而柳生其左肘，其意蹶蹶然惡之。支離叔曰：『子惡之乎？』滑介叔曰：『亡，予何惡？生者，假借也；假之而生生者，塵垢也。死生爲晝夜。且吾與子觀化而化及我，我又何惡焉？』」

此外，支遁詩中類似的意象不少，如：

含和總八音，吐納流芳馨。(〈四月八日讚佛詩〉)〔註259〕

大塊揮冥樞，昭昭兩儀映。萬品誕遊華，澄清凝玄聖。(〈詠八日詩〉)〔註260〕

廣漢潛涼變，凱風乘和翔。(〈五月長齋詩〉)〔註261〕

寥亮心神瑩，含虛映自然。亹亹沈情去，彩彩沖懷鮮。(〈詠懷詩・其一〉)〔註262〕

詠發清風集，觸思皆恬愉。(〈詠懷詩・其二〉)〔註263〕

悵快濁水際，幾忘映清渠。反鑒歸澄漢，容與含道符。(同上)〔註264〕

泠風灑蘭林，管籟奏清響。(〈詠懷詩・其三〉)〔註265〕

曖曖煩情故，零零沖氣新。(〈詠懷詩・其四〉)〔註266〕

遐想存玄哉，沖風一何敞。品物緝榮熙，生塗連惚恍。(〈詠大德詩〉)〔註267〕

八音流芳，逸預（豫）揚采。(〈釋迦文佛像讚序〉)〔註268〕

甘露徵化以醴被，蕙風導德而芳流。聖音應感而雷響，慧澤雲垂而沛清。(〈阿彌陀佛像讚序〉)〔註269〕

萬物皆依待於佛，而得以安化、順化。而萬物之所依待於佛者，乃在覺悟「色即爲空」之理，而不「蕩智」、「喪眞」(〈詠大德詩〉)，〔註270〕故能安化、順化，亦即於化生之途中，得到閑靜、逍遙。於是，自然萬物之遷化、流轉，在作者眼中，皆爲佛之「流芳」、「慧澤」，無處不是「沖和」、「清新」、「恬愉」，

〔註259〕逯欽立輯：《先秦漢魏晉南北朝詩》，頁1077。
〔註260〕逯欽立輯：《先秦漢魏晉南北朝詩》，頁1078。
〔註261〕逯欽立輯：《先秦漢魏晉南北朝詩》，頁1078。
〔註262〕逯欽立輯：《先秦漢魏晉南北朝詩》，頁1080。
〔註263〕逯欽立輯：《先秦漢魏晉南北朝詩》，頁1080。
〔註264〕逯欽立輯：《先秦漢魏晉南北朝詩》，頁1080～1。
〔註265〕逯欽立輯：《先秦漢魏晉南北朝詩》，頁1081。
〔註266〕逯欽立輯：《先秦漢魏晉南北朝詩》，頁1081。
〔註267〕逯欽立輯：《先秦漢魏晉南北朝詩》，頁1082。
〔註268〕《廣弘明集》，卷十五，頁196。
〔註269〕《廣弘明集》，卷十五，頁196。
〔註270〕逯欽立輯：《先秦漢魏晉南北朝詩》，頁1082。

寄托著作者「安化」、「順化」的情感，而成爲作者歌詠的意象。

孫綽〈遊天台山賦〉歌詠天台山，其云：

> 天台山者，蓋山嶽之神秀者也。涉海則有方丈、蓬萊，登陸則有四明、天台；皆玄聖之所遊化，靈仙之所窟宅。夫其峻極之狀，嘉祥之美，窮山海之瑰富，盡人神之壯麗矣。〔註271〕

天台山蘊藏無比豐富的自然景象，其「瑰富」、「壯麗」成爲「大化流衍」之象徵，故爲詩人所讚嘆、歌詠。其賦又云：

> 既克隮於九折，路威夷而脩通。恣心目之寥朗，任緩步之從容。藉萋萋之纖草，蔭落落之長松。覿翔鸞之裔裔，聽鳴鳳之嚶嚶。過靈溪而一濯，疏煩想於心胸。蕩遺塵於旋流，發五蓋之遊蒙。

詩人在遊天台山之過程中，遊觀自然萬物皆隨因緣而生化（所謂「恣心目之寥朗」），於生化之中，實現「色即爲空」（所謂「蕩遺塵於旋流，發五蓋之遊蒙」），使詩人於其中得到閑靜、逍遙（所謂「疏煩想於心胸」）。其賦又云：

> 於是遊覽既周，體靜心閑。害馬已去，世事都捐。投刃皆虛，目牛無全。凝思幽巖，朗詠長川。……悟遣有之不盡，覺涉無之有間。泯色空以合跡，忽即有而得玄。釋二名之同出，消一無於三幡。恣語樂以終日，等寂默於不言。渾萬象以冥觀，兀同體於自然。

詩人遊觀萬物遷化而識「空」，隨又悟此「空」即在萬物之遷化中，離開萬物之遷化，亦無「空」可得，於是，詩人又「空」此識。故曰：「覺涉無之有間」、「消一無於三幡」。〔註272〕故詩人熱切投入萬物遷化之中，感覺與萬物的遷化融爲一體（所謂「兀同體於自然」），而心中充滿「閑靜」、「逍遙」之樂；於是，自然萬物遷化的景象，遂成爲詩人心中的意象。同樣是「山水」，但在佛家「崇有」派詩人的心中，卻映現出和佛家「本無」派詩人之「山水文學」全然不同的形象。

此外，孫綽所作之詩中，亦出現類似之意象，如：

> 茫茫太極，賦授理殊。……悠悠玄運，四氣錯序。（〈表哀詩〉）〔註273〕

〔註271〕《文選》，卷十一，頁493～4。

〔註272〕《文選・李善注》引郗超〈與謝慶緒書論三幡義〉云：「近論三幡，諸人猶多欲，既觀色空，別更觀識。同在一有，而重假二觀，於理爲長。」《文選》，卷十一，頁500。既以「觀色」爲假，復以「觀空」爲假，所謂「重假二觀」；「色」、「空」不相離，所謂「同在一有」。

〔註273〕逯欽立輯：《先秦漢魏晉南北朝詩》，頁897。

神濯無浪，形渾俗波。……體與榮辭，跡與化競。(〈贈溫嶠詩〉)〔註 274〕

仰觀大造，俯覽時物。……散以玄風，滌以清川。或步崇基，或恬蒙園。道足胸懷，神棲浩然。(〈答許詢詩〉)〔註 275〕

言滌長瀨，聊以游衍。……羽從風飄，鱗隨浪轉。(〈三月三日詩〉)〔註 276〕

疏林積涼風，虛岫結凝霄。湛露灑庭林，密葉辭榮條。……澹然古懷心，濠上豈伊遙？(〈秋日詩〉)〔註 277〕

由於詩人心中充滿「安化」、「順化」之情，故萬物「遷化」、「流轉」之景象，在詩人心中非但不為醜惡的「罪苦」，反而能引起極大的美感，使詩人得到「閑靜」、「逍遙」(所謂「游衍」、「澹然」)，而成為詩人心中的意象。

(二) 色　相

在鳩摩羅什和僧肇的「實相」觀念中，世間色相皆如幻化，雖色而非色(僧肇所謂「色之非色」)。於是，一切短暫易逝之事物，皆能引起詩人們「色相即空」的深沈感慨，而成為詩人們所歌詠的意象。其中，尤以女性容顏的變化為最。

蕭綱〈詠美人觀畫〉云：

殿上圖神女，宮裏出佳人。
可憐俱是畫，誰能辨偽真？
分明淨眉眼，一種細腰身。
所可持為異，長有好精神。〔註 278〕

佳人的容顏，和圖上的神女，均無自性，故皆虛誑不實，誰偽誰真，故曰「俱是畫」。世間色相皆如是，所可持為異者，唯有至人之精神。至人之精神洞燭實相，周流遍布，故能「長有」。〔註 279〕

〔註 274〕逯欽立輯：《先秦漢魏晉南北朝詩》，頁 898。
〔註 275〕逯欽立輯：《先秦漢魏晉南北朝詩》，頁 899。
〔註 276〕逯欽立輯：《先秦漢魏晉南北朝詩》，頁 901。
〔註 277〕逯欽立輯：《先秦漢魏晉南北朝詩》，頁 901～2。
〔註 278〕穆克宏點校：《玉臺新詠箋注》，卷七，頁 301。
〔註 279〕僧肇云：「如來功流萬世而常存，道通百劫而彌固。」(〈物不遷論〉) 又云：「紜紜自彼，於我何為？所以智周萬物而不勞，形充八極而無患。」(〈涅槃無名論〉) 並見《大正藏》45 冊，頁 151、頁 159。

蕭綱〈照流看落釵〉云：

相隨照綠水，意欲重涼風。
流搖妝影壞，釵落鬢華空。
佳期在何許？徒傷心不同。〔註 280〕

女性的美貌，猶如流水上的倒影，本無自性，雖色而空，而男女之情愛亦然，佛家所謂「色之非色」，故使詩人興起深沈之感慨。此外，類似的詩句不少，如：

雅步極嫣妍，含辭恣委靡。……及寤盡空無，方知悉虛詭。（王僧孺〈爲人述夢〉）〔註 281〕

圖形更非是，夢見反成疑。……香燒日有歇，花落無還時。（蕭綱〈傷美人〉）〔註 282〕

春心日日異，春情處處多。處處春芳動，日日春禽變。……獨念春花落，還似昔春時。（蕭綱〈春日〉）〔註 283〕

本是巫山來，無人睹容色。惟有楚王臣，曾言夢相識。（蕭綱〈行雨〉）〔註 284〕

欲知畫能巧，喚取眞來映。並出似分身，相看如照鏡。（庾肩吾〈詠美人自看畫應令〉）〔註 285〕

夜夜言嬌盡，日日態還新。工傾荀奉倩，能迷石季倫。（劉緩〈敬酬劉長史詠名士悅傾城〉）〔註 286〕

從上述的詩句中，可以看出：女性美貌在宮體詩人眼中，已成爲虛幻不實、能惑人目的世間色相之象徵。

於是，女性容顏的些微變化，皆能引起宮體詩人的歌詠。如蕭綱〈美人晨妝〉云：

北窗向朝鏡，錦帳復斜縈。
嬌羞不肯出，猶言妝未成。

〔註 280〕穆克宏點校：《玉臺新詠箋注》，卷七，頁 285。
〔註 281〕穆克宏點校：《玉臺新詠箋注》，卷六，頁 240。
〔註 282〕穆克宏點校：《玉臺新詠箋注》，卷七，頁 311～2。
〔註 283〕穆克宏點校：《玉臺新詠箋注》，卷七，頁 322。
〔註 284〕穆克宏點校：《玉臺新詠箋注》，卷十，頁 509。
〔註 285〕穆克宏點校：《玉臺新詠箋注》，卷七，頁 337。
〔註 286〕穆克宏點校：《玉臺新詠箋注》，卷八，頁 346。

散黛隨眉廣，燕脂逐臉生。

試將持出眾，定得可憐名。〔註 287〕

詩中，對於女性瞬間變化的情緒、容色，作出細部刻劃。又如劉孝綽〈詠眼詩〉云：

含嬌曼已合，離怨動方開。

欲知密中意，浮光逐笑迴。〔註 288〕

詩人歌詠女性眼神的瞬間變化、萬種風情。此外，類似的描寫在宮體詩中，比比皆是，亦成爲宮體詩作爲詩壇「新變」的特色，如：

輕花鬢邊墮，微汗粉中光。（蕭綱〈晚景出行〉）〔註 289〕

欲知心不平，君看黛眉聚。（蕭綱〈賦樂器名得箜篌〉）〔註 290〕

腕動苕華玉，袖隨如意風。（蕭綱〈詠舞〉）〔註 291〕

妝成理蟬鬢，笑罷斂蛾眉。（蕭繹〈登顏園故閣〉）〔註 292〕

媚眼隨嬌合，丹脣逐笑分。（何思澄〈南苑逢美人〉）〔註 293〕

凝情眄墮珥，微睇託含辭。（何遜〈詠舞妓〉）〔註 294〕

拭粉留花稱，除釵作小鬟。（徐陵〈和王舍人送客未還閨中有望〉）〔註 295〕

不同於佛學「本無」影響下之詩人從美好事物之消逝、毀滅中，感慨「色敗而空」；宮體詩人則熱切的歌詠女性極細微的一顰一笑、一舉一動，然而越是細膩、輕微的女性形象，越是令人感到瞬間即逝、虛幻不實，以及伴隨色相而來的空寂，亦皆寄寓著佛家「雖色而空」之深沈感慨。〔註 296〕

〔註 287〕穆克宏點校：《玉臺新詠箋注》，卷七，頁 298。

〔註 288〕逯欽立：《先秦漢魏晉南北朝詩》下，頁 1843。

〔註 289〕穆克宏點校：《玉臺新詠箋注》，卷七，頁 296。

〔註 290〕穆克宏點校：《玉臺新詠箋注》，卷七，頁 297。

〔註 291〕穆克宏點校：《玉臺新詠箋注》，卷七，頁 297。

〔註 292〕穆克宏點校：《玉臺新詠箋注》，卷七，頁 304。

〔註 293〕穆克宏點校：《玉臺新詠箋注》，卷六，頁 257。

〔註 294〕穆克宏點校：《玉臺新詠箋注》，卷五，頁 215。

〔註 295〕穆克宏點校：《玉臺新詠箋注》，卷八，頁 357。

〔註 296〕佛經中本有豔女之描寫，然而，亦是皆爲使人覺悟色相之虛幻。如《法句譬喻經》云：「女人之好，但有脂粉芬熏，眾華沐浴塗香，著眾雜色衣裳以覆污露，強熏以香，欲以人觀，譬如革囊盛屎，有何可貪？」《法句譬喻經》卷四，《大正藏》冊 4，頁 603。關於佛經中豔女之描寫，可詳參張伯偉：《禪與詩

第四節　小　結

綜上所述，可知從西晉到東晉南朝，文化心靈出現了很大的轉折。這轉折就是：從漢魏的「本無」型之心靈境界，轉爲兩晉的「崇有」型之心靈境界。心靈境界的改變，反映於思想上、文學上，即是新的發展。

於思想上，玄學「本無」的基本觀念：「有生於無」、「無能生有」，遭到「崇有」派玄學家的嚴厲批判。於是，「崇有」的觀念，逐漸取代「本無」的觀念，居於思想的主導地位。而「崇有」的基本觀念，正好和「本無」相反，爲：「無不能生有」、「有塊然自生」。其間，傑出的玄學家輩出，向秀、裴頠、郭象、張湛爲其特秀者。另一面，佛家「本無」的基本觀念：「一切諸法，本性空寂」，亦遭到「崇有」派佛學家的嚴厲批判。取而代之者，爲相反的觀念：「色即爲空，色復異空」。其間，傑出的佛學家輩出，支遁、鳩摩羅什、僧肇爲其特秀者。

於文學上，漢魏詩人對「避世」、「遊仙」的深深企慕之情，已逐漸遭到兩晉詩人的厭棄，取而代之者，爲對「安分」、「自足」的熱烈讚賞。於是，出現許多歌詠自然萬物「適性」、「自得」之「自然詩」。其間，傑出的文學家輩出，張華、潘岳、陸機、王羲之爲其特秀者。或者，歌詠怨婦有所依待、不得自足，而產生「閨怨詩」。其間，傑出的文學家以沈約、王融、謝朓、蕭衍爲代表。另一方面，詩人從萬物的「遷化」、「流轉」中，亦可寄托其「安化」、「順化」之情，而產生歌詠「遷化」之詩。其間，傑出的文學家以支遁、孫綽爲代表。或者，歌詠女性瞬間變化的色相，以寄寓佛家「色之非色」之感慨，而產生「宮體詩」。其間，傑出的文學家以蕭綱、蕭繹、劉孝綽、徐陵爲代表。

雖然，兩晉南朝的思想和文學，看似循兩條平行的軌道發展，但是，兩者其實在發展中不斷交會感通，相互影響。兩者融會而成一「崇有」型的心靈境界，或者，實可說，兩者皆出於同一心靈境界的映現，不過各有偏重而已。

學》（杭州：浙江人民出版社，1993 年 10 月），頁 189～92。及王力堅：《由山水到宮體——南朝的唯美詩風》，頁 195。此外，川端康成作品中，對於女色的精細觀察，與宮體詩頗有雷同之處，然而，川端亦是在感官的欣趣中，體察出色相瞬息變幻的悲哀；可以參照。詳參陳旻志：〈色相與空靈之間的川端美學層境〉，《國文天地》9 卷 9 期，民 83 年 2 月，頁 32～44。

第五章　「有無相即」型的心靈境界

第一節　「有無相即」一詞的含意

有別於玄學「本無」之側重於「無」，玄學「崇有」之側重於「有」，玄學「有無相即」則將「有」、「無」置於平等地位，不偏不倚。玄學「本無」所重在「無」，其所見在「體」，故其言曰：「無之與有，豈同用哉？」。玄學「崇有」所重在「有」，其所見在「用」，故其言曰：「無則無矣，則不能生有；有塊然自生。」。然而，「無」必顯其用於「有」，「有」必返其體於「無」，故玄學「有無相即」遂能將「有」、「無」置於平等地位，而見其由「無」到「有」、由「有」返「無」的「歷程」、「順序」。由此，玄學「有無相即」遂能於玄學「本無」和玄學「崇有」之外，樹立另一型態之心靈境界。猶如玄學「本無」和玄學「崇有」之各具有無比豐富的內涵，且各指向一種人生態度，玄學「有無相即」亦具有無比豐富的內涵，涵蓋了宇宙、政治、社會、人生各層面，故亦指向一種人生態度。

「有無相即」之「即」，乃是不分、不離之意，言由「無」至「有」、由「有」至「無」的歷程之爲連綿，不可分離。故「有無相即」之意，並不同於鳩摩羅什和僧肇所言之「非有非無」。鳩摩羅什和僧肇所言之「非有非無」，只是否認作爲實體之「有」或「無」，並不否認作爲現象之「有」（或「色」、「相」），故仍偏重於「有」。「有無相即」一詞，雖然遲至南朝梁，始由蕭統提出，〔註1〕然而，在此之前，其內涵實已透過「性」一詞呈現。在玄學方面，

〔註1〕蕭統云：「凡夫於無搆有，聖人即有辨無，有無相即，此談一體。」（〈慧琰諮

主要是由葛洪、陶淵明以「養性」、「乘化」之觀念提出。在佛學方面，主要是由竺道生以「佛性」之觀念提出。「性」一詞和「生命」密不可分，〔註 2〕而「生命」必有其「歷程」、「順序」，其「歷程」、「順序」爲：由「無」到「有」，由「有」返「無」。故於「性」一詞中，「有」、「無」置於平等地位，無所偏重，而可呈現「有無相即」之全部內涵。

第二節　「有無相即」境在思想上的開展

一、玄學所持的「有無相即」之立場

（一）隱逸之志

西晉末年，當崇有派玄學家高唱「隱於朝市」、「憑乎外資」之際，卻接連發生八王混戰、胡人作亂，名士張華、裴頠、潘岳、石崇、歐陽建、陸機、陸雲、王衍、劉琨等相繼遇害。彼等雖讚賞鷦鷯「處身之似智」，然而，其智卻不足以使自己倖免於難。張華臨刑有「何不去位」之譏，〔註 3〕陸機被收有「華亭鶴唳」之歎，〔註 4〕王衍將死有「祖尙浮虛」之悔；〔註 5〕皆使海內之士爲之哀痛惋惜。

此哀痛悔恨之情，直接反映在兩晉之際的詩歌中，使詩風發生很大的改變。如歐陽建〈臨終詩〉云：

伯陽適西戎，子欲居九蠻。
苟懷四方志，所在可遊盤。

二諦義〉）《廣弘明集》卷二十一，《大正藏》冊 52，頁 248 中。

〔註 2〕唐君毅云：「一具體之生命在生長變化發展中，而其生長變化發展，必有所向。所向之所在，即其生命之性之所在。此蓋即中國古代之生字所以能涵具性之義，而進一步更有單獨之性字之原始。」詳參氏著：《中國哲學原論原性篇》，台北：學生書局，民 73 年，頁 9。

〔註 3〕《晉書．張華傳》載：華將死，謂張林曰：「卿欲害忠臣耶？」林稱詔詰之曰：「卿爲宰相，任天下事，太子之廢，不能死節，何也？」華曰：「式乾之議，臣諫事具存，非不諫也。」林曰：「諫若不從，何不去位？」華不能答。《晉書》卷三十六，頁 1074。

〔註 4〕《世說新語．尤悔》載：「陸（機）平原河橋敗，爲盧志所讒，被誅。臨刑歎曰：『欲聞華亭鶴唳，可復得乎！』」余嘉錫：《世說新語箋疏》，頁 897。

〔註 5〕《晉書．王衍傳》載：衍將死，顧而言曰：「嗚呼！吾曹雖不如古人，向若不祖尙浮虛，戮力以匡天下，猶可不至今日。」《晉書》卷四十三，頁 1238。

況乃遭屯蹇，顛沛遇災患。
古人達機兆，策馬遊近關。
咨余沖且暗，抱責守微官。
潛圖密已構，成此禍福端。
恢恢六合間，四海一何寬。
天網布紘綱，投足不獲安。
松柏隆冬悴，然後知歲寒。
不涉太行險，誰知斯路難？〔註6〕

歐陽建爲石崇外甥，在司馬氏諸王的權力鬥爭中，俱爲趙王倫所害。此詩爲歐陽建臨刑前所作，情極悲切。值得注意者，詩人對於自己之出仕（所謂「抱責守微官」），充滿悔恨，而肯定退隱爲「達機兆」。此顯然與崇有派玄學家所持的立場相違背。崇有派玄學家推崇「隱於朝」，〔註7〕歌頌鷦鷯「處身之似智」，鄙視隱士之「拱默山林」，而在這首詩中卻作了深切的反思（所謂「不涉太行險，誰知斯路難？」）。仕途險惡，羅網密布，即使欲如鷦鷯、斥鷃之棲止蓬蒿，投足一枝，亦不可得；良可悲歎。

在阮籍、嵇康之後，沈寂已久的隱逸詩，此時又再度出現。如左思云：

被褐出閶闔，高步追許由。振衣千仞崗，濯足萬里流。（〈詠史・其五〉）〔註8〕

非必絲與竹，山水有清音。……躊躇足力煩，聊欲投吾簪。（〈招隱詩・其一〉）〔註9〕

八王之亂起，左思退居宜春里，齊王冏命爲記室督，辭疾，不就，後舉家徙冀州。〔註10〕〈詠史詩〉和〈招隱詩〉當作於左思退隱之時。詩中對政局混亂、仕途險惡，頗有感慨，如云：「世胄躡高位，英俊沈下僚。」（〈詠史・其二〉）〔註11〕「爵服無常玩，好惡有屈伸。」（〈招隱詩・其二〉）〔註12〕由此，

〔註6〕《文選》卷二十三，頁1079～80。
〔註7〕此觀念亦引起嚮往「隱於朝」、鄙視「隱於谷」之情感，而反映於詩文中，如陸機〈應嘉賦〉云：「苟形骸之可忘，豈投簪其必谷？」嚴可均：《全晉文》卷九十六，頁9。又如王康琚〈反招隱詩〉云：「小隱隱陵藪，大隱隱朝市。」《文選》卷二十二，頁1030。
〔註8〕《文選》卷二十一，頁990。
〔註9〕《文選》卷二十二，頁1028。
〔註10〕《晉書・左思傳》卷九十二，頁2377。
〔註11〕《文選》卷二十一，頁988。

詩人遂有嚮往隱逸之心。殊爲特別者，被崇有派玄學家貶斥爲「俗物」、「有情自守」之隱士許由，此時卻成爲詩人仰慕追隨的理想人格。

又如張載〈招隱詩〉云：

出處雖殊塗，居然有輕易。
山林有悔吝，人間實多累。
鵷雛翔穹冥，蒲且不能視。
鸛鷺遵皋渚，數爲矰所繫。
隱顯雖在心，彼我共一地。
不見巫山火，芝艾豈相離？
去來捐時俗，超然辭世僞。
得意在丘中，安事愚與智？〔註13〕

張載於八王之亂時，亦無復進仕意，遂稱疾告歸。〔註14〕此詩當寫其退隱後之心境。詩中對於玄學「崇有」亦有深切的反思。玄學「崇有」以爲：隱顯之分別，在於心，心苟知足，則「寄居廟堂」無異於「拱默山林」，此方爲「大隱」。詩人則目睹仕途之險惡，欲苟且容身，實不可得，終將玉石俱焚，故云：「不見巫山火，芝艾〔註15〕豈相離？」又張載〈榷論〉云：「莫不飾小辯、立小善以偶時，結朋黨、聚虛譽以驅俗。……積階級，累閥閱，碌碌然以取世資。……徒俯仰取容，要榮求利，厚自封之資，豐私家之積。此沐猴而冠耳，尚焉足道哉！」〔註16〕則對於玄學「崇有」下的士人僥倖苟且之風氣，亦深表不滿。詩中，「鵷雛」喻隱者，「鸛鷺」喻仕者。詩人要遠離「以身爲殉」之仕途，棲居丘中，以求自得、自適；何必在乎世俗之以顯貴爲「智」，而以卑賤爲「愚」？故曰：「得意在丘中，安事愚與智？」

又如張協云：

達人知止足，遺榮忽如無。抽簪解朝衣，散髮歸海隅。(〈詠史〉)〔註17〕

〔註12〕《文選》卷二十二，頁1028。
〔註13〕逯欽立輯：《先秦漢魏晉南北朝詩》，頁740。
〔註14〕《晉書・張載傳》卷五十五，頁1518。
〔註15〕《淮南子・俶眞訓》云：「膏夏紫芝，與蕭艾俱死。」洪興祖《楚辭補註・離騷》云：「蕭艾，賤草，以喻不肖。」
〔註16〕《晉書・張載傳》卷五十五，頁1518。
〔註17〕《文選》卷二十一，頁994。

高尚遺王侯，道積自成基。至人不嬰物，餘風足染時。(〈雜詩・其三〉)〔註 18〕

結宇窮岡曲，耦耕幽藪陰。……養眞尚無爲，道勝貴陸沈。(〈雜詩・其九〉)〔註 19〕

取志於陵子，比足黔婁生。(〈雜詩・其十〉)〔註 20〕

張協爲張載之弟，於八王之亂時，亦棄絕人事，屛居草澤。〔註 21〕上述詩中，描述隱逸生活之艱苦和欣趣，極度仰慕讚美隱士之崇高人格。類此皆與玄學「崇有」背道而馳。

(二) 嫉世之念

對於玄學之不滿，亦反映於兩晉之際的詩歌中。如劉琨〈答盧諶詩并書〉云：

昔在少壯，未嘗檢括，遠慕老莊之齊物，近嘉阮生之放曠，怪厚薄何從而生？哀樂何由而至？自頃輈張，困於逆亂，國破家亡，親友彫殘。負杖行吟，則百憂俱至；塊然獨坐，則哀憤兩集。時復相與舉觴，對膝破涕爲笑，排終身之積慘，求數刻之暫歡，譬由疾疢彌年，而欲一丸銷之，其可得乎？夫才生於世，世實須才。和氏之璧，焉得獨曜於郢握？夜光之珠，何得專玩於隨掌？天下之寶，當與天下共之。但分析之日，不能不悵恨耳！然後知聃、周之爲虛誕，嗣宗之爲妄作也。〔註 22〕

其時，洛陽、長安相繼淪陷，懷、愍二帝並皆遇害，北方幾已全部落入胡人之手。作者孤軍轉戰多年，親歷國破家亡之慘事，故文極哀慟。無獨有偶的，文中亦充滿對玄學的反思。雖然作者指名的對象是老聃、莊周、阮籍(所謂「聃、周之爲虛誕，嗣宗之爲妄作」)，不過，西晉主要流行莊學，而人們對莊學的了解，主要是透過《郭象注》，〔註 23〕故作者反思的對象，實際爲玄學

〔註 18〕《文選》卷二十九，頁 1379。

〔註 19〕《文選》卷二十九，頁 1383。

〔註 20〕《文選》卷二十九，頁 1385。

〔註 21〕《晉書・張協傳》卷五十五，頁 1519。

〔註 22〕《文選》卷二十五，頁 1169～70。

〔註 23〕《晉書・向秀傳》載：「莊周著內外數十篇，……(向)秀乃爲之隱解，發明奇趣，振起玄風，讀之者超然心悟，莫不自足一時也。惠帝之世，郭象又述而廣之，儒墨之跡見鄙，道家之言遂盛焉。」《晉書》卷四十九，頁 1374。可

中之「崇有」。崇有派玄學家認為：「小大雖殊，逍遙一也。」故小大無以異，無所厚薄、哀樂於其間，而萬物可齊。作者少時，嘉慕其言，故「怪厚薄何從而生？哀樂何由而至？」然作者既親受厄難，於國家之存亡，不能等齊而觀，無所厚薄、哀樂於其間，故深覺斯言之悖理。又崇有派玄學家認為：「毫分不可以相跂」，為既無益，則人唯當把握眼前暫有之生，及時行樂。而作者既百憂俱至，欲求數刻之暫歡，又不可得，故云：「譬由疾疢彌年，而欲一丸銷之，其可得乎？」又崇有派玄學家以為：萬物「偏無自足」、「憑乎外資」，故恆求僥倖自安之道，〔註 24〕歌頌鷦鷯「處身之似智」。而作者親睹國既破滅，身亦不存，深感一己之才非專用於一身，故云：「才生於世，世實須才。」另外，其〈答盧諶詩〉云：

> 天地無心，萬物同塗。
> 禍淫莫驗，福善則虛。
> 英蕊夏落，毒卉冬敷。
> 如彼龜玉，韞櫝毀諸。
> 芻狗之談，其最得乎？〔註 25〕

李善注曰：「此與談《老》者不同，彼美而此怨耳。」崇有派玄學家認為：萬物各自生，無生之者。然而，一旦火燎神州，玉石俱焚，欲各自生，如何可得？此詩人所以慨歎「芻狗之談」而深切反思之故。憂憤和反思，造成劉琨的詩歌大變永嘉詩風，在兩晉之際頗為突出，故鍾嶸《詩品・序》稱：「劉（琨）越石仗清剛之氣，贊成厥美。」

（三）遊仙之思

伴隨「隱逸詩」而來的，是遭玄學「崇有」摒棄而沈寂許久的「遊仙詩」。〔註 26〕張協即曾寫過〈游仙詩〉。〔註 27〕降及東晉，郭璞大作〈遊仙詩〉（今存十九首），如云：

知，西晉時，向秀、郭象之《莊子注》十分盛行。

〔註 24〕《晉書・王衍傳》載：「衍雖居宰輔之重，不以經國為念，而思自全之計。」即為顯例。《晉書》卷四十三，頁 1237。

〔註 25〕《文選》卷二十五，頁 1171。

〔註 26〕李豐楙說：「魏晉時期的遊仙、招隱詩也常互有關聯，只是遊仙之作較多神仙意趣而已。」詳參氏著：〈六朝道教與遊仙詩的發展〉，《憂與遊——六朝隋唐遊仙詩論集》，台北：學生書局，民 85 年，頁 41。

〔註 27〕逯欽立輯：《先秦漢魏晉南北朝詩》，頁 784。

靈妃顧我笑，粲然啓玉齒。〔註 28〕

放情陵霄外，嚼蕊挹飛泉。赤松臨上遊，駕鴻乘紫煙。左挹浮丘袖，右拍洪崖肩。〔註 29〕

陵陽挹丹溜，容成揮玉杯。姮娥揚妙音，洪崖頷其頤。升降隨長煙，飄颻戲九垓。奇齡邁五龍，千歲方嬰孩。〔註 30〕

圓丘有奇草，鍾山出靈液。王孫列八珍，安期鍊五石。〔註 31〕

永偕帝鄉侶，千齡共逍遙。〔註 32〕

詩中極力描述服食、煉丹以求長生之事，並讚嘆遊仙及仙境之形象，極盡想像之能事，充滿渴慕、嚮往之情。此顯然和玄學「崇有」貶斥遊仙之思想相違背。故詩人之嚮往遊仙，實寄寓著對玄學「崇有」的反思。〔註 33〕如云：

朱門何足榮？未若託蓬萊。……靈谿可潛盤，安事登雲梯？漆園有傲吏，萊氏有逸妻。……高蹈風塵外，長揖謝夷齊。〔註 34〕

借問蜉蝣輩，寧知龜鶴年？〔註 35〕

長揖當塗人，去來山林客。〔註 36〕

嘯傲遺世羅，縱情在獨往。〔註 37〕

尋我青雲友，永與時人絕。〔註 38〕

詩中寄寓著隱逸的心志，〔註 39〕以及對仕途的鄙棄，此亦與玄學「崇有」之

〔註 28〕《文選》卷二十一，頁 1020。
〔註 29〕《文選》卷二十一，頁 1020。
〔註 30〕《文選》卷二十一，頁 1022～3。
〔註 31〕《文選》卷二十一，頁 1024。
〔註 32〕逯欽立輯：《先秦漢魏晉南北朝詩》，頁 866。
〔註 33〕鍾嶸《詩品》評郭璞云：「〈遊仙〉之作，辭多慷慨，乖遠玄宗。而云“奈何虎豹姿”，又云“戢翼棲榛梗”，乃是坎壈詠懷，非列仙之趣也。」言郭璞〈遊仙詩〉乃有所寄寓而作。
〔註 34〕《文選》卷二十一，頁 1019。
〔註 35〕《文選》卷二十一，頁 1021。
〔註 36〕《文選》卷二十一，頁 1024。
〔註 37〕逯欽立輯：《先秦漢魏晉南北朝詩》，頁 866。
〔註 38〕逯欽立輯：《先秦漢魏晉南北朝詩》，頁 867。
〔註 39〕李豐楙説：「『靈谿可潛盤，安事登雲梯』，只要能過著遯棲山林的高蹈生活，則亦不必求登雲昇天，因此對於嘉遯的嚮往就成爲其〈遊仙詩〉中的特有情調。」詳參氏著：〈六朝道教與遊仙詩的發展〉，《憂與遊——六朝隋唐遊仙詩論集》，頁 41。

貶斥隱逸相違。玄學「崇有」以「生非我有」，故斥神仙長生之說爲虛誕；詩人對此深感不屑，故云：「借問蜉蝣輩，寧知龜鶴年？」

郭璞之後，庾闡亦創作不少〈遊仙詩〉（今存十首），如云：

邛疏鍊石髓，赤松漱水玉。〔註 40〕

輕舉觀滄海，眇邈去瀛洲。玉泉出靈梟，瓊草被神丘。〔註 41〕

赤松遊霞乘煙，封子鍊骨凌仙。晨漱水玉心玄，故能靈化自然。〔註 42〕

詩中熱切歌詠遊仙服食、長生之事，充滿仰慕、嚮往之情。詩人之嚮往遊仙，亦是寄寓著「隱逸」、「避世」之思，而不取玄學「崇有」之觀念。故於玄學「崇有」之斥「遊仙」，則曰「椿壽自有極，槿花何用疑？」（〈採藥詩〉）〔註 43〕其〈衡山詩〉云：

北眺衡山首，南睨五嶺末。
寂坐挹虛恬，運目情四豁。
翔虬凌九霄，陸鱗困濡沫。
未體江湖悠，安識南溟闊？〔註 44〕

此詩表露的心境，明顯和玄學「崇有」不同。玄學「崇有」讚許斥鷃之笑大鵬，而云：「小大雖殊，逍遙一也。」詩人則深深不以爲然，故云：「未體江湖悠，安識南溟闊？」而欣羡隱士、遊仙之翔凌九霄、高蹈塵外。

雖然玄學「崇有」並未因爲西晉的覆滅而消失，反而隨著王導過江，而繼續在江左蓬勃發展；但是，兩晉之際出現這許多的隱逸詩、遊仙詩，其中所透露的對玄學「崇有」的反思和不滿，無疑仍將深深植入部份士人的心中，使他們在觀照宇宙、政治、社會、人生時，有了和玄學「崇有」不同的「立場」。

二、玄學中的「有無相即」之觀念

（一）養性之論

東晉時，玄學「崇有」固然仍由江左名士延續著，但已有部份士人不認

〔註 40〕逯欽立輯：《先秦漢魏晉南北朝詩》，頁 875。
〔註 41〕逯欽立輯：《先秦漢魏晉南北朝詩》，頁 875。
〔註 42〕逯欽立輯：《先秦漢魏晉南北朝詩》，頁 875。
〔註 43〕逯欽立輯：《先秦漢魏晉南北朝詩》，頁 875。
〔註 44〕逯欽立輯：《先秦漢魏晉南北朝詩》，頁 874。

同玄學「崇有」的立場，而開始有了不同於玄學「崇有」的觀念：既不同於玄學「本無」之重「無」，亦不同於玄學「崇有」之重「有」，而是「有」、「無」並重。然而，此「有」、「無」並重亦非折衷「本無」和「崇有」，而是「有」、「無」相即。此「有無相即」是透過「性」一觀念提出。

葛洪著《抱朴子內篇》倡言神仙、服食、煉丹、符錄等道教之事，姑且不論其事是否可信，然葛洪所論固仍有其理路可尋。其云：

> 玄者，自然之始祖，而萬殊之大宗也。眇昧乎其深也，故稱微焉；綿邈乎其遠也，故稱妙焉。其高則冠蓋乎九霄，其曠則籠罩乎八隅。光乎日月，迅乎電馳。或倏爍而景逝，或飄飖而星流，或滉漾於淵澄，或雰霏而雲浮。因兆類而爲有，託潛寂而爲無。（《抱朴子・暢玄》）〔註45〕

又云：

> 夫有因無而生焉，形須神而立焉。有者，無之宮也。形者，神之宅也。（《抱朴子・至理》）〔註46〕

又云：

> 道者，涵乾括坤，其本無名。論其無，則影響猶爲有焉；論其有，則萬物尚爲無焉。（《抱朴子・道意》）〔註47〕

細尋葛洪之論「有」、「無」，可知其意既不同於玄學「本無」，復不同於玄學「崇有」。玄學「本無」言「無」之與「有」，「豈同用哉？」故所重在「無」。玄學「崇有」言「無不能生有」，故所重在「有」。葛洪所論，唯在指出：「無」必顯其用於「有」，「有」必返其本於「無」，當其「無」，則稱「微」，當其「有」，則稱「妙」；「無」既因於「有」，「有」亦託於「無」，而「有」、「無」二者，本自一體，實不可分。故葛洪之論「玄」、「道」，既不定之爲「無」，亦不定之爲「有」。葛洪即以「性」一觀念，來表述「有無相即」。其云：

> 夫玄道者，得之乎內，守之者外；用之者神，忘之者器。此思玄道之要言也。（《抱朴子・暢玄》）〔註48〕

此言人之「性」，內具「玄道」。玄道既內在於生命（所謂「內」），復超越於

〔註45〕《抱朴子》，台北：世界書局，民68年，頁1。
〔註46〕《抱朴子》，頁22。
〔註47〕《抱朴子》，頁37。
〔註48〕《抱朴子》，頁1。

生命（所謂「外」）。葛洪又云：

> 含醇守樸，無欲無憂，全眞虛器，居平味澹。恢恢蕩蕩，與渾成等其自然；浩浩茫茫，與造化鈞其符契。……不以外物汩其至精，以利害汚其純粹也。(《抱朴子・暢玄》)〔註49〕

又云：

> 山林養性之家，……滌除玄覽，守雌抱一，專氣致柔，鎭以恬素。遣歡戚之邪情，外得失之榮辱，割厚生之腊毒，謐多言於樞機。反聽而後所聞徹，內視而後見無朕。養靈根於冥鈞，除誘慕於接物。削斥淺務，御以愉慔，爲乎無爲，以全天理。(《抱朴子・至理》)〔註50〕

所謂「醇」、「樸」、「眞」、「至精」、「純粹」、「靈根」，皆指「眞性」，亦即「玄道」、「天理」。葛洪所論之「性」，不僅內在於生命，且亦超越於生命，遍運於宇宙，故曰：「與渾成等其自然」、「與造化鈞其符契」。而「養性」之歷程，即「無」顯於「有」、「有」返於「無」之歷程。〔註51〕故葛洪之論「性」，其義和玄學「崇有」不同。葛洪云：

> 有生最靈，莫過乎人。貴性之物，宜必鈞一。(《抱朴子・論仙》)〔註52〕

又云：

> 知長生之可得，仙人之無種耳。(《抱朴子・至理》)〔註53〕

又云：

> 或人難曰：「人中之有老彭，猶木中之有松柏；稟之自然，何可學得乎？」抱朴子曰：「夫陶冶造化，莫靈於人。故達其淺者，則能役用萬物；得其深者，則能長生久視。」(《抱朴子・對俗》)〔註54〕

玄學「崇有」之論「性」，重在言「性殊」、「性分」，如郭象云：「性各有極也」、

〔註49〕《抱朴子》，頁2。

〔註50〕《抱朴子》，頁22。

〔註51〕此一歷程，老子、莊子皆嘗言及。老子云：「萬物並作，吾以觀復。夫物芸芸，各復歸其根。歸根曰靜，是謂復命。」(《老子・十六章》) 莊子云：「泰初有無，無有無名。一之所起，有一而未形。物得以生，謂之德。未形者有分，且然無閒，謂之命。留動而生物，物成生理，謂之形。形體保神，各有儀則，謂之性。性脩反德，德至同於初。」(《莊子・天地》)

〔註52〕《抱朴子》，頁3。

〔註53〕《抱朴子》，頁22。

〔註54〕《抱朴子》，頁8。

「小大之殊，各有定分」(《莊子・逍遙遊》注)。又以爲：「毫分不可相跂」，故「學彌得而性彌失」(郭象《莊子・齊物論》注)，學無益也。〔註 55〕又以爲：神人(聖人)「特稟自然之妙氣」(郭象《莊子・逍遙遊》注)，非可以「學」得。故玄學「崇有」之論「性」，實皆盡於「有」域，不能體沖和以通「無」。葛洪之論「性」，則正好相反，重在言「性」之「鈞(均)一」，仙俗無殊，悉有成仙之「性」，故曰「仙人無種」，可以「學」得。〔註 56〕而「養性」之歷程(「滌除玄覽」、「反聽內視」……)，即是「學仙」之歷程，亦即是由「有」返「無」之歷程。

故葛洪於玄學「崇有」之限於「有」，安於「小」，頗爲不滿，其云：

> 其唯玄道，可與爲永！不知玄道者，雖顧眄爲生殺之神器，脣吻爲興亡之關鍵，椅榭俯臨乎雲雨，藻室華綠以參差，組帳霧合，羅幬雲離，西牝陳於閒房，金觴華以交馳，清絃嘈囋以齊唱，鄭舞紛繏以蜲蛇，哀簫鳴以淩電，羽蓋浮於漣漪，掇芳華於蘭木之囿，弄紅葩於積珠之池，登峻則望遠以忘百憂，臨深則俯攬以遺朝飢，入宴千門之混焜，出驅朱輪之華儀；然樂極則哀集，至盈必有虧。故曲終則歎發，燕罷則心悲也。寔理勢之攸召，猶影響之相歸也。彼假借而非眞，故物往若有遺也。(《抱朴子・暢玄》)〔註 57〕

又云：

> 五千文雖出老子，然皆泛論較略耳，其中了不肯首尾全舉其事，有可承按者也。但暗誦此經而不得要道，直爲徒勞耳，又況不及者乎？至於文子、莊子、關令尹喜之徒，其屬文筆，雖祖述黃老，憲章玄虛，但演其大旨，永無至言。或復齊死生，謂無異，以存活爲徭役，以殂歿爲休息；其去神仙已千億里矣，豈足耽玩哉？其寓言譬喻，猶有可采，以供給碎用，充御卒乏。至使末世利口之奸佞、無行之

〔註 55〕又《莊子・天道》「行年七十而老斲輪」，郭注云：「此言物各有性，教學之無益也。」《莊子集釋》，頁 491。亦是以性各有極，小不可學大。

〔註 56〕至於實際上，並非每人皆學得成仙之問題；葛洪歸因於客觀之「命」或主觀之「情」，如云：「聖人不必仙，仙人不必聖。聖人受命，不值長生之道。」(《抱朴子・辨問》)、「周孔所以無緣而知仙道也。」(《抱朴子・辨問》)又云：「知長生之可得而不能修，……何者？愛習之情卒難遣，而絕俗之志未易果也。」(《抱朴子・論仙》)《抱朴子》，頁 53、頁 55、頁 6。

〔註 57〕《抱朴子》，頁 1。

弊子，得以老莊爲窟藪：不亦惜乎？（《抱朴子・釋滯》）〔註58〕

玄學「崇有」以爲：「小大雖殊，逍遙一也。」又以爲：「生時安生，死時安死。」（郭象《莊子・至樂》注）故小大可冥，死生可齊。當生之時，無爲憂死，唯求世資，聊得一世之逍遙。而「無」是「有之所謂遺者也」（裴頠〈崇有論〉），乃「性分之表」、「聖人未嘗論之」（郭象《莊子・齊物論》注）。葛洪於此甚感不齒，故斥爲：「末世利口之奸佞」、「無行之弊子」。葛洪並指出：玄學「崇有」所得之逍遙，非「眞」逍遙（所謂「彼假借而非眞」），甚爲短淺（所謂「曲終則歎發，燕罷則心悲」）。

葛洪既不贊同玄學「崇有」，亦不贊同玄學「本無」。其云：

> 或褻衣以接人，或裸袒而箕踞。朋友之集，類味之遊，莫切切進德，誾誾修業，攻過弼違，講道精義。……誣引《老》、《莊》，貴於率任。大行不顧細禮，至人不拘檢括。嘯傲縱逸，謂之體道。嗚呼惜乎，豈不哀哉！（《抱朴子・疾謬》）〔註59〕

此殆批評阮籍、嵇康之徒，毀棄禮教，空懷曠遠，故僅止於表現任誕疎略之行爲，未措思於「進德修業」。故嵇康之論「養生」，重在辨別「名利」之害「生」，〔註60〕未言人悉有成仙之「性」，而神仙可「積學而致」。〔註61〕以葛洪觀之，嵇康雖能辨明「生」之貴於「名利」，然於「進德修業」或「養生」之歷程（「學仙」之歷程），則未爲精審。故葛洪於服食、煉丹所需之醫學、化學知識，所論遠比嵇康詳盡。〔註62〕

至東晉末，陶淵明亦變革舊義，〔註63〕既不同於玄學「本無」，復不同於玄學「崇有」，而主「有無相即」。然而，陶淵明所論又異於葛洪之依託「神

〔註58〕《抱朴子》，頁34～5。

〔註59〕《抱朴子》，頁150。

〔註60〕嵇康〈答難養生論〉云：「古之人知酒肉爲甘鴆，棄之如遺；識名位爲香餌，逝而不顧。」戴明揚：《嵇康集校注》，頁169。

〔註61〕嵇康〈養生論〉云：「夫神仙……似特受異氣，稟之自然，非積學所能致也。」戴明揚：《嵇康集校注》，頁144。

〔註62〕如《抱朴子》中〈金丹〉、〈仙藥〉、〈黃白〉諸篇。

〔註63〕陳寅恪云：「此首（〈神釋〉詩）之意謂形（〈形贈影〉詩）所代表之舊自然說與影（〈影答形〉詩）所代表之名教說之兩非，且互相衝突，不能合一，但己身別有發明之新自然說，實可以皈依，遂託於神之言，兩破舊義，獨申創解，所以結束二百年學術思想之主流，政治社會之變局，豈僅淵明一人安身立命之所在而已哉！」詳參氏著：〈陶淵明之思想與清談之關係〉，《陳寅恪先生論文集》，頁328。

仙長生」，而代之以「乘化」。其云：

大鈞無私力，萬物自森著。
人爲三才中，豈不以我故。
與君雖異物，生而相依附。
結託善惡同，安得不相語！
三皇大聖人，今復在何處？
彭祖愛永年，欲留不得住。
老少同一死，賢愚無復數。
日醉或能忘，將非促齡具？
立善常所欣，誰當爲汝譽？
甚念傷吾生，正宜委運去。
縱浪大化中，不喜亦不懼。
應盡便須盡，無復獨多慮。(〈神釋〉)〔註 64〕

「大鈞無私力，萬物自森著。」言造化「無我」(以「無」爲心)，故能生萬「有」(萬物)。此是由「無」至「有」之歷程。「彭祖愛永年，欲留不得住。」此是批評玄學「本無」之企嚮神仙長生，終不可得。「日醉或能忘，將非促齡具？」則批評玄學「本無」求仙不得，致生憂愁，〔註 65〕而借酒澆愁，反傷其性。「老少同一死，賢愚無復數。」則批評玄學「崇有」之倖求「名」、「利」，甚爲短淺，不値貪戀。此亦葛洪所謂「彼假借而非眞，故物往若有遺也。」「立善常所欣，誰當爲汝譽？」則批評玄學「崇有」之倖求「名」、「利」，均爲依待外物，乃性外之事、役性之事，而非性內之「欣」趣。於是，陶淵明提出「委運」、「乘化」之觀念。「性」爲天之所命，亦即造化之「自然」，〔註 66〕故「適性」、「自得」即所以返於造化之自然。〔註 67〕而「委運」、「乘化」亦即由「有」返「無」之歷程。

〔註 64〕逯欽立校注：《陶淵明集》，台北：里仁書局，民 74 年，頁 36～7。

〔註 65〕如阮籍〈詠懷詩・其四十一〉云：「采葯無旋返，神仙志不符。逼此良可惑，令我久躊躇。」〈詠懷詩・其七十八〉云：「可聞不可見，慷慨歎咨嗟。自傷非疇類，愁苦來相加。」郭光：《阮籍集校注》，頁 181、頁 225。

〔註 66〕陶淵明〈歸去來辭〉云：「質性自然」，又云：「聊乘化以歸盡，樂夫天命復奚疑？」逯欽立：《陶淵明集》，頁 159、頁 162。

〔註 67〕陶淵明〈連雨獨飲〉云：「形骸久已化，心在復何言？」〈戊申歲六月中遇火〉云：「形跡憑化往，靈府長獨閑。」皆言「性修返德」，與無窮之造化同體。逯欽立：《陶淵明集》，頁 55、頁 82。

至南朝梁，劉（峻）孝標所論由「性」擴大到「性命」，仍然不取玄學「本無」或玄學「崇有」之義。其云：

> 性命之道，窮通之數，夭閼紛綸，莫知其辯。……（李康）蕭遠論其本而不暢其流，（郭象）子玄語其流而未詳其本。（〈辯命論〉）〔註 68〕

三國魏時，李康作〈運命論〉，〔註 69〕反對名教之士之「俛仰尊貴之顏，逶迆勢利之間」、「絜其衣服，矜其車徒，冒其貨賄，淫其聲色，脈脈然自以爲得」，〔註 70〕不知窮達、貴賤、吉凶、成敗皆由天命，非人爲所可得必，故曰：「豈人事哉？」故聖人不以之介懷，「樂天知命」，「遇之而不怨，居之而不疑」，體現道之「無爲」、「無欲」，而「處窮達如一也」。西晉時，郭象作〈致命由己論〉，言「吉凶由己」。〔註 71〕今此〈論〉已佚。然以郭象《莊子注》觀之，其意以爲：「性各有極」，是謂「命定」，安於其性，即爲「吉」，不安於其性，即爲「凶」；〔註 72〕而萬物偏無自足，憑乎外資，又造物無主，物各自造，故人當自致其力，求取世資，以自適其性。此殆其所謂「吉凶由己」之意。劉孝標則以爲：兩者各有所偏，一偏重「無」，一偏重「有」，故一爲「論其本而不暢其流」，一爲「語其流而未詳其本」。故劉孝標持論異於兩者。其云：

> 夫通生萬物，則謂之道。生而無主，謂之自然。……生之無亭毒之心，死之豈虔劉之志？……蕩乎大乎，萬寶以之化。確乎純乎，一化而不易。化而不易，則謂之命。命也者，自天之命也。（〈辯命論〉）〔註 73〕

又云：

> 其道密微，寂寥忽慌，無形可以見，無聲可以聞。必御物以效靈，亦憑人而成象。（〈辯命論〉）〔註 74〕

言道不偏於「無」，亦不偏於「有」，而是「有無相即」，「無」必顯其用於「有」，

〔註 68〕《文選》卷五十四，頁 2345。

〔註 69〕《文選》卷五十三，頁 2295～306。

〔註 70〕其意猶阮籍〈大人先生傳〉之以名教君子爲「褌中之虱」，自以爲得，而一旦「炎丘火流，焦邑滅都，群虱死於褌中，而不能出」。郭光：《阮籍集校注》，頁 96～7。

〔註 71〕《文選・辯命論》李善注引。《文選》卷五十四，頁 2345～6。

〔註 72〕郭象注《莊子・逍遙遊》云：「小大之殊各有定分，非羨欲所及，則羨欲之累可以絕矣。夫悲生於累，累絕則悲去，悲去而性命不安者，未之有也。」

〔註 73〕《文選》卷五十四，頁 2346～7。

〔註 74〕《文選》卷五十四，頁 2350～1。

「有」必返其本於「無」。故非如玄學「本無」之輕忽人事，復非如玄學「崇有」之倖求世資。又云：

> 夫神非舜禹，心異朱均，才絓中庸，在於所習。……斯則邪正由於人，吉凶在乎命。（〈辯命論〉）〔註75〕

又云：

> 善人爲善，焉有息哉？……修道德，習仁義，敦孝悌，立忠貞，漸禮樂之腴潤，蹈先王之盛則，此君子之所急，非有求而爲也。（〈辯命論〉）〔註76〕

劉孝標重在言「修道德，習仁義，……」之歷程爲「性」（所謂「非有求而爲」），以此爲「體道」、「樂天知命」。故養「性」之歷程，即爲由「有」（有限）返「無」（無限）之歷程。

（二）仕隱之辨

在仕隱問題上，玄學「本無」尚「隱」，〔註77〕而玄學「崇有」尚「仕」；〔註78〕玄學「有無相即」則既不尚「隱」，復不尚「仕」，而返之於「性」。郭璞〈客傲〉云：

> 不塵不冥，不驪不騂，支離其神，蕭悴其形。形廢則神王，跡粗而名生。體全者爲犧，至獨者不孤。傲俗者不得以自得，默覺者不足以涉無。故不恢心而形遺，不外累而智喪。無巖穴而冥寂，無江湖而放浪。……寄群籟乎無象，域萬殊于一歸。不壽殤子，不夭彭涓。不壯秋豪，不小太山。蚑淚與天地齊流，蜉蝣與大椿齒年。……故皋壤爲悲欣之府，胡蝶爲物化之器矣。〔註79〕

郭璞既不贊同隱者之有情自守（所謂「默覺者不足以涉無」），亦不贊同仕者之以身爲殉（所謂「體全者爲犧」），而唯追求「自得」、「適性」（所謂「不壽殤子，不夭彭涓。不壯秋豪，不小太山。」即指不改易其性。）。而「性脩反德」，與造化爲一（所謂「蚑淚與天地齊流，蜉蝣與大椿齒年。」）。故郭璞所

〔註75〕《文選》卷五十四，頁2357～8。

〔註76〕《文選》卷五十四，頁2360。

〔註77〕如阮籍〈大人先生傳〉云：「必超世而絕群，遺俗而獨往」、「施無有而宅神，永太清乎遨翔」。郭光：《阮籍集校注》，頁102、頁103。

〔註78〕如郭象云：「若獨亢然立乎高山之頂，非夫人有情於自守，守一家之偏尚，何得專此！此故俗中之一物，而爲堯之外臣耳。」（郭象《莊子·逍遙遊》注）

〔註79〕《晉書·郭璞傳》卷七十二，頁1906。

嚮往者，爲「乘化」之境界（所謂「皋壤爲悲欣之府，胡蝶爲物化之器」）。其後，庾闡云：「悠悠太素，存亡一指，道來斯通，世往斯圮。」（〈弔賈誼辭〉）〔註 80〕曹毗云：「大人達觀，任化昏曉，出不極勞，處不巢皓，在儒亦儒，在道亦道。」（〈對儒〉）〔註 81〕均含有「無心於仕隱」、「乘化」之義。

葛洪亦云：

> 要道不煩，所爲鮮耳。……何憂於人理之廢乎？……古人多得道而匡世，修之於朝隱，蓋有餘力故也。何必修於山林，盡廢生民之事，然後乃成乎？（《抱朴子・釋滯》）〔註 82〕

又云：

> 僥求之徒，昧乎可欲，集不擇木，仕不料世，貪進不慮負乘之禍，受任不計不堪之敗。……耽漏刻之安，蔽必至之危。無朝菌之榮，望大椿之壽。（《抱朴子・嘉遯》）〔註 83〕

亦是對於玄學「本無」之尚「隱」，和玄學「崇有」之尚「仕」，均不表贊同，而歸之於「適性」、「自得」。

陶淵明於仕隱之辨，亦本之於「適性」、「自得」。如云：「即事如已高，何必升華嵩？」（〈五月旦作和戴主簿〉）、〔註 84〕「山澤久見招，胡事乃躊躇？直爲親舊故，未忍言索居。」（〈和劉柴桑〉）、〔註 85〕「結廬在人境，而無車馬喧。問君何能爾？心遠地自偏。」（〈飲酒・其五〉）〔註 86〕反對玄學「本無」之欲棲身山巖、棄絕人事。又云：「覺悟當念還，鳥盡廢良弓。」（〈飲酒・其十七〉）、〔註 87〕「孰若當世士，冰炭滿懷抱？」（〈雜詩・其四〉）、〔註 88〕「密網裁而魚駭，宏羅制而鳥驚。彼達人之善覺，乃逃祿而歸耕。」（〈感士不遇賦〉）〔註 89〕則反對玄學「崇有」之倖求名利、以身爲殉。

劉孝標於仕隱之辨上，亦歸之於「適性」、「自得」，其云：

〔註 80〕《晉書・庾闡傳》卷九十二，頁 2386。
〔註 81〕《晉書・曹毗傳》卷九十二，頁 2388。
〔註 82〕《抱朴子》，頁 32～3。
〔註 83〕《抱朴子》，頁 104。
〔註 84〕逯欽立：《陶淵明集》，頁 53。
〔註 85〕逯欽立：《陶淵明集》，頁 57。
〔註 86〕逯欽立：《陶淵明集》，頁 89。
〔註 87〕逯欽立：《陶淵明集》，頁 97。
〔註 88〕逯欽立：《陶淵明集》，頁 116。
〔註 89〕逯欽立：《陶淵明集》，頁 147。

夫鳥居山上，層巢木末，魚潛淵下，窟穴泥沙，豈好異哉？蓋性自然也。……斯則廟堂之與江海，蓬户之與金閨，並然其所然，悦其所悦，焉足毛羽瘡痏在其間哉？（〈東陽金華山栖志〉）〔註 90〕

於「仕」（所謂「廟堂」、「金閨」）或「隱」（所謂「江海」、「蓬户」），均無所好惡褒貶（所謂「毛羽瘡痏」）於其間，故云：「豈有史公、董相〈不遇〉之文乎？」（〈辯命論〉）〔註 91〕而歸之於「適性」、「自得」。而作者終究選擇「隱」，不選擇「仕」，亦非於「隱」有所偏好，乃因仕於亂世，非所以「適性」、「自得」之故，故云：「何能棲樹枝，取斃王孫彈？」（〈江州還入石頭〉）〔註 92〕

三、佛學所持的「有無相即」之立場

（一）沙汰沙門

佛學「崇有」和玄學「崇有」，本即精神相近，氣味相投；故部份士人反對玄學「崇有」之立場，遂逐漸延伸及於佛學「崇有」。如東晉安帝元興元年（西元 402 年），〔註 93〕桓玄對於其時「崇有」之佛家流於競求名利頗爲不滿，而欲沙汰眾僧。其云：

佛所貴無爲，慇懃在於絕欲。而比者凌遲，遂失斯道。京師競其奢淫，榮觀紛於朝市。天府以之傾匱，名器爲之穢黷。避役鍾於百里，逋逃盈於寺廟。乃至一縣數千，猥成屯落。邑聚遊食之群，境積不羈之眾。其所以傷治害政、塵滓佛教，固已彼此俱弊、寔污風軌矣。（〈沙汰眾僧與僚屬教〉）

此次沙汰眾僧，乃針對「崇有」之僧徒而來，〔註 94〕至於「本無」宗巨匠慧遠及其徒眾，桓玄則下令：「唯廬山道德所居，不在搜簡之例。」（〈沙汰眾僧與僚屬教〉）而慧遠對於此項政策亦大表支持，其致書桓玄曰：「佛教凌遲，

〔註 90〕《廣弘明集》卷二十四，《大正藏》冊 52，頁 276。

〔註 91〕《文選》卷五十四，頁 2361。

〔註 92〕羅國威：《劉孝標集校注》，上海：上海古籍出版社，1988，頁 139。

〔註 93〕《弘明集》卷十二，〈桓玄輔政欲沙汰眾僧與僚屬教〉稱「桓玄輔政」。《大正藏》冊 52，頁 85。按桓玄矯詔加己丞相，後又自署太尉，在此年。次年，桓玄即篡晉。《晉書・桓玄傳》卷九十九，頁 2590～1。

〔註 94〕《弘明集》卷十二有〈支道林法師與桓玄論州符求沙門名籍書〉，云：「頃頻被州符求抄名籍，煎切甚急，未悟高旨。」《大正藏》冊 52，頁 85。言其深受桓玄沙汰眾僧政策之困擾。惟書記「隆安三年」（西元 399 年），其時支遁早卒。或爲支遁門人之流所著，故有誤記。

穢雜日久。每一尋思，憤慨盈懷。常恐運出非意，混然淪湑。此所以夙宵歎懼，忘寢與食者也。見檀越澄清諸道人教，實應其本心。」（〈與桓太尉論料簡沙門書〉）〔註 95〕「貴尚無爲」、「慇懃絕欲」爲佛學「本無」所遵行，而爲佛學「崇有」所鄙視；無怪乎慧遠憤慨「佛教凌遲，穢雜日久」。此項政策不久即隨著桓玄敗亡而中止，惟已反映出部份士人對於佛學「崇有」之不滿。

東晉末沙汰沙門之議，至南朝宋文帝時又再度復行。《宋書・夷蠻傳》載：

> 元嘉十二年（西元 435 年），丹陽尹蕭摹之奏曰：「佛化被于中國，已歷四代，形像塔寺，所在千數，進可以繫心，退足以招勸。而自頃以來，情敬浮末，不以精誠爲至，更以奢競爲重。舊宇頹弛，曾莫之修，而各務造新，以相姱尚。甲第顯宅，於茲殆盡。材竹銅綵，糜損無極。無關神祇，有累人事。建中越制，宜加裁檢。不爲之防，流遁未息。……」詔可。又沙汰沙門，罷道者數百人。〔註 96〕

沙汰沙門政策之能落實實現，反映出部分士人已對其時佛教之偏差感到不滿。

（二）不滿舊說

佛家中亦有部份人對於舊義感到不滿，如竺道生。據《高僧傳・竺道生傳》〔註 97〕所載，道生早年從竺法汰出家。竺法汰爲道安同學，嘗令弟子曇一駁難執「心無」義之道恒，並曾著〈論本無義〉，與主佛學「崇有」之郗超辯論。〔註 98〕可知，竺法汰屬「本無」宗。竺法汰卒後，道生於東晉安帝隆安中（西元 397～401 年）入廬山，見僧伽提婆，習《毗曇》學。〔註 99〕其後，又與慧叡、慧嚴同遊長安，從鳩摩羅什受業。故道生所學甚爲博雜，不拘一派，於其時盛行之佛家「本無」、「崇有」之義理，均能通曉。正因如此，道生亦當深感二家之各有所偏，不能相通；故道生終能於二家之外，另立新義。《高僧傳・道生傳》又載：

> 生既潛思日久，徹悟言外，迺喟然嘆言：「夫象以盡意，得意則象忘；

〔註 95〕《弘明集》卷十二，《大正藏》冊 52，頁 85。

〔註 96〕《宋書》卷九十七，頁 2386。

〔註 97〕《高僧傳》卷七，頁 255～7。

〔註 98〕《高僧傳・竺法汰傳》卷五，頁 192～3。

〔註 99〕《出三藏記集・道生傳》載：「隆安中，移入廬山精舍，幽棲七年，以求其志。」蘇晉仁等點校：《出三藏記集》卷十五，頁 571。慧琳〈竺道生誄〉云：「自楊徂秦，登廬躡霍，羅什大乘之趣，提婆小道之要，咸暢斯旨，究舉其奧。」《廣弘明集》卷二十三，《大正藏》冊 52，頁 265。

言以詮理，入理則言息。自經典東流，譯人重阻，多守滯文，鮮見圓義。若忘筌取魚，始可與言道矣。」於是校閱眞俗，研思因果，迺立「善不受報」、「頓悟成佛」。又著〈二諦論〉、〈佛性當有論〉、〈法身無色論〉、〈佛無淨土論〉、〈應有緣論〉等。籠罩舊說，妙有淵旨。而守文之徒，多生嫌嫉，與奪之聲，紛然競起。

由於道生對於舊說之各有所偏、「鮮見圓義」，深感不滿，故促使道生「潛思日久」，終能另立新義。《高僧傳‧道生傳》又載：

六卷《泥洹》先至京師，（道）生剖析經理，洞入幽微，迺說一闡提人皆得成佛。于時大本未傳，孤明先發，獨見忤眾。於是舊學以爲邪說，譏憤滋甚，遂顯大眾，擯而遣之。生於大眾中正容誓曰：「若我所說反於經義者，請於現身即表厲疾；若與實相不相違背者，願捨壽之時，據師子座。」言竟拂衣而遊。

由此則記載，可知道生之說，明顯不同於當時舊說，故招致眾人攻擊，甚至遭到放逐。而道生之誓言，亦充分表現出其不取舊說之堅定立場。

道生之友慧琳，更著〈均善論〉〔註100〕（或稱〈白黑論〉），對其時盛行之佛學「本無」和「崇有」，大加撻伐。其文云：

明無常增其愒（當作「渴」）〔註101〕蔭之情，陳若偏（當作「苦僞」）篤其競辰之慮。……恐和合之辯，危脆之教，正足戀其嗜好之欲，無以傾其愛競之惑也。

又云：

美泥洹之樂，生耽逸之慮。贊（讚）法身之妙，肇好奇之心。近欲未弭，遠利又興。雖言菩薩無欲，群生固以（已）有欲矣。甫救交敝之氓，永開利競之俗。澄神反（返）道，其可得乎？

又云：

丹青眩媚綵之目，土木夸好壯之心。興糜費之道，單（殫）九服之財。樹無用之事，割群生之急。致營造之計，成私樹之權。務勸化之業，結師黨之勢。苦節以要厲精之譽，護法以展陵競之情。悲矣！

佛學「本無」以爲「三界皆苦」，生命「危脆」，故唯恐時不我與，不能及時

〔註100〕《宋書‧慧琳傳》卷九十七，頁2388～91。

〔註101〕據《弘明集》卷三〈宗炳答何承天書難白黑論〉所引校改，下同。《大正藏》冊52，頁18。

念佛坐禪以求解脫（所謂「陳苦僞篤其競辰之慮」），〔註 102〕而耽於泥洹淨土之美好（所謂「美泥洹之樂，生耽逸之慮」）。佛學「崇有」則以爲「色不自色」，因緣「和合」而成，均爲「無常」，而天地依至人（佛）以成運，萬物待至人以成化，〔註 103〕故生渴求至人庇蔭之情（所謂「明無常增其渴蔭之情」），且讚嘆佛之「法身」妙化神奇，〔註 104〕好尚不已（所謂「贊（讚）法身之妙，肇好奇之心。」）。慧琳以爲二者非所以「澄神返道」，故皆所不取。

慧琳此論充分顯露對於其時佛學之不滿，亦能代表部分士人的心聲。故此論一出，雖引來守舊者的抨擊，卻也有人大加讚譽。《宋書・慧琳傳》載：「論行於世。舊僧謂其貶黜釋氏，欲加擯斥。太祖見論賞之。元嘉中，遂參權要，朝廷大事，皆與議焉。」〔註 105〕何承天對此論大爲激賞，作書與宗炳往覆辯難。〔註 106〕何承天並作〈達性論〉貶黜佛教，與顏延之往覆辯難，而導致神滅不滅之討論。〔註 107〕

四、佛學中的「有無相即」之觀念

（一）竺道生的「佛性」義

由於部分佛家、士人不贊同佛學「本無」和「崇有」各有所偏之立場，以致在觀念上發生很大的變異。首先準確把握此觀念上的變異而予以彰顯者，爲竺道生。

道生所論，不偏於「無」（空），復不偏於「有」（因緣、形色），而重在指出「有」、「無」之「相即」。其云：

〔註 102〕慧遠〈念佛三昧詩集序〉曰：「感寸陰之頹影，懼來儲之未積。於是洗心法堂，整襟清向；夜分忘寢，夙宵惟勤。」《廣弘明集》，卷三十，《大正藏》冊 52，頁 351。

〔註 103〕支遁〈大小品對比要抄序〉云：「夫至人也，覽通群妙，凝神玄冥，靈虛響應，感通無方，建同德以接化，設玄教以悟神。」《出三藏記集》卷八，頁 299～300。僧肇〈涅槃無名論〉云：「夫至人空洞無象，而萬物無非我造。會萬物以成己者，其唯聖人乎！」《肇論》，《大正藏》冊 45，頁 161。

〔註 104〕鳩摩羅什《大乘大義章》卷上云：「從是佛身方便現化，常有無量無邊化佛，遍於十方，隨眾生類若干差品，而爲現形，光明色像，精粗不同。」《大正藏》冊 45，頁 123。

〔註 105〕《宋書》卷九十七，頁 2391。

〔註 106〕《弘明集》卷三有〈宗炳答何承天書難白黑論〉，《大正藏》冊 52，頁 17～21。

〔註 107〕《弘明集》卷四有〈何承天達性論〉、〈顏延之難〉，《大正藏》冊 52，頁 21～7。

> 大乘者，謂平等大慧，始於一善，終乎極慧是也。平等者，謂理無異趣，同歸一極也。大慧者，就終爲稱耳。若統論始末者，一豪（毫）之善，皆是也。（《法華經疏・序品》）〔註 108〕

「一善」非「極慧」，故「一善」爲「有」（有限），「極慧」爲「無」（無限）。而道生所論，既不偏重「一善」，復不偏重「極慧」，唯重在指出「始於一善，終乎極慧」、「統論始末」，「有」、「無」之爲相即，而不可分。以此而觀，雖是「一毫之善」，亦是「極慧」。故道生云：「一切眾生，莫不是佛，亦皆泥洹。泥與佛，始終之間，亦奚以異？」（《法華經疏・見寶塔品》）〔註 109〕亦是統「始」、「終」而爲言。成佛始自眾生，眾生終將成佛，僅就「始」「終」一統、「有」「無」相即而觀，方可謂「眾生」是「佛」。此「始」「終」一統、「有」「無」相即之觀念，道生主要是透過「佛性」一觀念來表述。其云：

> 稟氣二儀者，皆是涅槃正因。闡提是舍（含）生，何無佛性？（寶唱《名僧傳抄》引）〔註 110〕

又云：

> 眾生於過去，佛殖諸善根，一毫一善，皆積之成道。……佛種從緣起，佛緣理生，理既無二，豈容有三？（《法華經疏・方便品》）〔註 111〕

又云：

> 萬因雖殊，終成一果也。……眾生大悟之分，皆成乎佛。（《法華經疏・見寶塔品》）〔註 112〕

至道妙一，無所不體，故雖闡提至惡，何得無有佛性？而「有」必本於「無」，「始」必向於「終」（所謂「理無異趣，同歸一極」、「萬因雖殊，終成一果」），故雖闡提，亦終成佛果。而此「始自眾生，終於成佛」之歷程，即是「佛性」。眾生演化之歷程，即是佛性不斷自覺之歷程。在此歷程中之任一時點，莫不是佛性之自發，皆向著成佛，不容分割；故曰：「始終之間，亦奚以異？」非如佛學「本無」之以登至涅槃，始爲自覺。道生之論「性」，乃合「有」「無」、〔註 113〕統「始」「終」而爲言，故所重在「均一」（「皆有佛性」），而不同於佛

〔註 108〕《卍續藏》冊 150，頁 800～1。

〔註 109〕《卍續藏》冊 150，頁 823。

〔註 110〕《卍續藏》冊 134，頁 29。

〔註 111〕《卍續藏》冊 150，頁 808。

〔註 112〕《卍續藏》冊 150，頁 824。

〔註 113〕謝靈運〈辯宗論〉述道生義云：「滅累之體，物我同忘，有無一觀。」《廣弘

學「崇有」之重在「性殊」、「性分」。〔註 114〕

（二）竺道生之破解舊義

道生從「佛性」觀念出發，而在「悟道」、「法身」、「淨土」、「報應」等方面，提出迥異於佛學「本無」和「崇有」之新義。

在「悟道」方面，道生主「頓悟成佛」，其云：

> 夫眞理自然，悟亦冥符。眞則無差，悟豈容易？不易之體，爲湛然常照，但從迷乖之，事未在我耳。苟能涉求，便反迷歸極。歸極得本，而似始起。始則必終，常以之昧。若尋其趣，乃是我始會之，非照今有，有不在今，則是莫先爲大。既云大矣，所以爲常。常必滅累，復曰般泥洹也。〔註 115〕

佛學「崇有」偏重在「有」，故言「悟道」即生「分殊」、「階級」（或「次第」）〔註 116〕之見。道生則順觀「有」「無」、統論「始」「末」，故反對「悟道」有「分殊」（所謂「眞則無差，悟豈容易？」）、「階級」（或「次第」），〔註 117〕反對「漸悟」，而主「頓悟」。〔註 118〕道生既以「佛性」順觀「有」「無」、統

明集》卷十八，《大正藏》冊 52，頁 226。

〔註 114〕如支遁謂釋迦文佛：「吸中和之誕化，稟白淨之浩然。」（〈釋迦文佛像讚〉）《廣弘明集》，《大正藏》冊 52，卷 15，頁 195 下。又如僧肇〈不眞空論〉云：「自非聖明特達，何能契神於有無之間哉？」《大正藏》45 冊，頁 152 上。皆言佛特稟自然之妙氣，與眾生殊性，非可以學致。

〔註 115〕寶亮《大般涅槃經集解》卷一引，《大正藏》冊 37，頁 377。

〔註 116〕如支遁〈大小品對比要抄序〉云：「不同之功，由之萬品，神悟遲速，莫不緣分。」《出三藏記集》卷八，頁 300。「分」者，「性分」、「分殊」之意。又如劉虬〈無量義經序〉云：「支公之論無生，以七住爲道慧陰足，十住則群方與能。」《出三藏記集》卷九，頁 354。「十住」，即十個「階級」。支遁以爲從菩薩至佛，須經此十個階級。又如僧肇〈涅槃無名論〉云：「夫群有雖眾，然其量有涯，正使智猶身子，辯若滿願，窮才極慮，莫窺其畔。況乎虛無之數，重玄之域，其道無涯，欲之頓盡耶？書不云乎：『爲學者日益，爲道者日損。』爲道者，爲於無爲者也。爲於無爲，而曰『日損』，此豈頓得之謂？」《大正藏》冊 45，頁 160。則是反對「頓悟」，而主「漸悟」。

〔註 117〕謝靈運〈辯宗論〉述道生「頓悟義」云：「寂鑒微妙，不容階級。」《廣弘明集》卷十八，《大正藏》冊 52，頁 225。

〔註 118〕謝靈運〈辯宗論〉述道生「頓悟義」云：「夫明非漸至，信由教發。何以言之？由教而信，則有日進之功。非漸所明，則無入照之分。」《廣弘明集》卷十八，《大正藏》冊 52，頁 225。「明」者，「悟道」之意。以爲「悟道」必是「頓悟」，而非「漸悟」。劉虬〈無量義經序〉述道生「頓悟」義亦云：「斬木之喻，木存故尺寸可漸。無生之證，生盡故其照必頓。案三乘名教，皆以生盡照息，

論「始」「末」，則「悟道成佛」乃「佛性」分內「自然」（自己而然）之事，非襲取自外。既非襲取自外，則何須「漸得」？既不須漸得，則何來「日進」之功？言「頓悟」，只是爲表明非「漸得」而已，非謂本無而今有。道生云：

> 以爲苟若不知，焉能有信？然則由教而信，非不知也；但資彼之知，理在我表。資彼可以至我，庸得無功於日進？未是我知，何由有分於入照？豈不以見理於外，非復全昧；知不自中，未爲能照耶？（〈答王衛軍書〉）〔註 119〕

道生云：「佛爲一極」，〔註 120〕則「佛性」亦不二，眾生莫不體之，故皆有佛性。雖一毫之善，莫非佛性之自發。既是佛性自發，則何得不謂之「頓」〔註 121〕？何得不謂之「眞」？何得不謂之「一」？然則，凡「漸悟」皆不「眞」，以其外之，所謂「理在我表」。謝靈運〈辯宗論〉述道生義云：「積學無限，何爲自絕？」〔註 122〕「積學無限」，豈非成佛永不能至？而佛性永不能實現？是謂「自絕」於「成佛」。

在「法身」方面，道生主「法身無色」，其云：

> 人佛者，五陰合成耳。若有，便應色即是佛。若色不即是佛，便應色外有佛也。色外有佛，又有三種：佛在色中，色在佛中，色屬佛也。若色即是佛，不應待四也。若色外有佛，不應待色也。若色中有佛，佛無常矣。若佛中有色，佛有分矣。若色屬佛，色不可變矣。（《注維摩詰經．見阿閦佛品》）〔註 123〕

又云：

> 若有人佛者，便應從四大起而有也。夫從四大起而有者，是生死人也。佛不然矣。於應爲有，佛常無也。（《注維詰經．見阿閦佛品》）〔註 124〕

去有入空，以此爲道，不得取象於形器也。」《出三藏集》卷九，頁 354。「無生之證」，亦指「悟道」。以爲「悟道」必由「頓悟」。

〔註 119〕《廣弘明集》卷十八，《大正藏》冊 52，頁 228。

〔註 120〕《法華經疏．方便品》，《卍續藏》冊 150，頁 807。

〔註 121〕凡「性」之自發者，莫不自適其適、足於所足，非有外求，故皆當下即是。此之謂「頓」。因爲眞性本身自具價值，不待外物而有價值，故莫不是足於所足、自足。

〔註 122〕《廣弘明集》卷十八，《大正藏》冊 52，頁 225。

〔註 123〕《大正藏》冊 38，頁 410 中。

〔註 124〕《大正藏》冊 38，頁 410 中。

佛學「崇有」「讚法身之妙，肇好奇之心」（慧琳〈均善論〉），偏重於「有」，故以法身爲有色。〔註 125〕道生則順觀「有」「無」，統論「始」「末」，故以「佛爲一極」，不容分殊，〔註 126〕既無分殊，則法身無色，〔註 127〕色非法身。〔註 128〕道生並非以法身遠在三界之外，故無色可見，如佛學「本無」之所持，〔註 129〕而是以法身非外，故無色可見，然則，佛性自見者，即所以見法身。〔註 130〕

道生於「淨土」方面，則主「佛無淨土」，其云：

> 夫國土者，是眾生封疆之域，其中無穢，謂之爲淨。無穢爲「無」，封疆爲「有」。「有」生於惑，「無」生於解。其解若成，其惑方盡。……既云取彼，非自造之謂。若自造則無所統。無有眾生，何所成就哉？（《注維摩詰經・佛國品》）〔註 131〕

佛學「本無」偏重「無」，故以眾生所居爲「穢土」，而以佛居冥神絕境，爲「淨土」（或稱「佛土」、「泥洹」），〔註 132〕「美泥洹之樂，生耽逸之慮。」（慧琳〈均善論〉）佛學「崇有」則偏重「有」，以「眾生之影響」爲「佛土」，故「淨」、「穢」、「廣」、「狹」之土，莫非佛土。〔註 133〕道生則順觀「有」「無」、

〔註 125〕鳩摩羅什《大乘大義章》卷上云：「從是佛身方便現化，常有無量無邊化佛，遍於十方，隨眾生類若干差品，而爲現形，光明色像，精粗不同。」《大正藏》冊 45，頁 123 上。僧肇云：「法身在天爲天，在人而人，豈可近捨丈六，而遠求法身乎？」《注維摩詰經・方便品》卷二，《大正藏》冊 38，頁 343 上。

〔註 126〕道生云：「佛常無形，豈有二哉？」《注維摩詰經・方便品》卷二，《大正藏》冊 38，頁 343 上。

〔註 127〕道生云：「要備『三』義，然後成『色』義。」《注維摩詰經・見阿閦佛品》卷九，《大正藏》冊 38，頁 410 中。案「三」者，分殊之意。

〔註 128〕道生云：「相好嚴身，非其淨也；金槍馬麥，亦非穢也。」《注維摩詰經・見阿閦佛品》卷九，《大正藏》冊 38，頁 411 中。

〔註 129〕慧遠云：「四大既絕，將何所攝，而有斯形？陰陽之表，豈可感而成化乎？」《大乘大義章》卷上，《大正藏》冊 45，頁 123 中～下。

〔註 130〕道生云：「若謂己與佛接爲得見者，則己與佛異，相去遠矣，豈得見乎？若能如自觀身實相，觀佛亦然，不復相異，以無乖爲得見者也。」《注維摩詰經・見阿閦佛品》卷九，《大正藏》冊 38，頁 410 上。

〔註 131〕《大正藏》冊 38，頁 334 下。

〔註 132〕慧遠〈沙門不敬王者論・求宗不順化〉云：「泥洹不變，以化盡爲宅；三界流動，以罪苦爲場。」《弘明集》卷五，《大正藏》冊 52，頁 30 下。《高僧傳・慧遠傳》載：慧遠及徒眾「建齋立誓，共期西方。」《高僧傳》卷六，頁 214。

〔註 133〕僧肇云：「淨者應之以寶玉，穢者應之以沙礫。美惡自彼，於我無定。無定之土，乃曰眞土。」又云：「佛土者，即眾生之影響耳。……故隨所化眾生之多少，而取佛土之廣狹也。」並見《注維摩詰經・佛國品》卷一，《大正藏》冊 38，頁 334 中～下。

統論「始」「末」，以佛土本有，非造自外（所謂「既云取彼，非自造之謂。……無有眾生，何所成就哉？」），故不偏於「無」。又以佛爲一極，佛土豈容有二，〔註 134〕「淨」、「穢」皆「有」（所謂「封疆爲『有』」），適足爲累，豈是佛土？（所謂「『有』生於惑，『無』生於解。其解若成，其惑方盡。」）無土之土，方爲「淨土」。〔註 135〕故不偏於「有」。然則，佛土無外、不二，眾生自致佛性，即是成就佛土，故道生云：「無有眾生，何所成就哉？」又云：「行致淨土，非造之也。」（《注維摩詰經・佛國品》）〔註 136〕佛性自致，則無分殊、無內外，當下即是，渾然一體（「有」「無」相即、「始」「終」一統），是眞佛土。

道生於「報應」方面，則主「善不受報」，其云：

> 因善伏惡，得名人天業。其實，非善是受報也。（寶唱《名僧傳抄・說處》引）〔註 137〕

又云：

> 畜生等有富樂，人中果報有貧苦。（寶唱《名僧傳抄・說處》引）〔註 138〕

又云：

> 貪報行禪，則有味於行矣。既於行有味，報必惑焉。夫惑報者，縛在生矣！（《注維摩詰經・文殊師利問疾品》）〔註 139〕

佛學「本無」，偏於「無」，故欲逃離報應，而求「無報」。〔註 140〕佛學「崇有」，偏於「有」，故福禍分殊，而求「福報」。〔註 141〕道生則順觀「有」「無」、統

〔註 134〕道生云：「石沙雖穢，至於離惡之處，不容有異。」《注維摩詰經・佛國品》卷一，《大正藏》冊 38，頁 338 上。

〔註 135〕道生云：「無穢之淨，乃是無土之義。寄土言無，故言淨土。無土之淨，豈非法身之所託哉？」《法華經疏・踊出品》，《卍續藏》冊 150，頁 827。

〔註 136〕《大正藏》冊 38，頁 334 中。

〔註 137〕《卍續藏》冊 134，頁 29。

〔註 138〕《卍續藏》冊 134，頁 29。

〔註 139〕《大正藏》冊 38，頁 378 下。

〔註 140〕慧遠〈三報論〉云：「方外之賓，服膺妙法，洗心玄門，一詣之感，超登上位。如斯倫匹，宿殃雖積，功不在治，理自安消，非三報之所及。」《廣弘明集》卷五，《大正藏》冊 52，頁 34 下。案係以「報應」屬六道輪迴之事，而欲離之，故非以「報應」無有。

〔註 141〕孫綽〈喻道論〉云：「毫釐之功，錙銖之釁，報應之期，不可得而差矣。」《廣弘明集》卷三，《大正藏》冊 52，頁 16 下。僧肇云：「夫以群生萬端，業行不同，殊化異被，致令報應不一。是以淨者應之以寶玉，穢者應之以沙礫。」《注維摩詰經・佛國品》卷一，《大正藏》冊 38，頁 334 中。

論「始」「末」，以爲：「『有』生於惑，『無』生於解。」「報應」者，「善」「惡」分殊，「福」「禍」異途，仍存「有」惑。畏懼報應而行善（所謂「因善伏惡」），即是惑者，非眞善，事屬六道輪迴中之「人天業」，非爲佛行。若是眞善，則不受報。且報者在外，「知不自中」，既已外之，則物不可必。故報爲畜生者，或有得「富樂」；報爲人者，或有得「貧苦」。不可必而必之，是爲惑（所謂「報必惑焉」）。惑於報者，其生必縛（束縛），不得解脫（自由）。故佛學「崇有」欲求「福報」，爲「貪報」；佛學「本無」欲求「無報」，爲「行禪」；二者之行，皆「知不自中」，故皆「有味（刻意）於行」，其惑未解，其生在縛，非「佛性自足」之謂。若是佛性自致，則當足於當下，無所外求，非爲福報，此方爲眞「善」。

綜上所述，從竺道生之闡發「佛性」義，以破解佛學「本無」和佛學「崇有」之觀念，皆可看出竺道生反對佛學「本無」和佛學「崇有」之堅定立場；或者，實可說，竺道生本於其反對佛學「本無」和佛學「崇有」之堅定立場，始能「潛思日久」，創立新義，形成其破解佛學「本無」和佛學「崇有」之「佛性」觀念。

第三節　「有無相即」境在文學上的開展

一、由玄學而來的「有無相即」境之情感

（一）追求自適

玄學「崇有」之論「性」，限於「有」域，故重在言「性分」、「性殊」，而以萬物「偏無自足」、「憑乎外資」；以此而觀，則萬物皆「有待」者，得其所待，所待不失，始能「逍遙」。玄學「有無相即」之論「性」，則順觀「有」「無」，故重在言「性修返德」，而以萬物爲「物化之器」（郭璞〈客傲〉），此之謂「乘化」；以此而觀，則「有待」者皆役於物，乃適人之適、得人之得，而不能「自適」、「自得」者，非所以爲「乘化」。詩人持此觀念，反視自身之生活，於其淪爲物役，深感悲慨，遂生起追求「自適」、「自得」的強烈情感。

陶淵明〈歸去來辭〉云：

> 余家貧，耕植不足以自給。幼稚盈室，瓶無儲粟，生生所資，未見其術。……彭澤去家百里，公田之利，足以爲酒，故便求之。及少

日，眷然有歸歟之情。何則？質性自然，非矯勵所得。飢凍雖切，違己交病。嘗從人事，皆口腹自役。於是悵然慷慨，深愧平生之志。〔註 142〕

人之生，固有待於世資，然若爲求取世資而矯性自勵，則適足爲「累」，非「自適」之謂。詩人深感「口腹自役」之悲，悵然慷慨，寧受「飢凍」之苦，不爲「違己」之事，流露出熱烈追求主體自由（「自適」、「自得」）之情感。

故陶淵明詩中的情感，並非對外物之「有待」，而是對主體意志之堅持。如〈有會而作〉云：

弱年逢家乏，老至更長飢。
菽麥實所羨，孰敢慕甘肥！
惄如亞九飯，當暑厭寒衣。
歲月將欲暮，如何辛苦悲！
……………………………
斯濫豈攸志？固窮夙所歸。
餒也已矣夫，在昔余多師。〔註 143〕

詩中寫詩人一生大半皆在貧困、挨餓中度過，此痛苦非常人所能忍受，而詩人卻能堅持意志（「固窮」），寧可餓死，亦不屈服，絕不做當政者之統治工具（「斯濫」）。此詩中所流露的堅強意志，在玄學「崇有」影響下之詩歌中，是找不到的。

陶淵明詩中，類似的詩句不少，如云：

衣沾不足惜，但使願無違。（〈歸園田居・其三〉）〔註 144〕

一形似有制，素襟不可易。（〈乙巳歲三月爲建威參軍使都經錢溪〉）〔註 145〕

四體誠乃疲，庶無異患干。（〈庚戌歲九月中於西田穫早稻〉）〔註 146〕

不言春作苦，常恐負所懷。（〈丙辰歲八月中於下潠田舍穫〉）〔註 147〕

〔註 142〕逯欽立：《陶淵明集》，頁 159。
〔註 143〕逯欽立：《陶淵明集》，頁 107。
〔註 144〕逯欽立：《陶淵明集》，頁 42。
〔註 145〕逯欽立：《陶淵明集》，頁 79。
〔註 146〕逯欽立：《陶淵明集》，頁 84。
〔註 147〕逯欽立：《陶淵明集》，頁 85。

紆轡誠可學，違己詎非迷？（〈飲酒・其九〉）〔註 148〕

死去何所知？稱心固爲好！（〈飲酒・其十一〉）〔註 149〕

若不委窮達，素抱深可惜！（〈飲酒・其十五〉）〔註 150〕

竟抱固窮節，飢寒飽所更。（〈飲酒，其十六〉）〔註 151〕

遂盡介然分，終死歸田里。（〈飲酒・其十九〉）〔註 152〕

豈不實辛苦？所懼非飢寒。（〈詠貧士・其五〉）〔註 153〕

寧固窮以濟意，不委曲而累己。（〈感士不遇賦〉）〔註 154〕

從上述詩句中，可以看出詩人爲堅持主體自由而奮鬥不懈的精神，其高潔的人格，遠非倖求富貴、沾沾自喜之輩所可比擬。

世俗所「依待」之世資（名利），在陶淵明看來，皆甚爲不屑。如云：

吁嗟身後名，於我若浮煙。（〈怨詩楚調示龐主簿鄧治中〉）〔註 155〕

弊廬何必廣？取足蔽床席。（〈移居・其一〉）〔註 156〕

耕織稱其用，過此奚所須？（〈和劉柴桑〉）〔註 157〕

營己良有極，過足非所欽。（〈和郭主簿・其一〉）〔註 158〕

駟馬無貰患，貧賤有交娛。（〈贈羊長史〉）〔註 159〕

鼎鼎百年內，持此欲何成？（〈飲酒・其三〉）〔註 160〕

吾生夢幻間，何事紲塵羈？（〈飲酒・其八〉）〔註 161〕

客養千金軀，臨化消其寶。（〈飲酒・其十一〉）〔註 162〕

〔註 148〕逯欽立：《陶淵明集》，頁 92。
〔註 149〕逯欽立：《陶淵明集》，頁 93。
〔註 150〕逯欽立：《陶淵明集》，頁 96。
〔註 151〕逯欽立：《陶淵明集》，頁 96。
〔註 152〕逯欽立：《陶淵明集》，頁 98。
〔註 153〕逯欽立：《陶淵明集》，頁 126。
〔註 154〕逯欽立：《陶淵明集》，頁 148。
〔註 155〕逯欽立：《陶淵明集》，頁 48。
〔註 156〕逯欽立：《陶淵明集》，頁 56。
〔註 157〕逯欽立：《陶淵明集》，頁 58。
〔註 158〕逯欽立：《陶淵明集》，頁 60。
〔註 159〕逯欽立：《陶淵明集》，頁 65。
〔註 160〕逯欽立：《陶淵明集》，頁 88。
〔註 161〕逯欽立：《陶淵明集》，頁 91。

不覺知有我，安知物爲貴？（〈飲酒・其十四〉）〔註 163〕

榮華誠足貴，亦復可憐傷！（〈擬古・其四〉）〔註 164〕

詩人所求在自適，無待於外，故能知足。玄學「崇有」雖亦言知足，然彼等以世資爲所待，以可求者爲分內而求之，以不可求者爲分外而止之；故彼等之所謂知足，不過利祿大小之分耳，非不求利祿之謂。故俱言知足，而情懷之別有如此之甚。世俗之競求世資，以詩人觀之，實爲自紲塵羈，自致禍患，而世俗自謂得意者，實甚短淺，良可憐傷。此亦葛洪所謂「曲終則歎發，燕罷則心悲也。」（《抱朴子・暢玄》）

然而，陶詩中的情感，復與玄學「本無」下的詩人之蔑棄名利、高蹈塵外不同。彼等所企嚮之「無待」，乃寄托於高曠之遊仙或冥想，遠出己外，故僅止於思慕，終未能得之於己，實現於當下。而陶淵明詩中所流露的「自適」之欣趣，並非得自於外，而是眞性自發，自力得之，當下圓滿。如云：

稱心而言，人亦易足。（〈時運〉）〔註 165〕

在己何怨天？離憂悽目前。（〈怨詩楚調示龐主簿鄧治中〉）〔註 166〕

遷化或夷險，肆志無窊隆。（〈五月旦作和戴主簿〉）〔註 167〕

天豈去此哉？任眞無所先！（〈連雨獨飲〉）〔註 168〕

衣食當須紀，力耕不吾欺。（〈移居・其二〉）〔註 169〕

被褐欣自得，屢空常晏如。（〈始作鎭軍參軍經曲阿〉）〔註 170〕

孰是都不營，而以求自安？（〈庚戌歲九月中於西穫早稻〉）〔註 171〕

嘯傲東軒下，聊復得此生。（〈飲酒・其八〉）〔註 172〕

介然安其業，所樂非窮通。（〈詠貧士・其六〉）〔註 173〕

〔註 162〕逯欽立：《陶淵明集》，頁 93。
〔註 163〕逯欽立：《陶淵明集》，頁 95。
〔註 164〕逯欽立：《陶淵明集》，頁 111。
〔註 165〕逯欽立：《陶淵明集》，頁 13。
〔註 166〕逯欽立：《陶淵明集》，頁 50。
〔註 167〕逯欽立：《陶淵明集》，頁 53。
〔註 168〕逯欽立：《陶淵明集》，頁 55。
〔註 169〕逯欽立：《陶淵明集》，頁 57。
〔註 170〕逯欽立：《陶淵明集》，頁 71。
〔註 171〕逯欽立：《陶淵明集》，頁 84。
〔註 172〕逯欽立：《陶淵明集》，頁 90。

自適者「任眞」（任其眞性），所求在內，不待於外，故不求仙境（所謂「天豈去此哉？」）；眞性自發，故自本自根，無生之者在其先而生之（所謂「任眞無所先」）。「自適」之欣趣，來自於主體內在之圓滿（「稱心」、「肆志」），和外在之「夷險」、「窮通」無關。而「自適」之欣趣，須自力得之（「力耕」），非企嚮自外（「都不營」）。類此，皆可見陶淵明詩中之情感，和阮籍、嵇康不同。

（二）回歸自然

玄學「崇有」限於「有」域，以「自然」非復別有一物，而是萬物之總名，而萬物「各有其性」、「性各有極」，則其「自然」仍止於「分殊」、「競逐」之狀態。玄學「有無相即」則順觀「有」「無」，重在「性修返德」，故以「眞性自發」爲道之運、命之行，莫非自然，則其「自然」乃是「和諧」、「一致」之狀態。詩人以此反觀自身，既深慨「人爲」之澆薄，遂興發「回歸自然」、「返樸歸眞」之情感。

陶淵明〈感士不遇賦〉云：

> 夫履信思順，生人之善行；抱樸守靜，君子之篤素。自眞風告逝，大僞斯興，閭閻懈廉退之節，市朝驅易進之心。……
>
> 咨大塊之受氣，何斯人之獨靈！稟神智以藏照，秉三五而垂名。或擊壤以自歡，或大濟於蒼生。靡潛躍之非分，常傲然以稱情。世流浪而遂徂，物群分以相形。密網裁而魚駭，宏羅制而鳥驚。〔註174〕

「眞性自發」爲道之運、命之行，此之謂「靈」、「神」。故「性修返德」，則「天地與我並生，萬物與我爲一」（《莊子・齊物論》）而萬物渾然爲一「和諧」、「一致」之「自然」，此之謂「樸」、「靜」。「人爲」則妄分彼我，謬別利害，背棄眞性，雕殘自然，競以逐物，此之謂「大僞」。此亦老子所謂「樸散爲器」（《老子・二十八章》）、莊子所謂「澆淳散樸」（《莊子・繕性》）之意。詩人身受其害，故慨歎良深。

陶詩中類似的詩句尚有：

> 智巧既萌，資待靡因。（〈勸農〉）〔註175〕
>
> 道喪向千載，人人惜其情。（〈飲酒・其三〉）〔註176〕

〔註173〕逯欽立：《陶淵明集》，頁127。
〔註174〕逯欽立：《陶淵明集》，頁145～7。
〔註175〕逯欽立：《陶淵明集》，頁24。

世路廓悠悠，楊朱所以止。(〈飲酒・其十九〉)〔註 177〕

羲農去我久，舉世少復眞！(〈飲酒・其二十〉)〔註 178〕

三五道邈，淳風日盡。九流參差，互相推隕。形逐物遷，心無常準。(〈扇上畫贊〉)〔註 179〕

從上述詩句中，可看出詩人對於世俗之「智巧」、「詐僞」，深感痛心。故詩人於上古「淳樸未散」之時，甚爲嚮往。如云：

悠悠上古，厥初生民。傲然自足，抱朴含眞。(〈勸農〉)〔註 180〕

遙遙望白雲，懷古一何深！(〈和郭主簿・其一〉)〔註 181〕

愚生三季後，慨然念黃虞。(〈贈羊長史〉)〔註 182〕

無懷氏之民歟？葛天氏之民歟？(〈五柳先生傳〉)〔註 183〕

常言：五六月中，北窗下臥，遇涼風暫至，自謂是羲皇上人。(〈與子儼等疏〉)〔註 184〕

由上，可見詩人「懷古」之情，十分深切。然而，此復和玄學「本無」影響下的詩人之嚮往「遊仙」不同。彼等嚮往「遊仙」而終不能得之，以「遊仙」外於己之故。此則「眞性」在己，「返樸歸眞」即能自得之，故詩人得以「五柳先生」爲「無懷氏之民」，而又「自謂」是「羲皇上人」。

於是，詩人提出「回歸自然」、「返樸歸眞」的呼聲。如陶淵明〈歸園田居・其一〉云：

少無適俗韻，性本愛丘山。
誤落塵網中，一去三十年。
羈鳥戀舊林，池魚思故淵。
開荒南野際，守拙歸園田。
……………………………

〔註 176〕逯欽立：《陶淵明集》，頁 88。
〔註 177〕逯欽立：《陶淵明集》，頁 98。
〔註 178〕逯欽立：《陶淵明集》，頁 99。
〔註 179〕逯欽立：《陶淵明集》，頁 176。
〔註 180〕逯欽立：《陶淵明集》，頁 24。
〔註 181〕逯欽立：《陶淵明集》，頁 60。
〔註 182〕逯欽立：《陶淵明集》，頁 65。
〔註 183〕逯欽立：《陶淵明集》，頁 175。
〔註 184〕逯欽立：《陶淵明集》，頁 188。

久在樊籠裏，復得返自然。〔註 185〕

詩中極力歌頌重返自然所帶來的「眞性自得」之欣趣。而在回歸自然中，詩人亦能解脫形軀之束縛，與天地萬物融合爲一體，讚嘆天地和諧之大美。如云：

縱浪大化中，不喜亦不懼。(〈神釋〉)〔註 186〕

窮通靡攸慮，憔悴由化遷。(〈歲暮和張常侍〉)〔註 187〕

形跡憑化往，靈府長獨閑。(〈戊申歲六月中遇火〉)〔註 188〕

不覺知有我，安知物爲貴！(〈飲酒・其十四〉)〔註 189〕

眾鳥欣有託，吾亦愛吾廬。(〈讀山海經・其一〉)〔註 190〕

死去何所道？託體同山阿。(〈擬挽歌辭・其三〉)〔註 191〕

聊乘化以歸盡，樂夫天命復奚疑？(〈歸去來辭〉)〔註 192〕

遼遼沮溺，耦耕自欣。入鳥不駭，雜獸斯群。(〈扇上畫贊〉)〔註 193〕

陶子將辭逆旅之館，永歸於本宅。(〈自祭文〉)〔註 194〕

在上述詩文中，陶淵明熱情歌頌著萬物一體之「自然」之和諧，以及解脫形骸之「乘化」之自由。

二、由玄學而來的「有無相即」境之意象

(一) 農　耕

由於詩人心中充滿追求「自適」、「自得」之熱情，故一切爲追求「自適」、「自得」而奮鬥不懈之事物，皆能引起詩人的深深感喟，而成爲詩人熱烈歌詠的意象。其中，尤以「農耕」爲最。

〔註 185〕逯欽立：《陶淵明集》，頁 40。

〔註 186〕逯欽立：《陶淵明集》，頁 37。

〔註 187〕逯欽立：《陶淵明集》，頁 67。

〔註 188〕逯欽立：《陶淵明集》，頁 82。

〔註 189〕逯欽立：《陶淵明集》，頁 95。

〔註 190〕逯欽立：《陶淵明集》，頁 133。

〔註 191〕逯欽立：《陶淵明集》，頁 142。

〔註 192〕逯欽立：《陶淵明集》，頁 162。

〔註 193〕逯欽立：《陶淵明集》，頁 176。

〔註 194〕逯欽立：《陶淵明集》，頁 196～7。

陶淵明〈歸園田居・其三〉云：

種豆南山下，草盛豆苗稀。
晨興理荒穢，帶月荷鋤歸。
道狹草木長，夕露沾我衣。
衣沾不足惜，但使願無違。〔註 195〕

詩中描述從清晨耕作至日暮之辛勤。

又如〈庚戌歲九月中於西田穫早稻〉云：

開春理常業，歲功聊可觀。
晨出肆微勤，日入負禾還。
山中饒霜露，風氣亦先寒。
田家豈不苦？弗獲辭此難。〔註 196〕

詩中描寫農夫必須冒著風寒霜露，辛勤耕作一年，始能有收成，以養活自己。

由於「農耕」已成爲「追求自適、自得」之象徵，故原本卑賤、辛苦之「農耕」，卻使詩人發現極大的美感。如〈癸卯歲始春懷古田舍・其二〉云：

先師有遺訓，憂道不憂貧。
瞻望邈難逮，轉欲患長勤。
秉耒歡時務，解顏勸農人。
平疇交遠風，良苗亦懷新。
雖未量歲功，即事多所欣。〔註 197〕

又如〈自祭文〉云：

自余爲人，逢運之貧。簞瓢屢罄，絺綌冬陳。含歡谷汲，行歌負薪。翳翳柴門，事我宵晨。春秋代謝，有務中園。載耘載耔，迺育迺繁。欣以素牘，和以七弦。冬曝其日，夏濯其泉。勤靡餘勞，心有常閑。〔註 198〕

儒家之士，以「學優則仕」〔註 199〕爲人生理想，一向以「農耕」爲「鄙事」。〔註 200〕孔子曰：「君子謀道不謀食。耕也，餒在其中矣。學也，祿在其中矣。

〔註 195〕逯欽立：《陶淵明集》，頁 42。
〔註 196〕逯欽立：《陶淵明集》，頁 84。
〔註 197〕逯欽立：《陶淵明集》，頁 77。
〔註 198〕逯欽立：《陶淵明集》，頁 197。
〔註 199〕子夏曰：「仕而優則學，學而優則仕。」（《論語・子張》）
〔註 200〕《論語・子路》載：「樊遲請學稼。子曰：『吾不如老農。』請學爲圃。曰：『吾

君子憂道不憂貧。」(《論語・衛靈公》)〔註 201〕儒士以為:學優出仕而得俸祿,豈不勝過辛苦躬耕而受饑餒?也因此,儒士不屑於躬耕。故荷蓧丈人嘲笑孔子:「四體不勤,五穀不分。」(《論語・微子》)然而,儒士不事躬耕的結果,卻造成儒士缺乏自力謀生的能力,以致必須依附寄生於專制帝王,供當政者驅使,如此便喪失了本身的主體性。陶淵明深深不以為然,故云:「瞻望邈難逮,轉欲患長勤。」既以「長勤」(農耕)為「患」,為避患計,則其依附寄生於專制帝王即不免。故陶詩中極力肯定「農耕」之意義,如云:

冀缺攜儷,沮溺結耦。相彼賢達,猶勤壟畝,矧伊眾庶,曳裾拱手?(〈勸農〉)〔註 202〕

衣食當須紀,力耕不吾欺。(〈移居・其二〉)〔註 203〕

耕織稱其用,過此奚所須?(〈和劉柴桑〉)〔註 204〕

遙遙沮溺心,千載乃相關。但願長如此,躬耕非所歎。(〈庚戌歲九月中於西田穫早稻〉)〔註 205〕

從農耕中,可以自力取得衣食,自給自足,不須仰賴當政者鼻息,藉著經濟獨立,而恢復主體自由。故以陶淵明觀之,「農耕」非「鄙事」,其意義甚大甚深。陶淵明所嚮往之桃花源,即是以農耕而自給自足(所謂「相命肆農耕」),不必仰賴「君」「臣」之鼻息,恢復主體自由之「無君」「無臣」之社會(所謂「秋熟靡王稅」)。〔註 206〕陶淵明徹底拋開了儒家鄙視農耕之觀念,而視農耕為追求自適、自得之壯舉,深深讚許。故士大夫所視為勞苦、鄙賤而深深嫌惡之「農耕」,詩人卻無處不見其「美」,而成為詩人所熱烈歌詠之意象。所謂「秉耒歡時務」、「即事多所欣」、「含歡谷汲,行歌負薪」、「勤靡餘勞,心有常閑」等,均是詩人在勞苦的農耕中,所發現的極大美感。在中國詩歌史上,陶淵明是第一位真正深刻描繪「農耕」、並且從中發現美感的詩人。而陶詩之所以能別開生面者,亦以此。

不如老圃。』樊遲出。子曰:『小人哉,樊須也!』」

〔註 201〕朱子注:「耕所以謀食,而未必得食;學所以謀道,而祿在其中。」《四書集注》,台北:世界書局,民 72 年,頁 111。

〔註 202〕逯欽立:《陶淵明集》,頁 25。

〔註 203〕逯欽立:《陶淵明集》,頁 57。

〔註 204〕逯欽立:《陶淵明集》,頁 58。

〔註 205〕逯欽立:《陶淵明集》,頁 84。

〔註 206〕詳見陶淵明〈桃花源記并詩〉。逯欽立:《陶淵明集》,頁 165~8。

（二）田　園

由於詩人心中充滿「回歸自然」、「返樸歸眞」之熱情，故一切「自然」、「淳樸」之事物，皆能引起詩人深深的感喟，而成爲詩人熱烈歌詠的意象。其中，尤以「田園」爲最。

陶淵明〈歸園田居・其一〉云：

方宅十餘畝，草屋八九間。
榆柳蔭後簷，桃李羅堂前。
曖曖遠人村，依依墟里煙。
狗吠深巷中，雞鳴桑樹巔。
户庭無塵雜，虛室有餘閑。〔註 207〕

田園之寧靜、安祥、淳樸、和諧，令詩人得到極大美感，而深深詠嘆。

又如〈丙辰歲八月中於下潠田舍穫〉云：

飢者歡初飽，束帶候鳴雞。
揚檝越平湖，汎隨清壑迴。
鬱鬱荒山裏，猿聲閑且哀。
悲風愛靜夜，林鳥喜晨開。〔註 208〕

此寫田園中得以隨時親近鳥獸，與鳥獸和睦共處。此亦「入鳥不駭，雜獸斯群。」（陶淵明〈扇上畫贊〉）之意。

又如〈飲酒・其五〉）云：

採菊東籬下，悠然見南山。
山氣日夕佳，飛鳥相與還。
此中有眞意，欲辨已忘言。〔註 209〕

又如〈歸去來辭〉云：

引壺觴以自酌，眄庭柯以怡顏。
倚南窗以寄傲，審容膝之易安。
園日涉以成趣，門雖設而常關。
策扶老以流憩，時矯首而遐觀。
雲無心以出岫，鳥倦飛而知還。

〔註 207〕逯欽立：《陶淵明集》，頁 40。
〔註 208〕逯欽立：《陶淵明集》，頁 85。
〔註 209〕逯欽立：《陶淵明集》，頁 89。

景翳翳以將入，撫孤松而盤桓。〔註 210〕

此二首綜合描寫田園中得以回歸自然：人和鳥獸、人和草木、人和山水，均和睦共處，融爲一體。「飛鳥相與還」，則己與鳥獸融爲一體。「眄庭柯以怡顏」、「撫孤松而盤桓」，則己與草木融爲一體。「悠然見南山」、「雲無心以出岫」，則己與山水融爲一體。

由於詩人心中充滿「返樸歸眞」之熱情，故田園中農家之生活單純、心地淳朴，亦成爲詩人歌詠不已之意象。

如陶淵明〈歸園田居・其二〉云：

野外罕人事，窮巷寡輪鞅。
白日掩荊扉，對酒絕塵想。
時復墟里人，披草共來往。
相見無雜言，但道桑麻長。〔註 211〕

農家生活單純，無世俗奔競之事（所謂「罕人事」、「寡輪鞅」），亦絕競逐之心（所謂「絕塵想」），所思唯在農事，故相見所言非他，只道「桑麻長」而已，可謂淳樸之至。此在世俗，或將以粗鄙視之。但在詩人眼中，農家之淳樸，正爲農家可愛之處。由於農家心地淳樸，故田園中人和人之相處，均是眞摯誠懇，毫無心機。在詩人心目中，符合人性之和諧社會，正應如是。陶詩中歌詠農村社會之淳樸、和諧處甚多，如云：

漉我新熟酒，隻雞招近局。(〈歸園田居・其五〉)〔註 212〕

聞多素心人，樂與數晨夕。……鄰曲時時來，抗言談在昔。奇文共欣賞，疑義相與析。(〈移居・其一〉)〔註 213〕

過門更相呼，有酒斟酌之。農務各自歸，閑暇輒相思。相思則披衣，言笑無厭時。(〈移居・其二〉)〔註 214〕

弱子戲我側，學語未成音。此事眞復樂，聊用忘華簪。(〈和郭主簿・其一〉)〔註 215〕

〔註 210〕逯欽立：《陶淵明集》，頁 161。
〔註 211〕逯欽立：《陶淵明集》，頁 41。
〔註 212〕逯欽立：《陶淵明集》，頁 43。
〔註 213〕逯欽立：《陶淵明集》，頁 56。
〔註 214〕逯欽立：《陶淵明集》，頁 57。
〔註 215〕逯欽立：《陶淵明集》，頁 60。

> 日入相與歸，壺漿勞近鄰。（〈癸卯歲始春懷古田舍·其二〉）〔註216〕
>
> 悅親戚之情話，……農人告余以春及，將有事於西疇。（〈歸去來辭〉）〔註217〕

在上述詩句中，詩人生動描繪出一幅和諧、溫馨的畫面：農村中，淳樸的人們都好客、友善，人和人的感情都眞摯、自然，彼此互助合作而達於和諧。

雖然，現實中的農村社會，仍不能完全避免專制政權的干擾，故陶淵明在〈桃花源記并詩〉中，爲人們勾勒出「無君」「無臣」的理想社會之藍圖。如云：

> 有良田、美池、桑竹之屬，阡陌交通，雞犬相聞。其中往來種作，男女衣著，悉如外人。黃髮垂髫，並怡然自樂。……便要還家，爲設酒殺雞作食。……餘人各復延至其家，皆出酒食。……春蠶收長絲，秋熟靡王稅。……童孺縱行歌，斑白歡遊詣。……怡然有餘樂，于何勞智慧？〔註218〕

描繪桃花源中，人們皆好客友善、自適自得，無需「君」「臣」之宰制，無用「智慧」之機巧，而能回歸自然、返樸歸眞。在詩人筆下，桃花源成爲「人間仙境」，受到後人無限的嚮往。桃花源之爲「人間」的，而與玄學「本無」影響下的詩人之企嚮「遊仙」不同，即在於桃花源是出自「在己」之眞性，而非企嚮自外。

三、由佛學而來的「有無相即」境之情感

（一）追求自覺

佛學「崇有」以爲「色不自色」，因緣和合而成，均爲「無常」，而天地依至人（佛）以成運，萬物待至人以成化；〔註219〕以此而反觀自身，遂渴求至人之庇蔭，而生「安化」、「順化」之情。佛學「有無相即」則順觀「有」「無」、統論「始」「末」，以眾生皆有「佛性」，「佛性」本爲自有，成佛始自眾生，

〔註216〕逯欽立：《陶淵明集》，頁77。

〔註217〕逯欽立：《陶淵明集》，頁161。

〔註218〕逯欽立：《陶淵明集》，頁165～7。

〔註219〕支遁〈大小品對比要抄序〉云：「夫至人也，覽通群妙，凝神玄冥，靈虛響應，感通無方，建同德以接化，設玄教以悟神。」《出三藏記集》卷八，頁299～300。僧肇〈涅槃無名論〉云：「夫至人空洞無象，而萬物無非我造。會萬物以成己者，其唯聖人乎！」《肇論》，《大正藏》冊45，頁161。

眾生終將成佛，故謂「眾生」是「佛」，雖一毫之善，莫非佛性之「自覺」、「自知」。〔註220〕詩人以此反觀自身，遂堅信「成佛」爲「能至」，〔註221〕而興發追求佛性「自覺」、「自知」之熱情。

南朝宋時詩人謝靈運，受到竺道生思想之影響，其詩中不時流露出追求「自覺」、「自知」之情，如云：

懷抱既昭曠，外物徒龍蠖。（〈富春渚〉）〔註222〕

持操豈獨古？無悶徵在今。（〈登池上樓〉）〔註223〕

我志誰與亮？賞心惟良知。（〈遊南亭〉）〔註224〕

矜名道不足，適己物可忽。（〈遊赤石進帆海〉）〔註225〕

恬如（知）既已交，繕性自此出。（〈登永嘉綠嶂山〉）〔註226〕

萱蘇始無慰，寂寞終可求。（〈郡東山望溟海〉）〔註227〕

慮澹物自輕，意愜理無違。（〈石壁精舍還湖中作〉）〔註228〕

觀此遺物慮，一悟得所遣。（〈從斤竹澗越嶺溪行〉）〔註229〕

得性非外求，自已爲誰纂？（〈道路憶山中〉）〔註230〕

送心正覺前，斯痛久已忍。（〈臨終詩〉）〔註231〕

在上述詩句中，詩人流露出對「自覺」、「自知」的熱烈追求之情。此「自覺」、「自知」非得自於外，而是佛性自發，故曰：「繕性自此出」、「得性非外求」。一切諸法，本無自性，是爲「空」。能悟知此「空」理者，是爲「佛性」。故所謂佛性之「自覺」、「自知」，即是「自覺」、「自知」此空理，所謂「一悟」、

〔註220〕道生《法華經疏．序品》云：「大乘者，謂平等大慧，始於一善，終乎極慧是也。……若統論始末者，一毫之善，皆是也。」《卍續藏》冊150，頁800～1。

〔註221〕謝靈運〈辯宗論〉云：「今去釋氏之漸悟，而取其能至。」《廣弘明集》卷十八，《大正藏》冊52，頁225。

〔註222〕《文選》卷二十六，頁1240。

〔註223〕《文選》卷二十二，頁1040。

〔註224〕《文選》卷二十二，頁1041。

〔註225〕《文選》卷二十二，頁1043。

〔註226〕黃節：《謝康樂詩註》，台北：藝文印書館，民76年，頁94。

〔註227〕黃節：《謝康樂詩註》，頁95。

〔註228〕《文選》卷二十二，頁1044。

〔註229〕《文選》卷二十二，頁1049。

〔註230〕《文選》卷二十六，頁1248。

〔註231〕《廣弘明集》卷三十，《大正藏》冊52，頁356。

「正覺」、〔註 232〕「寂寞終可求」、「意愜理無違」。既已自覺、自知空理，則情欲之惑累亦自滅，故曰：「外物徒龍蠖」、「適己物可忽」、「慮澹物自輕」、「一悟得所遣」、「自已爲誰纂」。

此追求「自覺」、「自知」之情，既不同於佛學「崇有」影響下詩人的「安化」、「順化」之情，復不同於佛學「本無」影響下詩人的「厭世」、「往生」之情。如謝靈運〈登石門最高頂〉云：

心契九秋幹，目翫三春荑。

居常以待終，處順故安排。〔註 233〕

「九秋幹」指勁松之類，喻「常」。「三春荑」指嫩葉之類，喻「化」。「順」指「理」，〔註 234〕「處順」亦「居常」之意。「待終」即「待化」，「安排」即「安化」。佛學「本無」影響下之詩人，嚮往冥神絕境，似能「居常」、「處順」，然其「求宗不順化」（慧遠〈沙門不敬王者論〉），則不能「待終」、「安排」。佛學「崇有」影響下之詩人，嚮往大化流衍，似能「待終」、「安排」，然其情隨境遷，「知不自中」（竺道生〈答王衛軍書〉），則又不能「居常」、「處順」。而謝靈運所嚮往之「自覺」、「自知」，則不止於「居常」，尚且「待終」，不止於「安排」，尚且「處順」，「始」「終」一統，「有」「無」一觀，故異於二者，另成一型態。

（二）返歸一極

佛學「崇有」限於「有」域，以爲：萬物稟性分殊，以「不齊」爲「齊」，以「異」爲「不異」。〔註 235〕佛學「有無相即」則「有無一觀」，以爲：理唯一極，豈容有二？〔註 236〕詩人以此反觀自身，遂興起嚮往「返歸一極」之情。

謝靈運詩中，不時流露出嚮往「返歸一極」之情，如云：

〔註 232〕「正覺」，即「正等正覺」，爲「三藐三菩提」之意譯，指佛的覺悟，而所覺悟的內容爲「空理」。

〔註 233〕《文選》卷二十二，頁 1045。

〔註 234〕《莊子・天地》云：「同乎大順。」林希逸釋「大順」云：「即太初自然之理也。」（《南華眞經口義》）案：即指「道」。

〔註 235〕支遁〈大小品對比要抄序〉云：「神悟遲速，莫不緣分。」《出三藏記集》，卷八，頁 300。僧肇〈物不遷論〉云：「若古不至今，今不至古，事各性住於一世，有何物而可去來？」《大正藏》45 冊，頁 151 下。

〔註 236〕竺道生《法華經疏》云：「理唯一極。」（〈方便品〉）又云：「乖理爲惑，惑必萬殊；反則悟理，理必無二。」（〈藥草喻品〉）並見《卍續藏》冊 150，頁 806、頁 818。

未若長疎散，萬事恆抱朴。(〈過白岸亭〉)〔註 237〕

頤阿竟何端？寂寂寄抱一。(〈登永嘉綠嶂山〉)〔註 238〕

浮歡昧眼前，沈照貫終始。(〈石壁立招提精舍〉)〔註 239〕

沈冥豈別理？守道自不攜。(〈登石門最高頂〉)〔註 240〕

異音同致聽，殊響俱清越。(〈石門巖上宿〉)〔註 241〕

撫化心無厭，覽物眷彌重。(〈於南山往北山經湖中瞻眺〉)〔註 242〕

景夕群物清，對玩咸可喜。(〈初往新安桐廬口〉)〔註 243〕

唯願乘來生，怨親同心朕。(〈臨終詩〉)〔註 244〕

詩人嚮往返歸「一極」，故曰：「抱朴」、「抱一」、「守道」。而此「一極」乃是涅槃「沈冥」之佛理。〔註 245〕詩人有感於「惑必萬殊」，而歎曰：「頤阿竟何端」、〔註 246〕「浮歡昧眼前」。〔註 247〕詩人有感於「反則悟理，理必無二」，而嘆曰：「沈照貫終始」、「沈冥豈別理」、「怨親同心朕」。詩人渴望（所謂「心無厭」、「眷彌重」）於「萬殊」中悟其「一極」，而嘆曰：「同致聽」、「俱清越」、「咸可喜」。

四、由佛學而來的「有無相即」境之意象

（一）遊　歷

由於詩人心中充滿追求「自覺」、「自知」之熱情，而「自覺」、「自知」是由「近」及「遠」、始「危」終「易」、從「迷」到「悟」，於是一切由「近」

〔註 237〕黃節：《謝康樂詩註》，頁 84。
〔註 238〕黃節：《謝康樂詩註》，頁 94。
〔註 239〕黃節：《謝康樂詩註》，頁 111。
〔註 240〕《文選》卷二十二，頁 1045。
〔註 241〕黃節：《謝康樂詩註》，頁 129。
〔註 242〕《文選》卷二十二，頁 1047。
〔註 243〕黃節：《謝康樂詩註》，頁 157。
〔註 244〕《廣弘明集》卷三十，《大正藏》冊 52，頁 356。
〔註 245〕慧遠〈與劉遺民等書〉曰：「以今而觀，則知沈冥之趣，豈得不以佛理爲先？」《廣弘明集》，卷二十七，頁 304。
〔註 246〕《老子・二十章》云：「唯之與阿」。「頤」、「唯」，同爲應諾之辭。「阿」，當作「呵」（據馬王堆出土帛書《老子》甲、乙本），呵斥也。「唯」「呵」，指美惡、毀譽。「竟何端」，言「唯」「呵」更迭不已，無「端」可尋。
〔註 247〕「歡」「悲」之情狀萬殊，變動不居，故曰「浮歡」。「萬殊」爲「惑」，故曰「昧」。

及「遠」、始「危」終「易」、從「迷」到「悟」之事物，皆能引起詩人的深深感喟，而成爲詩人所熱烈歌詠的意象。其中，尤以「遊歷」爲最。

謝靈運詩中歌詠「遊歷」之處甚多。而其描寫「遊歷」，常兼有「由近及遠」、「始危終易」、「從迷到悟」三方面而混合之。茲爲敘述方便，故依次舉例說明。

其寫「由近及遠」，如云：

山行窮登頓，水涉盡洄沿。(〈過始寧墅〉)〔註 248〕

宵濟漁浦潭，旦及富春郭。(〈富春渚〉)〔註 249〕

江南倦歷覽，江北曠周旋。懷雜（新）道轉迥，尋異景不延。(〈登江中孤嶼〉)〔註 250〕

溯溪終水涉，登嶺始山行。(〈初去郡〉)〔註 251〕

出谷日尚早，入舟陽已微。(〈石壁精舍還湖中作〉)〔註 252〕

晨策尋絕壁，夕息在山棲。(〈登石門最高頂〉)〔註 253〕

朝搴苑中蘭，畏彼霜下歇。暝還雲際宿，弄此石上月。(〈石門巖上宿〉)〔註 254〕

朝旦發陽崖，景落憩陰峰。舍舟眺迴渚，停策倚茂松。(〈於南山往北山經湖中瞻眺〉)〔註 255〕

過澗既厲急，登棧亦陵緬。(〈從斤竹澗越嶺溪行〉)〔註 256〕

杪秋尋遠山，山遠行不近。(〈登臨海嶠初發彊中作與從弟惠連見羊何共和之〉)〔註 257〕

遊當羅浮行，息必廬霍期。越海凌三山，遊湘歷九嶷。(〈初發石首

〔註 248〕《文選》卷二十六，頁 1239。
〔註 249〕《文選》卷二十六，頁 1240。
〔註 250〕《文選》卷二十六，頁 1242。
〔註 251〕《文選》卷二十六，頁 1244。
〔註 252〕《文選》卷二十二，頁 1044。
〔註 253〕《文選》卷二十二，頁 1045。
〔註 254〕黃節：《謝康樂詩註》，頁 129。
〔註 255〕《文選》卷二十二，頁 1046。
〔註 256〕《文選》卷二十二，頁 1048。
〔註 257〕《文選》卷二十五，頁 1198。

城〉)〔註 258〕

謝靈運喜作長遊，動踰旬朔。〔註 259〕其詩中所描寫之「遊歷」，亦使人有「由近及遠」之感。遊歷中，不斷出現新異之景物，使詩人不覺由近之遠，腳步不曾稍事遷延停留。〔註 260〕遊歷中，不斷出現新異之事物，亦猶佛性自覺之日新不已，故成爲詩人寄托情感之象徵。詩人善於利用行進方式之改變(如「登」「頓」、「洄」「沿」、「溯溪」「登嶺」、「舍舟」「停策」、「過澗」「登棧」)、或時間之推移(如「宵」「旦」、「日尚早」「陽已微」、「晨」「夕」、「朝」「暝」、「朝旦」「景落」)，以暗示所遊歷之遙遠。而遊歷中，「由近及遠」之歷程，帶來視野的擴展，給予詩人極大的美感，故引起詩人熱烈的歌詠。

其寫「始危終易」，如云：

溯流觸驚急，臨圻阻參錯。亮乏伯昏分，險過呂梁壑。洊至宜便習，兼山貴止託。(〈富春渚〉)〔註 261〕

躋險築幽居，披雲臥石門。苔滑誰能步？葛弱豈可捫？(〈石門新營所住四面高山迴溪石瀨脩竹茂林詩〉)〔註 262〕

過澗既厲急，登棧亦陵緬。川渚屢逕復，乘流翫迴轉。(〈從斤竹澗越嶺溪行〉)〔註 263〕

莓莓蘭渚急，藐藐苔嶺高。……合歡不容言，摘芳弄寒條。(〈石室山詩〉)〔註 264〕

孤客傷逝湍，徒旅苦奔峭。……遭物悼遷斥，存期得要妙。(〈七里瀨〉)〔註 265〕

〔註 258〕《文選》卷二十六，頁 1246。

〔註 259〕《宋書・謝靈運傳》載：「(靈運)肆意游遨，遍歷諸縣，動踰旬朔。」又載：「(靈運)尋山陟嶺，必造幽峻，巖嶂千重，莫不備盡。……嘗自始寧南山伐木開逕，直至臨海，從者數百人。臨海太守王琇驚駭，謂爲山賊，徐知是靈運乃安。又要琇更進，琇不肯，靈運贈琇詩曰：『邦君難地嶮，旅客易山行。』」並見《宋書》卷六十七，頁 1753～4、頁 1775。

〔註 260〕沈德潛曰：「懷新道轉迥，謂貪尋新境，忘其道之遠也。尋異景不延，謂往前探奇，當前妙景，不能少遷延也。深於尋幽者知之。十字字字耐人咀味。」沈德潛：《詳註古詩源》，台北：德興書局，卷下，頁 43。

〔註 261〕《文選》卷二十六，頁 1240。

〔註 262〕《文選》卷三十，頁 1399。

〔註 263〕《文選》卷二十二，頁 1048。

〔註 264〕黃節：《謝康樂詩註》，頁 135。

〔註 265〕《文選》卷二十六，頁 1241。

遊歷之始，雖常艱難、危險，或爲山勢陡峭（如「臨圻阻參錯」、「躋險」、「陵緬」、「蒞蒞」、「奔峭」），或爲行進困難（如「苔滑」、「葛弱」），或爲水流湍急（如「溯流觸驚急」、「過澗既厲急」、「蘭渚急」、「逝湍」）；然終能至於安穩、夷易，故曰：「便習」、「止託」、「臥」、「翫」、「合歡」、「要妙」。遊歷中，「始危終易」之歷程，帶來心情的舒展，給予詩人極大的美感，故詩人熱烈歌詠之。

其寫「從迷到悟」，如云：

> 澗委水屢迷，林迥巖逾密。眷西謂初月，顧東疑落日。踐夕奄昏曙，蔽翳皆周悉。（〈登永嘉綠嶂山〉）〔註266〕
>
> 連巖覺路塞，密竹使徑迷。來人忘新術，去子惑故蹊。活活夕流駛，噭噭夜猿啼。（〈登石門最高頂〉）〔註267〕
>
> 險逕無測度，天路非術阡。遂登群峰首，邈若升雲煙。（〈入華子崗是麻源第三谷〉）〔註268〕

遊歷之中，時有迷路之事，或爲不辨所在（如「澗委水屢迷」），或爲遺失路徑（如「路塞」、「徑迷」、「無測度」、「非術阡」），或爲錯認方向（如「眷西謂初月」、「顧東疑落日」）；然終能豁然貫通，辨識路徑，故曰：「皆周悉」、「夕流駛」、「遂登群峰首」。此「從迷到悟」之歷程，帶來心思的暢通，給予詩人極大的美感，故爲詩人所歌詠。

而在遊歷中，仰觀、俯察皆所以覺悟沈冥之至理，亦佛性自覺之事。如云：

> 未厭青春好，已睹朱明移。戚戚感物歎，星星白髮垂。藥（樂）餌情所止，衰疾忽在斯。逝將候秋水，息景偃舊崖。（〈遊南亭〉）〔註269〕
>
> 溟漲無端倪，虛舟有超越。……矜名道不足，適己物可忽。（〈遊赤石進帆海〉）〔註270〕
>
> 榮悴迭去來，窮通成休感。未若長疎散，萬事恆抱樸。（〈過白岸亭〉）〔註271〕

〔註266〕黃節：《謝康樂詩註》，頁94。
〔註267〕《文選》卷二十二，頁1045。
〔註268〕《文選》卷二十六，頁1250。
〔註269〕《文選》卷二十二，頁1041。
〔註270〕《文選》卷二十二，頁1043。
〔註271〕黃節：《謝康樂詩註》，頁84。

早聞夕飆急，晚見朝日暾。……感往慮有復，理來情無存。（〈石門新營所住四門高山迴溪石瀨脩竹茂林詩〉）。〔註 272〕

情用賞爲美，事昧竟誰辨？觀此遺物慮，一悟得所遣。（〈從斤竹澗越嶺溪行〉）〔註 273〕

三江事多往，九派理空存。（〈入彭蠡湖口〉）〔註 274〕

景物之迭陳、潮汐之消長、日夜之輪替、江水之流逝，均使詩人感到世間之事物皆隨因緣流轉，本性空寂，遂覺悟沈冥之空理，情欲之惑累亦因而消解無存，故曰：「息影」、「物可忽」、「恆抱樸」、「情無存」、「得所遣」。〔註 275〕「遊歷」因此成爲佛性自覺之事，寄托著詩人追求自覺之情感，象徵著從「眾生」到「佛」的自覺歷程，而成爲詩人所熱烈歌詠的意象。

（二）山　水

由於詩人心中充滿嚮往「返歸一極」之情感，而「返歸一極」必須透過「異致同觀」方能達到，故一切使人「異致同觀」之事物，皆足以引起詩人的深刻感動，而成爲詩人所歌詠的意象。其中，尤以「山水」爲最。

謝靈運詩中描寫「山水」之處甚多，佔其詩之大部分。文學史家多以「山水詩」至謝靈運始正式成立。〔註 276〕謝靈運描寫「山水」，重在描寫「山水」之使人「異致同觀」。鍾嶸《詩品》稱其詩：「外無遺物」。白居易〈讀謝靈運詩〉謂其詩：「大必籠天海，細不遺草樹。」王船山《古詩評選》（卷五）稱其詩：「神理流乎兩間，天地供其一目，大無外而細無垠。」殆皆有見於此。茲爲敘述方便，析爲「大觀」和「細景」二方面，加以說明。

其寫「大觀」，如云：

巖峭嶺稠疊，洲縈渚連綿。（〈過始寧墅〉）〔註 277〕

〔註 272〕《文選》卷三十，頁 1399。

〔註 273〕《文選》卷二十二，頁 1049。

〔註 274〕《文選》卷二十六，頁 1249。

〔註 275〕李善注曰：「事（世）無高翫，而情之所賞，即以爲美；此理幽昧，誰能分別乎？」案：情生於惑，解生於悟。「理」者，沈冥之空理。「觀此」者，觀萬物皆隨因緣流轉、本性空寂。能覺悟空理，故能遣去情惑；亦「理來情無存」之意。

〔註 276〕劉勰《文心雕龍‧明詩》云：「宋初文詠，體有因革，莊老告退，而山水方滋。」案：宋初山水詩當以謝靈運爲宗。

〔註 277〕《文選》卷二十六，頁 1239。

連郭疊巘崿，青翠杳深沈。(〈晚出西射堂〉)〔註278〕

千頃帶遠堤，萬里瀉長汀。(〈白石巖下徑行田〉)〔註279〕

迎旭凌絕嶝，暎泫歸潊浦。(〈過瞿溪山飯僧〉)〔註280〕

莫辨洪波極，誰知大壑東？(〈行田登海口盤嶼山〉)〔註281〕

雲日相輝映，空水共澄鮮。(〈登江中孤嶼〉)〔註282〕

千圻邈不同，萬嶺狀皆異。(〈遊嶺門山〉)〔註283〕

林壑斂暝色，雲霞收夕霏。(〈石壁精舍還湖中作〉)〔註284〕

江山共開曠，雲日相照媚。(〈初往新安桐廬口〉)〔註285〕

無論是雲天、江海，或是疊巘、林壑，均爲一極之佛理所遍運，在詩人眼中，皆已連綿一貫，達到「異致同觀」之境。

其寫「細景」，如云：

池塘生春草，園柳變鳴禽。(〈登池上樓〉)〔註286〕

澤蘭漸被逕，芙蓉始發池。(〈遊南亭〉)〔註287〕

白芷競新苕，綠蘋齊初葉。(〈登上戍石鼓山〉)〔註288〕

白花皜陽林，紫虈曄春流。(〈郡東山望溟海〉)〔註289〕

俯濯石下潭，仰看條上猿。(〈石門新營所住四面高山迴溪石瀨脩竹茂林詩〉)〔註290〕

芰荷迭映蔚，蒲稗相因依。(〈石壁精舍還湖中作〉)〔註291〕

〔註278〕《文選》卷二十二，頁1038。
〔註279〕黃節：《謝康樂詩註》，頁81。
〔註280〕黃節：《謝康樂詩註》，頁82。
〔註281〕黃節：《謝康樂詩註》，頁86。
〔註282〕《文選》卷二十六，頁1243。
〔註283〕黃節：《謝康樂詩註》，頁96。
〔註284〕《文選》卷二十二，頁1044。
〔註285〕黃節：《謝康樂詩註》，頁157。
〔註286〕《文選》卷二十二，頁1040。
〔註287〕《文選》卷二十二，頁1041。
〔註288〕黃節：《謝康樂詩註》，頁87。
〔註289〕黃節：《謝康樂詩註》，頁95。
〔註290〕《文選》卷三十，頁1399。
〔註291〕《文選》卷二十二，頁1044。

> 初篁苞綠籜，新蒲含紫茸。海鷗戲春岸，天雞弄和風。（〈於南山往北山經湖中瞻眺〉）〔註 292〕

無論是花草、樹木，或是鳥獸、蟲魚，亦均爲一極之佛理所遍運，在詩人眼中，亦已連綿一貫，達到「異致同觀」之境。

「山水」使詩人得以達到「異致同觀」之境，亦寄托著詩人「返歸一極」的情感，而成爲詩人熱烈歌詠的意象，使詩人從中得到無限的美感。在中國詩歌發展史上，開創出「山水詩」一派特有的境界。

第四節　小　結

綜上所述，可知西晉末年之亂局，以及「崇有」派名士之相繼遇害，促使士人對玄學「崇有」產生質疑和反思，並迅即發爲詩文中的哀痛之情。如左思、張載、張協、郭璞、庾闡諸人皆是。雖然玄學「崇有」在東晉仍蓬勃發展，而佛學「崇有」更達到了巔峰；但是，這些詩文仍然改變了部分士人的心態，進而更開闢了另一型態的心靈境界。

於思想上，葛洪以「鈞一」言「性」，而論「養性」、「成仙」。陶淵明、劉孝標則以「性修返德」言「性」，而論「乘化」、「適性」。竺道生則以「有無一觀」、「始末一統」言「佛性」，而破解舊義諸說。於「有」、「無」之「關係」上，既異於「本無」，復異於「崇有」，而確能有新的建樹。

於文學上，陶淵明開創了「田園詩」一派。謝靈運則開創了「山水詩」一派。和出現於六朝之「遊仙詩」、「隱逸詩」、「自然詩」、「閨怨詩」、「宮體詩」……，皆有很大的不同，而確能有新的建樹。

觀察此一思想和文學之變遷，可看出兩者的發展是同時並進，交互影響。在交互影響的過程中，觀念由模糊逐漸清晰，情感由片斷逐漸連綿，遂能成立一完整的心靈境界。

〔註 292〕《文選》卷二十二，頁 1047。

第六章　結　論

六朝不僅僅是一個亂世，在中國文化發展史上，六朝是一個光輝的時代。六朝人在文化上的開創，深具特色，而和其他朝代不同。因此，「六朝文化」可視爲一個獨立的整體，其時代精神遍運於思想、文學、宗教、藝術、政治……各層面，雖然紛紜複雜，但彼此交互影響，皆帶著六朝文化的特色，皆映現六朝的時代精神，亦皆離不開「六朝文化」這一個獨立的整體。

思想（尤其是玄學和佛學）及文學，構成了六朝文化的兩大主幹，而兩者在推動六朝文化發展的過程中，彼此不斷交互滲透、融合。因此，我們無法將兩者視爲互不相干的部分，如此將成爲片面之見。本文以爲：六朝之思想和文學，各自映現六朝心靈境界之一面，猶如空間之與時間，不可相離。劉勰《文心雕龍》綜論屬於思想之「論說」和屬於文學之「詩賦」，而統之於一心（「天地之心」），以爲皆出自於一心，所謂「心生而言立，言立而文明」（《文心雕龍．原道》），故以「文心」名其書；並非沒有道理。六朝中，有許多兼具思想家和文學家兩種身份的例子，如何晏、阮籍、嵇康、向秀、張華、謝安、王羲之、支遁、孫綽、慧遠、陶淵明、謝靈運等等，而文人、名士、僧侶之交遊非常普遍；皆可證實此點。

雖然，同一心靈境界之中，仍可有種種之分別。唐君毅說：

> 于境或言境界者，以境非必混然一境，境更可分別，而見其中有種種或縱或橫或深之界域故。然以境統界，則此中之界域雖分別，而可共合爲一總境。則言境界，而分合總別之義備。〔註 1〕

〔註 1〕詳參氏著：《生命存在與心靈境界》，頁 11。

換言之，「大同」之中，仍可有「小異」，然而，雖有「小異」，並不妨其「大同」。莊子所謂：「類與不類，相與爲類。」（《莊子・齊物論》）本文據此將六朝心靈境界區分爲「本無」、「崇有」、「有無相即」三種主要類型。固然尚可有其他區分之可能，然而，皆不及此三種區分之爲顯著且巨大。

以思想而言，玄學的發展，從何晏、王弼以至阮籍、嵇康，大體方向是一致的，到了向秀、郭象，則是一大轉折，而到了葛洪、陶淵明，又是一大轉折。佛學的發展，從依附玄學的格義，以至道安、支遁，雖亦頗取玄學之理論，然已有所不同；繼道安者爲慧遠，繼支遁者爲鳩摩羅什、僧肇，而二派之觀念則互相分歧；及至竺道生，破解舊義，又是一大轉折。以文學而言，一方面，從漢末、建安以至阮籍、嵇康，精神面貌是相似的，到了張華、陸機，則是一大轉變，而到了陶淵明，又是一大轉變。另一方面，慧遠、鮑照、江淹等的詩文，精神面貌是相似的，支遁、孫綽、蕭綱等的詩文，則與之不同，而謝靈運的詩歌，又與二者皆不相同。此皆爲比較顯著且巨大之歷史軌跡。

然而，無論是思想的發展，或是文學的發展，常是漸進的，新的成份雖已出現，而舊的成份仍未消失，故兩者間確有重疊之情形。從思想方面說，如西晉盛行玄學「崇有」，然仍有王衍之徒推重何晏、阮籍之說。〔註 2〕東晉葛洪、陶淵明已摒棄玄學「崇有」，另立新義，然當時名士持論，仍爲玄學「崇有」。〔註 3〕晉宋之際，北方鳩摩羅什，南方慧遠，其說分歧，〔註 4〕然並稱宗師。南朝宋時，竺道生已能破解舊義，然而反遭持舊義之眾僧所擯遣。〔註 5〕從文學方面說，如西晉流行的詩歌，多歌詠現實的快樂（詳見本文第四章第三節），然而，仍有成公綏、何劭作遊仙詩。晉宋之際，陶淵明創作田園詩，獲致極高的成就，然而當時並未引起太大的注意，劉勰《文心雕龍》竟無一語評及，鍾嶸《詩品》僅列爲中品，蕭統編《文選》選錄陶淵明詩的數量，遠不及謝靈運和顏延之。故南朝流行的仍是山水詩、閨怨詩和宮體詩。因此，

〔註 2〕詳參《晉書・王衍傳》，卷四十三，頁 1236。及《晉書・裴頠傳》，卷三十五，頁 1044。

〔註 3〕如謝安、王羲之、王坦之之流，承郭象「有待」、「性分」之說，而崇尚「情性自得」、「欣於所遇」。詳參王羲之〈蘭亭集序〉，及本文第四章第三節。

〔註 4〕二人曾以書信大事辯論，凡十八問十八答，即今之《大乘大義章》，《大正藏》冊 45，頁 122～43。

〔註 5〕詳參《高僧傳・竺道生傳》，卷七，頁 256。

本文所作之區分，亦僅是就大體傾向而言，並不否認其間有重疊之情形。

就個別的思想家或文學家而言，此三種類型之區分，乃至玄學和佛學之區分，亦偶有重疊之情形。此因個別的思想家或文學家本身的情思之複雜。從思想方面說，如王衍本持玄學「本無」，然對提倡「崇有」之裴頠，仍深表敬重，〔註 6〕則於其說當非全然不予接受。而王衍之「志在苟免」，唯「思自全之計」，〔註 7〕則似有取於玄學「崇有」之「萬物偏無自足，各憑乎世資」之意。又如梁武帝蕭衍，早年信奉老子，晚年又改信佛教。〔註 8〕至於名士和僧侶交遊之例子，更是不勝枚舉。（詳見第二章）故湯用彤論曰：「夫《般若》理趣，同符《老》、《莊》。而名僧風格，酷肖清流，宜佛教玄風，大振於華夏也。」〔註 9〕從文學方面說，如支遁本係佛教徒，然其詩云：「遊觀同隱几，愧無連化肘。」（〈八關齋詩・其三〉）則顯然爲玄學之影響。陶淵明本非佛教徒，然其詩云：「人生似幻化，終當歸空無。」（〈歸園田居・其四〉）則不免受到佛學之影響。謝靈運本篤信佛學，然其詩云：「昔在老子，至理成篇。」（〈隴西行〉）則仍留有玄學的痕跡。因此，本文對個別的思想家或文學家之區分，亦僅是就其大體傾向而言，並不否認其間有重疊之情形。

雖然不能完全排除重疊之情形，然而，大體上仍可見出其間的脈絡。透過對脈絡的釐清，無論於六朝玄學、佛學方面，或是於六朝文學方面，才能有全面的認識，更可進而認識兩者背後共同的整體。

〔註 6〕《世說新語・文學》十一條載：「中朝時，有懷道之流，有詣王（衍）夷甫咨疑者。値王昨已語多，小極，不復相酬答，乃謂客曰：『身今少惡，裴（頠）逸民亦近在此，君可往問。』」余嘉錫：《世說新語箋疏》頁 201。

〔註 7〕《晉書・王衍傳》卷四十三，頁 1237。

〔註 8〕梁武帝於天監三年（西元 503 年），下詔捨道從佛，其〈捨事李老道法詔〉云：「弟子經遲迷荒，耽事老子，歷葉相承，染此邪法。習因善發，棄迷知返。今捨舊醫，歸憑正覺。」《廣弘明集》卷四，《大正藏》冊 52，頁 112 上。

〔註 9〕氏著：《漢魏兩晉南北朝佛教史》，上冊，頁 153。

參考書目

（除古籍類依著作時間排列外，其餘依著、譯者姓名筆劃排列。）

一、專　著

（一）古籍類

1. 十三經注疏，（清）阮元刻，台北，藝文印書館，民 74 年。
2. 二十四史，（西漢）司馬遷等，台北，鼎文書局，民 82 年。
3. 老子周易王弼注校釋，樓宇烈校釋，台北，華正書局，民 72 年。
4. 列子，（東晉）張湛注，台北，藝文印書館，民 60 年。
5. 四書集注，（南宋）朱熹注，台北，世界書局，民 72 年。
6. 莊子集釋，（清）郭慶藩集釋，台北，國家出版社，民 71 年。
7. 道行般若經，（東漢）支婁迦讖譯，台北，新文豐出版公司，大正藏第八冊。
8. 放光般若經，（西晉）無羅叉譯，台北，新文豐出版公司，大正藏第八冊。
9. 光讚經，（西晉）竺法護譯，台北，新文豐出版公司，大正藏第八冊。
10. 摩訶般若波羅蜜經，（後秦）鳩摩羅什譯，台北，新文豐出版公司，大正藏第八冊。
11. 小品般若波羅蜜經，（後秦）鳩摩羅什譯，台北，新文豐出版公司，大正藏第八冊。
12. 金剛般若波羅蜜經，（後秦）鳩摩羅什譯，台北，新文豐出版公司，大正藏第八冊。
13. 妙法蓮華經，（後秦）鳩摩羅什譯，台北，新文豐出版公司，大正藏第九冊。
14. 妙法蓮花經疏，（南朝宋）竺道生疏，台北，新文豐出版公司，卍續藏第

150 冊。
15. 維摩詰所說經，(後秦) 鳩摩羅什譯，台北，新文豐出版公司，大正藏第十四冊。
16. 注維摩詰經，(後秦) 鳩摩羅什／僧肇／南朝宋竺道生注，台北，新文豐出版公司，大正藏第三十八冊。
17. 佛說大般泥洹經，(東晉) 法顯譯，台北，新文豐出版公司，大正藏第十二冊。
18. 大般涅槃經，(北涼) 曇無讖譯，台北，新文豐出版公司，大正藏第十二冊。
19. 大般涅槃經集解，(梁) 寶亮等集，台北，新文豐出版公司，大正藏第三十八冊。
20. 大智度論，(後秦) 鳩摩羅什譯，台北，新文豐出版公司，大正藏第二十五冊。
21. 中論，(後秦) 鳩摩羅什譯，台北，新文豐出版公司，大正藏第三十冊。
22. 十二門論，(後秦) 鳩摩羅什譯，台北，新文豐出版公司，大正藏第三十冊。
23. 百論，(後秦) 鳩摩羅什譯，台北，新文豐出版公司，大正藏第三十冊。
24. 張衡詩文集校注，張震澤校注，上海，上海古籍出版社，1986。
25. 全漢賦，費振剛等輯校，北京，北京大學出版社，1993。
26. 曹丕集校注，夏傳才／唐紹忠校注，鄭州，中州古籍出版社，1992。
27. 曹植集校注，趙幼文校注，台北，明文書局，民 74 年。
28. 阮籍集校注，郭光校注，鄭州，中州古籍出版社，1991。
29. 嵇康集校注，戴明揚校注，台北，河洛出版社，民 67 年。
30. 漢魏樂府風箋，黃節箋釋，台北，學海出版社，民 79 年。
31. 陸士衡詩注，郝立權注，台北，藝文印書館，民 65 年。
32. 抱朴子，(東晉) 葛洪，台北，世界書局，民 68 年。
33. 抱朴子內篇校釋，王明校釋，北京，中華書局，1988。
34. 大乘大義章，(東晉) 慧遠問／(後秦) 鳩摩羅什答，台北，新文豐出版公司，大正藏第四十五冊。
35. 肇論，(後秦) 僧肇，台北，新文豐出版公司，大正藏第四十五冊。
36. 陶淵明詩箋注，丁仲祜箋注，台北，藝文印書館，民 78 年。
37. 陶淵明集，逯欽立校注，台北，里仁書局，民 74 年。
38. 謝康樂詩註，黃節註，台北，藝文印書館，民 76 年。
39. 謝靈運集校注，顧紹柏校注，鄭州，中州古籍出版社，1987。

40. 鮑參軍詩註，黃節註，台北，藝文印書館，民 66 年。
41. 謝宣城集校注，曹融南校注，上海，上海古籍出版社，1991。
42. 出三藏記集，蘇晉仁／蕭鍊子點校，北京，中華書局，1995。
43. 弘明集，(梁) 僧祐編，台北，新文豐出版公司，大正藏第五十二冊。
44. 高僧傳，湯用彤校注，北京，中華書局，1992。
45. 沈約集校箋，陳慶元校箋，杭州，浙江古籍出版社，1995。
46. 世説新語箋疏，余嘉錫箋疏，台北，華正書局，民 73 年。
47. 江淹集校注，俞紹初／張亞新校注，鄭州，中州古籍出版社，1994。
48. 文選，(唐) 李善注，台北，文津出版社，民 76 年。
49. 文心雕龍注，范文瀾注，台北，臺灣開明書店，民 74 年。
50. 鍾嶸詩品校釋，呂德申校釋，北京，北京大學出版社，1986。
51. 玉臺新詠箋注，(清) 吳兆宜注／穆克宏點校，台北，明文書局，民 77 年。
52. 劉孝標集校注，羅國威校注，上海，上海古籍出版社，1988。
53. 金樓子，(梁) 蕭繹，台北，世界書局，民 64 年。
54. 徐孝穆集箋注，(清) 吳兆宜箋注，台北，中華書局，民 72 年。
55. 庾子山集注，(清) 倪璠注，台北，中華書局，民 69 年。
56. 廣弘明集，(唐) 道宣編，台北，新文豐出版社，大正藏第五十二冊。
57. 續高僧傳，(唐) 道宣，台北，新文豐出版社，大正藏第五十冊。
58. 三代先秦兩漢三國六朝文，(清) 嚴可均輯，台北，世界書局。
59. 方東樹評古詩選，(清) 方東樹評，台北，聯經出版公司，民 64 年。
60. 先秦漢魏晉南北朝詩，逯欽立輯，台北，木鐸出版社，民 77 年。

（二）思想類

1. 魏晉南北朝佛教論叢，方立天，北京，中華書局，1995。
2. 佛教哲學，方立天，台北，洪葉文化公司，民 83 年。
3. 葛洪論，王利器，台北，五南圖書公司，民 86 年。
4. 中國大乘佛學，方東美，台北，黎明文化公司，民 80 年。
5. 空之探究，印順，台北，正聞出版社，民 81 年。
6. 才性與玄理，牟宗三，台北，臺灣學生書局，民 74 年。
7. 佛性與般若，牟宗三，台北，臺灣學生書局，民 78 年。
8. 魏晉思想與談風，何啓民，台北，臺灣學生書局，民 79 年。
9. 魏晉玄學析評，呂凱，台北，世紀書局，民 69 年。
10. 中國佛學源流略講，呂澂，台北，里仁書局，民 74 年。

11. 王弼，林麗眞，台北，東大圖書公司，民 77 年。
12. 中國思想通史，侯外廬等，北京，人民出版社，1992。
13. 魏晉神仙道教，胡孚琛，北京，人民出版社，1990。
14. 中國哲學原論，唐君毅，台北，臺灣學生書局，民 73 年。
15. 生命存在與心靈境界，唐君毅，台北，臺灣學生書局，民 75 年。
16. 中國佛教心性說之研究，馬定波，台北，正中書局，民 69 年。
17. 魏晉清談，唐翼明，台北，東大圖書公司，民 81 年。
18. 王弼老學之研究，高齡芬，台北，文津出版社，民 81 年。
19. 魏晉玄學史，許杭生等，西安，陝西師範大學出版社，1989。
20. 般若思想，(日)梶山雄一等著／許洋主譯，台北，法爾出版社，民 78 年。
21. 生命的衝動——柏格森和他的哲學，陳衛平／施志偉，上海，三聯書店，1988。
22. 郭象玄學，莊耀郎，台北，里仁書局，民 87 年。
23. 郭象與魏晉玄學，湯一介，台北，谷風出版社。
24. 中國哲學史新編，馮友蘭，北京，人民出版社，1992。
25. 漢魏兩晉南北朝佛教史，湯用彤，台北，駱駝出版社，民 76 年。
26. 中國哲學史，勞思光，台北，三民書局，民 76 年。
27. 魏晉思想，賀昌群等，台北，里仁書局，民 73 年。
28. 竹林玄學的典範——嵇康，曾春海，台北，輔仁大學出版社，民 83 年。
29. 明心篇，熊十力，台北，學生書局，民 73 年。
30. 莊子與中國美學，劉紹瑾，廣州，廣東高等教育出版社，1992。
31. 支道林思想之研究，劉貴傑，台北，臺灣商務印書館，民 76 年。
32. 竺道生思想之研究，劉貴傑，台北，臺灣商務印書館，民 79 年。
33. 中國學術思想史論叢，錢穆，台北，東大圖書公司，民 74 年。
34. 中國思想史，錢穆，台北，臺灣學生書局，民 84 年。
35. 歷史的嵇康與玄學的嵇康，謝大寧，台北，文史哲出版社，民 86 年。
36. 神話與時間，關永中，台北，臺灣書店，民 86 年。
37. 玄學與魏晉士人心態，羅宗強，台北，文史哲出版社，民 81 年。

（三）文學類

1. 由山水到宮體，王力堅，台北，臺灣商務印書館，民 86 年。
2. 人間詞話，王國維著／徐調孚校注，台北，漢京文化公司，民 69 年。
3. 魏晉南北朝文學批評史，王運熙／楊明，上海，上海古籍出版社 1989。

4. 中國山水詩研究，王國瓔，台北，聯經出版公司，民 85 年。
5. 文學概論，王夢鷗，台北，藝文印書館，民 71 年。
6. 古典文學論探索，王夢鷗，台北，正中書局，民 76 年。
7. 傳統文學論衡，王夢鷗，台北，時報文化公司，民 80 年。
8. 中古文學史論，王瑤，北京，北京大學出版社，1986。
9. 魏晉玄學和文學，孔繁，保定，中國社會科學出版社，1987。
10. 文藝心理學，朱光潛，台北，德華出版社，民 70 年。
11. 詩論，朱光潛，台北，正中書局，民 70 年。
12. 魏晉風氣與六朝文學，朱義雲，台北，文史哲出版社，民 69 年。
13. 中國山水詩史，李文初等，廣州，廣東高等教育出版社，1991。
14. 北朝文學研究，吳先寧，台北，文津出版社，民 82 年。
15. 北魏文學簡史，李開元／管芙蓉，太原，山西人民出版社 1993。
16. 憂與遊——六朝隋唐遊仙詩論集，李豐楙，台北，臺灣學生書局，民 85 年。
17. 誤入與謫降——六朝隋唐道教文學論集，李豐楙，台北，臺灣學生書局，民 85 年。
18. 山水與古典，林文月，台北，三民書局，民 85 年。
19. 中古文學論叢，林文月，台北，大安出版社，民 78 年。
20. 苦悶的象徵，(日) 廚川白村著／林文瑞譯，台北，志文出版社，民 81 年。
21. 中國詩論史，(日) 鈴木虎雄著／洪順隆譯，台北，臺灣商務印書館，民 68 年。
22. 六朝詩論，洪順隆，台北，文津出版社，民 74 年。
23. 中國詩歌藝術研究，袁行霈，北京，北京大學出版社，1987。
24. 漢末士風與建安詩風，孫明君，台北，文津出版社，民 84 年。
25. 佛教與中國文學，孫昌武，台北，東華書局，民 78 年。
26. 中國詩歌原理，(日) 松浦友久著／孫昌武、鄭天剛譯，台北，洪葉文化公司，民 82 年。
27. 詩的原理，(日) 萩原朔太郎著／徐復觀譯，台北，臺灣學生書局，民 78 年。
28. 古典今論，唐翼明，台北，東大圖書公司，民 80 年。
29. 魏晉南北朝文學思想史，張仁青，台北，文史哲出版社，民 67 年。
30. 禪與詩學，張伯偉，杭州，浙江人民出版社，1993。
31. 中國詩史，陸侃如／馮沅君。

32. 中古文學系年，陸侃如，北京，人民文學出版社，1985。
33. 中國文學批評史，郭紹虞，台北，文史哲出版社，民 77 年。
34. 漢魏六朝文學論集，逯欽立，西安，陝西人民出版社，1984。
35. 中古文學史論集，曹道衡，台北，洪葉文化公司，民 85 年。
36. 南朝文學與北朝文學研究，曹道衡，南京，江蘇古籍出版社，1998。
37. 田園詩人陶潛，郭銀田，台北，里仁書局，民 85 年。
38. 世俗與超俗——陶淵明新論，（日）岡村繁著／陸曉光、（日）笠征譯，台北，臺灣書店，民 81 年。
39. 神女之探尋——英美學者論中國古典詩歌，（美）史蒂芬·歐文等著／莫礪鋒編，上海，上海古籍出版社，1994。
40. 漢魏六朝文學新論，梅家玲，台北，里仁書局，民 86 年。
41. 魏晉南北朝賦史，程章燦，江蘇，江蘇古籍出版社，1992。
42. 魏晉詩人與政治，景蜀慧，台北，文津出版社，民 80 年。
43. 漢唐文學的嬗變，葛曉音，北京，北京大學出版社，1990。
44. 山水田園詩派研究，葛曉音，瀋陽，遼寧大學出版社，1993。
45. 走向世俗——南朝詩歌思潮，詹福瑞，天津，百花文藝出版社 1995。
46. 迦陵談詩，葉嘉瑩，台北，三民書局，民 82 年。
47. 迦陵談詩二集，葉嘉瑩，台北，東大圖書公司，民 74 年。
48. 中國古典詩歌評論集，葉嘉瑩，台北，桂冠圖書公司，民 80 年。
49. 王國維及其文學批評，葉嘉瑩，台北，桂冠圖書公司，民 81 年。
50. 中國文學史，葉慶炳，台北，臺灣學生書局，民 76 年。
51. 中國文學發展史，劉大杰，台北，華正書局，民 72 年。
52. 中古文學史，劉師培，台北，世界書局，民 51 年。
53. 六朝情境美學綜論，鄭毓瑜，台北，臺灣學生書局，民 85 年。
54. 中國佛教文學，（日）加地哲定著／劉衛星譯，北京，今日中國出版社，1990。
55. 魏晉詩歌藝術原論，錢志熙，北京，北京大學出版社，1993。
56. 齊梁詩歌研究，閻采平，北京，北京大學出版社，1994。
57. 牧女與蠶娘——法國漢學家論中國古詩，（法）桀溺等著／錢林森編，上海，上海古籍出版社，1990。
58. 魏晉玄學與文學思想，盧盛江，天津，南開大學出版社，1994。
59. 管錐編，錢鍾書，北京，中華書局，1996。
60. 六朝文學論文集，（日）清水凱夫著／韓基國譯，重慶，重慶出版社，1989。

61. 陶淵明探稿，魏正中，北京，文津出版社，1990。
62. 漢賦史論，簡宗梧，台北，東大圖書公司，民 82 年。
63. 文學與佛學關係，蕭振邦等，台北，臺灣學生書局，民 83 年。
64. 六朝文學觀念叢論，顏崑陽，台北，正中書局，民 82 年。
65. 北朝民歌，譚潤生，台北，東大圖書公司，民 86 年。
66. 魏晉南北朝文學論集，饒宗頤等，台北，文史哲出版社，民 83 年。

(四) 其　他

1. 魏晉南北朝文學與思想學術研討會論文集（第二輯），王文進等，台北，文津出版社，民 82 年。
2. 佛典漢譯之研究，王文顏，台北，天華出版公司，民 73 年。
3. 藝術哲學新論，(美) C. J. 杜卡斯著／王柯平譯，北京，光明日報出版社，1988。
4. 詩與畫的界限，(德) 萊森著／朱光潛譯，台北，駱駝出版社。
5. 美學再出發，朱光潛，台北，丹青圖書公司。
6. 神與物遊——論中國傳統審美方式，成復旺，台北，商鼎文化出版社，民 81 年。
7. 山水與美學，伍蠡甫編，台北，丹青圖書公司。
8. 道家及其對文學的影響，李生龍，長沙，岳麓書社，1998。
9. 佛教美學，祁志祥，上海，上海人民出版社，1997.9。
10. 悲劇的誕生，(德) 尼采著／李長俊譯，台北，三民書局，民 61 年。
11. 中國知識階層史論，余英時，台北，聯經出版公司，民 82 年。
12. 美的歷程，李澤厚，台北，元山書局，民 73 年。
13. 中國美學史，李澤厚／劉綱紀編，台北，谷風出版社，民 76 年。
14. 美從何處尋，宗白華，台北，駱駝出版社，民 76 年。
15. 當代西方藝術文化學，(加) F.G.查爾默斯等著／周憲等編，北京，北京大學出版社，1988。
16. 超越文學——文學的文化哲學思考，周憲，上海，上海三聯書店，1997.11。
17. 藝術的奧祕，姚一葦，台北，臺灣開明書店，民 77 年。
18. 美的範疇論，姚一葦，台北，臺灣開明書店，民 81 年。
19. 審美三論，姚一葦，台北，臺灣開明書店，民 82 年。
20. 魏晉南北朝文學與思想學術研討會論文集（第三輯），胡紅波等，台北，文津出版社，民 86 年。
21. 中國佛學與文學，胡遂，長沙，岳麓書社，1998。

22. 魏晉南北朝文學與思想學術研討會論文集，洪順隆等，台北，文史哲出版社，民 80 年。
23. 中國藝術精神，徐復觀，台北，臺灣學生書局，民 77 年。
24. 六朝美學，袁濟喜，北京，北京大學出版社，1992。
25. 陳寅恪先生論文集，陳寅恪，台北，三人行出版社，民 63 年。
26. 陳寅恪魏晉南北朝史講演錄，陳寅恪講／萬繩楠整理，台北，雲龍出版社，民 84 年。
27. 中國美學史大綱，葉朗，台北，滄浪出版社，民 75 年。
28. 魏晉風度，寧稼雨，北京，東方出版社，1992。
29. 意志與表象的世界，（德）叔本華著／劉大悲譯，台北，志文出版社，民 77 年。
30. 西洋六大美學理念史，（波）Tatarkiewiz 著／劉文潭譯，台北，聯經出版公司，民 82 年。
31. 西方美學導論，劉昌元，台北，聯經出版社，民 84 年。
32. 國史大綱，錢穆，台北，商務印書館，民 77 年。
33. 文化學大義，錢穆，台北，正中書局，民 79 年。
34. 走向表現主義的美學，（英）埃德加・卡里特著／蘇曉離等譯，北京，光明日報出版社，1990。
35. 兩晉南朝的士族，蘇紹興，台北，聯經出版公司，民 82 年。

二、論　文

1. 「莊老告退，山水方滋」解，王文進，中外文學 7：3，民 67 年 8 月。
2. 時間初探，孔令信，鵝湖 14：9＝165，民 78 年 3 月。
3. 禪宗理趣與道家意境——陶淵明與王維田園詩境的比較，王邦雄，鵝湖 10：1＝109，民 73 年 7 月。
4. 維摩詰經研究，王志楣，政大中文所碩士論文，民 80 年。
5. 從《弘明集》看佛教中國化，王志楣，政大中文所博士論文，民 85 年。
6. 鍾嶸《詩品》概論，王叔岷，中國文哲研究集刊創刊號，民 80 年 3 月。
7. 魏晉南北朝時代儒道之相與訾應，王淮，國科會補助研究著作，民 62 年。
8. 謝靈運山水詩中的「憂」和「遊」，王國瓔，漢學研究 5：1，民 76 年 6 月。
9. 陶詩中的隱居之樂，王國瓔，台大中文學報 7，民 84 年 4 月。
10. 從一元到多元——漢魏之際思想巨變鳥瞰，王曉毅，二十一世紀 1993 年 6 月號＝17 期。

11. 支道林生平事蹟考，王曉毅，中華佛學學報 8，民 84 年 7 月。
12. 魏晉任誕人物的研究，古苔光，淡大學報 16／17，民 67 年 11 月／民 69 年 6 月。
13. 從文學與哲學看文學創作與欣賞問題，史墨卿，孔孟月刊 2，4：9 民 75 年 5 月。
14. 鮑照詩小論，呂正惠，文學評論 6，民 69 年 5 月。
15. 南朝貴遊文學集團研究，呂光華，政大中文所博士論文，民 79 年。
16. 般若經的空義及其表現邏輯，吳汝鈞，華岡佛學學報 8，民 74 年 10 月。
17. 六朝隱逸詩研究，沈禹英，政大中文所博士論文，民 82 年。
18. 六朝哀挽詩研究，吳炳輝，政大中文所碩士論文，民 80 年。
19. 悲秋——中國文學傳統中時空意識的一種典型，何寄澎，台大中文學報 7，民 84 年 4 月。
20. 魏晉玄學，呂凱，孔孟月刊 2，3：12，民 74 年 8 月。
21. 生命哲學的藝術詮釋——王國維美學思想綜論，李慈健，中州學刊 1996 年 3 期。
22. 齊梁詠物賦研究，李嘉玲，政大中文所碩士論文，民 77 年。
23. 阮籍詠懷詩析論，吳興昌，中外文學 6：7，民 66 年 12 月。
24. 嵇康養生思想之研究，李豐楙，靜宜文理學院學報 2，民 68 年 6 月。
25. 葛洪養生思想之研究，李豐楙，靜宜文理學院學報 3，民 69 年 6 月。
26. 越名教而任自然——嵇康《釋私論》的道德超越論，周大興，鵝湖 17：5＝197，民 80 年 11 月。
27. 阮籍〈樂論〉的儒道性格評議，周大興，中國文化月刊 161 民 82 年 3 月。
28. 《文心雕龍・風骨》篇義析論，金慶國，北京大學學報（哲學社會科學版）1996 年 6 期。
29. 魏晉清談主題之研究，林麗眞，台大中文所博士論文，民 67 年。
30. 神仙思想與遊仙詩研究，唐亦璋，淡大學報 14，民 65 年 4 月。
31. 陶淵明與晉宋之際的政治風雲，袁行霈，中國社會科學 1990 年第 2 期。
32. 建安時代"文的自覺"說再審視，孫明君，北京大學學報（哲學社會科學版）1996 年 6 期。
33. 論康德的「同時性」概念與相對論的「同時性」概念，翁昌黎，鵝湖 16：4＝184，民 79 年 10 月。
34. 論莊子與嵇康的養生論，高柏園，鵝湖 15：4＝172，民 78 年 10 月。
35. 玄學清談與魏晉四言詩的復興，高華平，中國社會科學 1993 年第 2 期。
36. 佛理嬗變與文風趨新——兼論晉宋間山水文學興盛的原因，高華平，中國社會科學 1994 年 5 期。
37. 話說建安三國賦的新變，畢萬忱，國文天地 8：10，民 82 年 3 月。
38. 論建安風骨向正始之音的轉變，袁濟喜／洪祖斌，中國人民大學學報 1998 年第 2，期。
39. 評阮籍的生命情調，張火慶，鵝湖 4：1，民 67 年 7 月。
40. 色相與空靈之間的川端美學層境，陳旻志，國文天地 9：9，民 83 年 2 月。
41. 關於魏晉南北朝文學的評價，章培恒，復旦學報（社會科學版）1987 年第 1 期。
42. 從《山居賦》看佛教對謝客山水詩的影響，陳道貴，文史哲 1998 年 2 期。
43. 陶淵明詩與老莊思想，陳榮波，中國文化月刊 89，民 76 年 3，月。
44. 陶謝詩比較觀，陳器文，文史學報 2，民 61 年 5 月。
45. 魏晉玄學和文學理論，湯用彤，中國哲學史研究 1980 年 1 期。
46. 時間如流水——由古典詩歌中的時間用語談到中國人的時間觀，黃居仁，中外文學 9：11，民 74 年 4 月。
47. 王弼聖人有情無情論初探，曾春海，哲學與文化 16：9，民 78 年 9 月。
48. 陶淵明文學研究，楊玉成，政大中文所博士論文，民 82 年。
49. 陶淵明詩講錄一二三，葉嘉瑩（安易整理），國文天地 8：4／5／6，民 81 年。
50. 陶淵明的思想發展，齊益壽，幼獅月刊 35：3，民 61 年 3 月。
51. 論陶淵明的內在世界，齊益壽，現代文學 47，民 61 年 6 月。
52. 桃花源記並詩管窺，齊益壽，台大中文學報 4，民 74 年 11 月。
53. 魏晉名士的雅量，廖蔚卿，台大中文學報 2，民 72 年 11 月。
54. 從文學現象與文學思想的關係談六朝「巧構形似之言」的詩上下，廖蔚卿，中外文學 3：7／8＝31／32，民 63 年 12 月／64 年 1 月。
55. 神仙與高僧——魏晉南北朝宗教心態試探，蒲慕州，漢學研究 8：2，民 79 年 12 月。
56. 中國山水詩的起源，J. D. Frodsham 著，鄧仕樑譯，《英美學人論中國古典文學》，香港中文大學出版，1973。
57. 中國早期般若學之研究者上下，劉果宗，獅子吼 30：4／5，民 80 年 4／5 月。
58. 竺道生思想之探討，劉果宗，獅子吼 31：6，民 81 年 6 月。
59. 六朝志怪的文類研究——導異爲常的想像歷程，劉苑如，政大中文所博士論文，民 85 年。
60. 推移的悲哀上下——古詩十九首的主題，（日）吉川幸次郎著／鄭清茂譯，中外文學6：4／5，民66年9／10月。

61. 文心雕龍風骨篇試析，劉惠珍，文學評論8，台北：黎明文化公司，民73年2月。
62. 僧肇思想之背景及其淵源，劉貴傑，中華佛學學報1，民76年3月。
63. 東晉道安思想析論，劉貴傑，中華佛學報4，民80年7月。
64. 東晉高僧道安之思想背景，劉貴傑，獅子吼30：10，民80年10月。
65. 齊梁竟陵八友之研究，劉慧珠，政大中文所碩士論文，民81年。
66. 王弼易學中的玄思，戴璉璋，中國文哲研究集刊創刊號，民80年3月。
67. 阮籍的自然觀，戴璉璋，中國文哲研究集刊3，民82年3月。
68. 郭象的自生說與玄冥論，戴璉璋，中國文哲研究集刊7，民84年9月。
69. 玄學中的音樂思想，戴璉璋，中國文哲研究集刊10，民86年3月。
70. 東漢隱逸風氣探討，魏敏慧，政大中文所碩士論文，民79年。
71. 梁武帝「皇帝菩薩」理念的形成及政策的推展，顏尚文，師大歷史所博士論文，民78年。
72. 中國早期般若學，羅顥，中國文化月刊125，民79年3月。